漂鳥 HYOCHO
Illustration 刀彼方
3
ISAO
The indomitable spirit of adventure online
不屈の冒険魂
雑用積み上げ最強へ。超エリート神官道

ひたむきに、
実直に研鑽を重ねる
努力家の薬師。
「厳しくてもいいです。
いや、厳しい方がいいです。
ちゃんと一人前の仕事が
できるようになりたいんです」
VR名
ミツル
薬草集めで出会った
ウーナを師匠とする薬師。
はじめは思うように
技術を磨けなかったが、
ウーナに弟子入りして以来、
その実力をのばす。

「年下の男の子たちが頑張っているのに、お姉さんが不甲斐ないところなんてみせられないでしょ！」
聴く者すべてを魅了するISAOイチの歌姫――。
VR名｜カタリナ
修道院にて子供たちに歌を教えている修道女。『聖詠師』の職業ルートを少しずつ辿っている。現実でのストレスを歌で発散していたりする。

「聖なる園《その》の　禁忌領域
いざ人の世に　顕現されよ！
【結界】【至高聖域】！」
俺の手の中から勢いよく飛び出した。
まるで自由を謳歌するように、
彗星のような長い尾を引きながら、
光球は不思議な動きで戦場内を駆け巡る。

そして一点で動きを止め、
萎《しぼ》むようにして掻き消えた。
その直後、虚空に白光で編み上げた、
巨大な七芒星が浮き上がる。
禍々しき鋭利な棘《とげ》に覆われた巨塊……。
その凶悪なる猛攻に、聖なる祈りと
空前絶後の
楔を打ち込む――!!

異様な光景だった。
目だ……。
天井に張り付く巨大な目。
石造りの部屋の天井が
突如紡錘状に割け、
探るような視線を
俺たちに向けていた――。

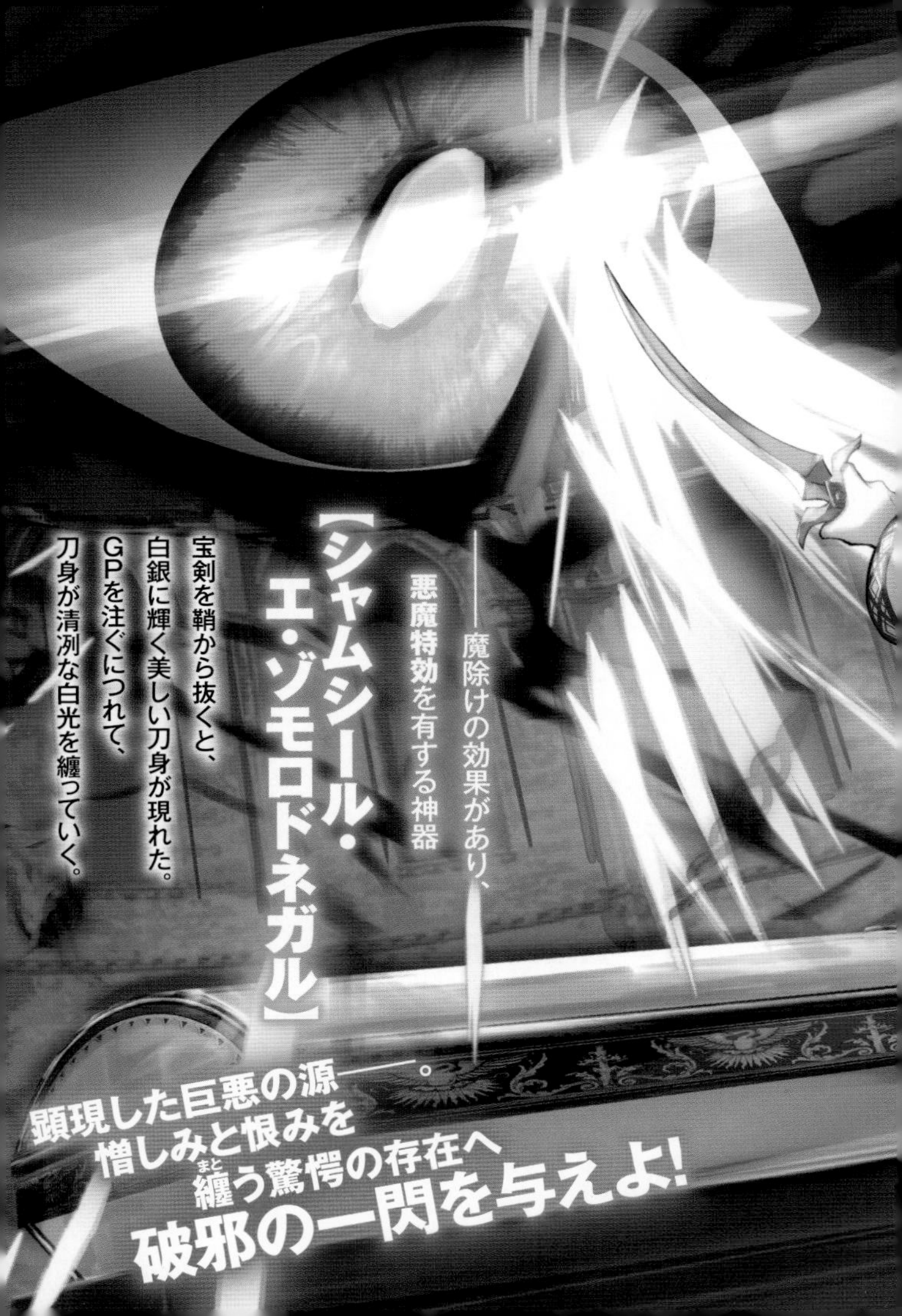
――魔除けの効果があり、
悪魔特効を有する神器
【シャムシール・エ・ゾモロドネガル】――。
宝剣を鞘から抜くと、
白銀に輝く美しい刀身が現れた。
GPを注ぐにつれて、
刀身が清冽な白光を纏っていく。
顕現した巨悪の源
憎しみと恨みを
纏《まと》う驚愕の存在へ
破邪の一閃を与えよ!

CONTENTS

ダッシュエックス文庫

不屈の冒険魂3
雑用積み上げ最強へ。超エリート神官道

漂鳥

WORLD MAP

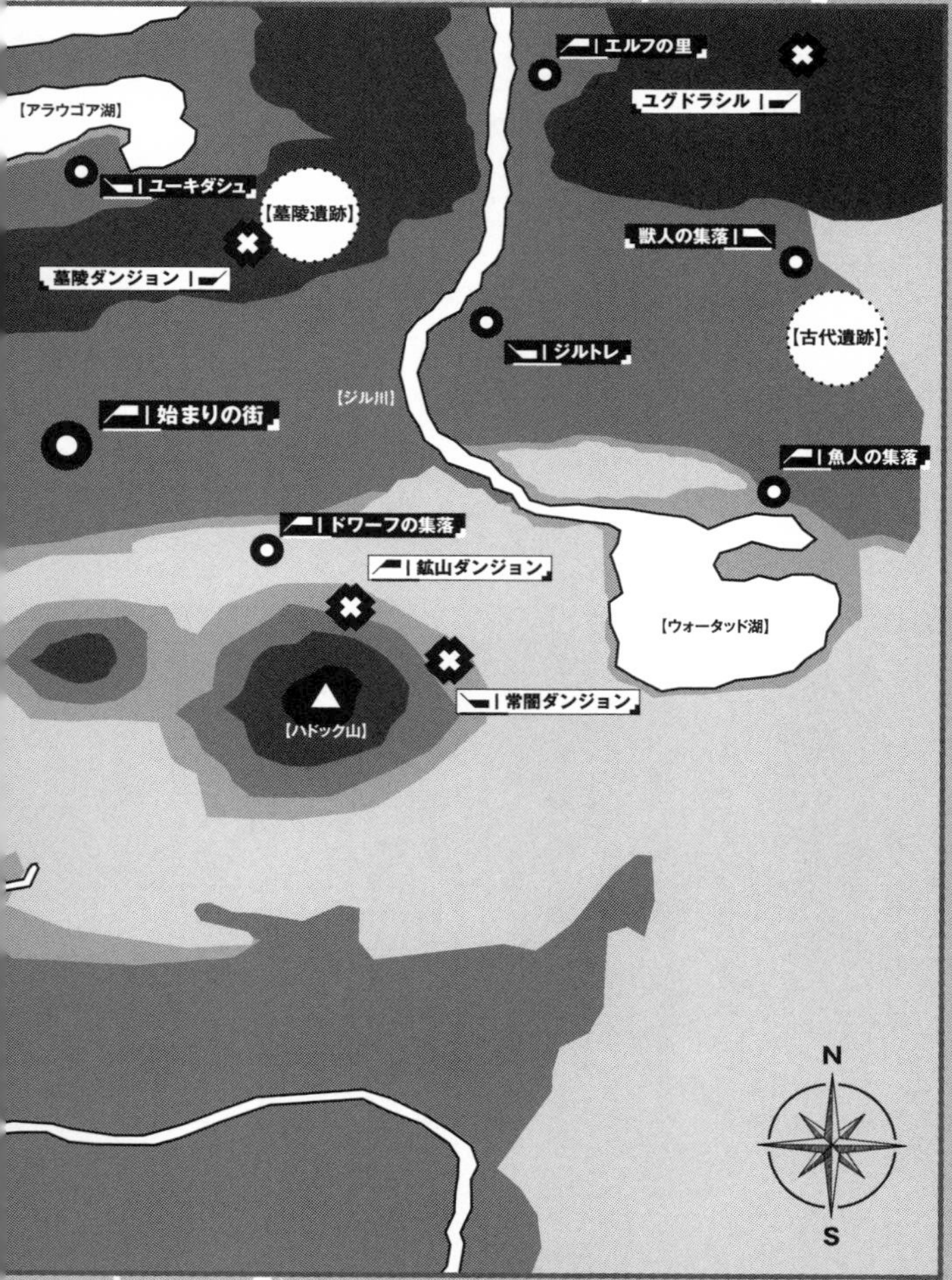
エルフの里
ユグドラシル
【アラウゴア湖】
ユーキダシュ
【墓陵遺跡】
墓陵ダンジョン
獣人の集落
ジルトレ
【古代遺跡】
【ジル川】
始まりの街
魚人の集落
ドワーフの集落
鉱山ダンジョン
【ウォータッド湖】
常闇ダンジョン
【ハドック山】
N
S

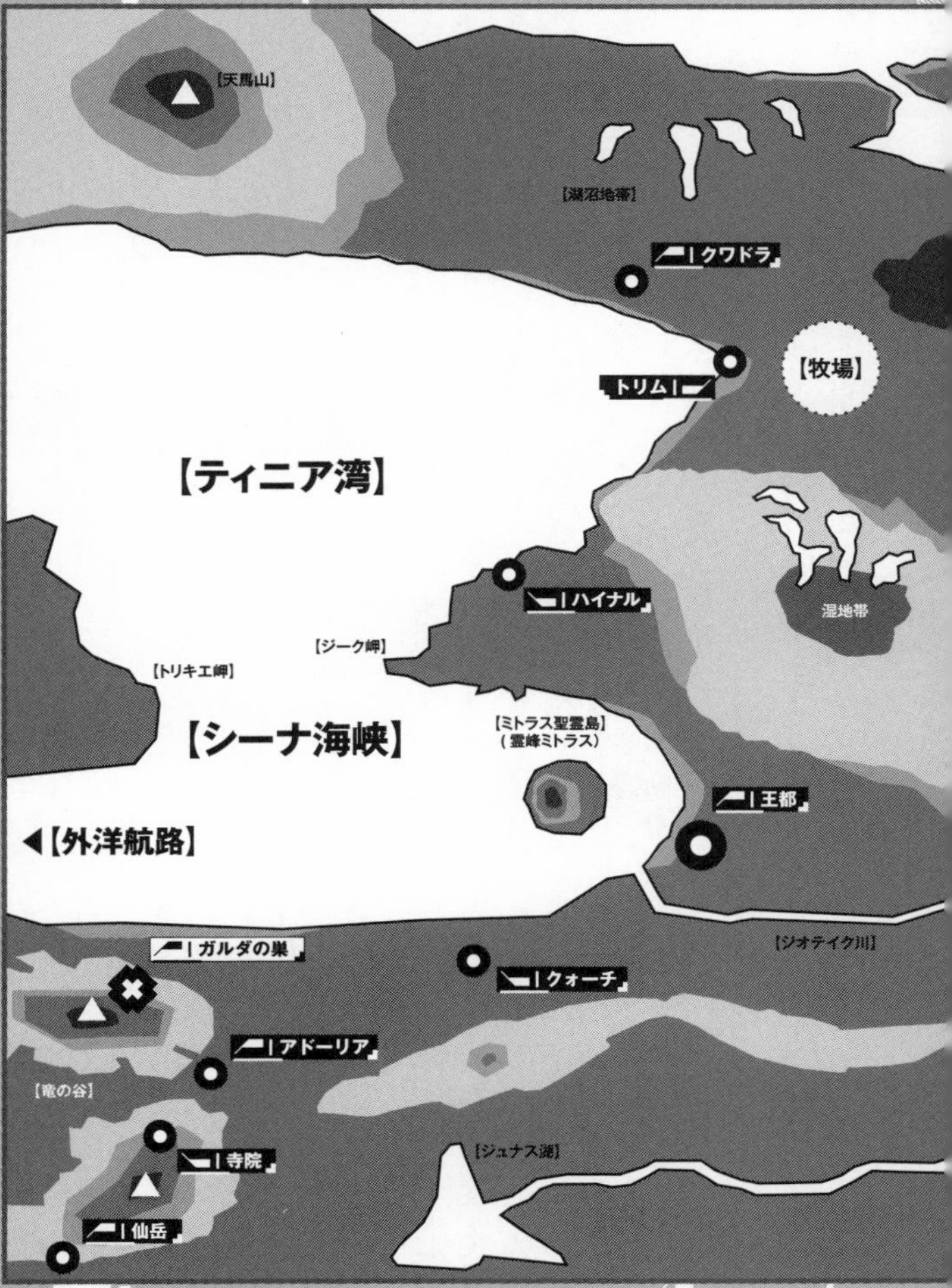
【天馬山】
【湖沼地帯】
クワドラ
トリム
【牧場】
【ティニア湾】
ハイナル
湿地帯
【ジーク岬】
【トリキエ岬】
【シーナ海峡】
【ミトラス聖霊島】
（霊峰ミトラス）
王都
【外洋航路】
ガルダの巣
クォーチ
【ジオテイク川】
アドーリア
【竜の谷】
寺院
【ジュナス湖】
仙岳

プロローグ

俺がこのＩＳＡＯを始めてから半年が経《た》った。なんかあっという間だったな。

最初はソロでプレイしていたけど、クリエイトのみんなと出会ってから、パーティプレイの楽しさを知った。

ここジルトレの街に活動拠点《きょてん》を移したら、転職クエスト「六祭礼」が始まって、そこからは大忙しだ。仕事したり、勉強したり、息抜きしたらまた仕事したりと、なかなかハードな、でも充実したゲームライフを過ごしている。ポジティブに考えれば、忙しいのはコンテンツが豊富にあるからで、お買い得なゲームと言えるかもしれない。

意外だったのは、戦闘職ではない俺でも、大規模戦闘に参加する機会が多かったこと。緊急イベント「湿地帯の主を倒せ！」、トリム解放クエスト、防衛《ぼうえい》イベント「黒い悪魔」と、三つあった大型レイドの全《すべ》てに参加している。そうなったのには、ＩＳＡＯならではの理由があるんだけどね。

ＩＳＡＯのレイドイベントは、戦闘力頼み――つまり力押しではまずクリアできない。事前に謎解きのようなシナリオが用意されていて、先に進むには、戦闘職以外の職業のプレイヤーと連携する必要がある。その辺りの作り込みが、感心するくらいによくできている。

育成の難しさから、ＩＳＡＯでは敬遠されがちな支援系神官。俺がその職業に就《つ》いているせいか、他のプレイヤーとの交流が少ない割に、イベントの際に声をかけられる。良いご縁《えん》に恵まれたおかげでもあるけどね。

また、ＩＳＡＯのもうひとつの特徴として、ＮＰＣ《ノンプレイヤーキャラクター》の存在がある。ゲームを長く続けるほど、ＮＰＣとの関係が深くなり、遊びの幅が広がっていく。

指導者的な役割を果たすガイドＮＰＣは、転職する上で非常に頼もしい味方になる。ゲーム内の施設で働くＮＰＣにも、ひとりひとり個性的なキャラ付けがされている。一般ＮＰＣの数もやたらと多くて、モブ的な存在である彼らも、実際に話してみると、それぞれが別人だと感じるから驚きだ。

えっ？　私も忘れないで？

メレンゲが急に飛び出してきて、目の前でクルクルと回りながら存在をアピールし始めた。

うん、メレンゲ。もちろん忘れてないさ。

色妖精は、マスコットと呼ばれる特殊なＮＰＣだ。ゲーム内の説明によれば、フィールドや街中《まちなか》で活動する際に、若干《じゃっかん》のステータス補正と属性補正をプレイヤーに付与《ふよ》するとある。

ぶっちゃけ、最初はそれほど期待していなかった。ちょっとステータスが上がればいいな、くらいに考えていた。

ところがこの色妖精が、実はかなり手の込んだ存在だった。プレイヤーの接し方によって、それぞれ特徴的な個性が現れる。それがわかったのは、以前よりもウォータッド大神殿に出入りするプレイヤーが増えて、メレンゲ以外の白い色妖精を目にする機会ができたせいだ。

メレンゲは食いしん坊で、小さな体でとてもよく食べる。特に甘いものには目がなくて、あれが食べたい、これが食べたいと、おねだりパフォーマンスをするのはもはや日常。

……今はしなくていいから。だって、さっき食べたばかりでしょ。食べ過ぎると太るよ。

えっ？　色妖精は太らないから大丈夫？

うーん。確かに、ぽっちゃり系の色妖精は見たことがない。でも、ここの運営が結構意地悪だってことは、この半年間で重々身に染《し》みている。だから油断しちゃダメだ。

もし太っちゃったら、せっかく手に入れた特別衣装が着られなくなるよ？

それは困る？　だったら、今はちょっと我慢《がまん》しよう。

メレンゲがこうなったのは、俺の【調理】のスキルレベルが高いせいかもしれない。というのも、調理系の生産職プレイヤーの色妖精（黄色が多い）には、同じように食いしん坊な子がいると聞いたからだ。白い色妖精で、メレンゲほど食べるのが好きな子は、他に見たことがないけどね。

そうそう。生産職プレイヤーの話では、色妖精同士を一緒にしておくと、相手によって仲良く一緒に遊んだり、反対に喧嘩《けんか》したりすることがあるそうだ。つまり、相性みたいなものが存在する。プレイヤーに対する好感度だけでなく、NPC間の相性が設定されている。

わざわざそんなことをする理由はなんだろう？　気になるよね？

そこで攻略サイトを調べたところ、NPCとの共闘イベントの可能性が示唆《しさ》されていた。複数のNPCの中から、協力者を選ぶようなシステムの実装だ。

その際、連れていけるNPCに制限を付けるために、好感度に加えて相性を設定しているのではないか？　といった考察がなされていた。

例《たと》えば、共闘クエストで二人のNPC協力者を選べるとする。戦力的にはAとBのNPCを連れていきたいけど、二人の仲が悪いからそれは無理で、AとC、あるいはBとCの組み合わせじゃないとダメ……みたいな感じで。

そこまで凝《こ》る必要があるのかと疑問に思うけど、そういった複雑なことを普通にやってくるのがISAOの運営だ。プレイヤーを飽きさせないための取り組みに関しては、今のところ、とても精力的に動いている。

まあさすがに、少し考え過ぎの気もするけどね。でも、もし実装されたら面白《おもしろ》そうだ。だって、俺みたいなソロ活動が多いプレイヤーにとっては、冒険の幅が広がる気がするから。

近々、また新規参入のためのアップデートがある。マップの追加と、新たなレジャーコンテンツの実装は確実らしいので、俺的にはそちらの方が気になっている。今度は何が増えるのかな？　今から待ち遠しいね。

第五章　シークレットクエスト編

1　妖精ユールトムテ

《ポーン！》
《The《ザ》 indomitable《インドミタブル》 spirit《スピリット》 of《オブ》 adventure《アドベンチャー》 online《オンライン》（ISAO）のユーザーの皆様にお知らせ致します。
予《あらかじ》めお知らせしていた通り、第四陣の受け入れを、○月○日より開始致します。それに伴《ともな》い、メンテナンス及び、次の内容を含む大型アップデートを行います。
①第5回　街イベント開催
②新シナリオ実装
③レジャーコンテンツの新規実装
④各種クエストの発動条件におけるバランス調整
①②につきましては「お知らせ☆街イベント詳細《しょうさい》」「お知らせ☆新シナリオ詳細」をご確認

下さい。
③につきましては、アップデート後に改めてお知らせ致します。
④のバランス調整は、ユーザー数の増加に伴うものです。マルチプレーヤー要素の強いクエストの発動条件に調整が入ります。個人クエストにつきましては従来通りです》

街イベントが来た。まずは「お知らせ☆街イベント詳細」からポチッ。
《第５回　街イベント「妖精ユールトムテを手に入れよう！」開催のお知らせ。
イベント期間中、始まりの街・ジルトレの街・トリムの街中のあちこちに〈妖精ユールトムテ〉が出現します。妖精の好物である「ユールグロット」を妖精に渡すと、妖精の好感度を上げることができます》
えっとつまり。イベントモンスター「カプラ」を倒して「ユールグロット」を集めればいいわけね。高い好感度を得て上位30名までに入れば、妖精の特別装備をもらえる。
どう見ても、色妖精イベを焼き直しただけのイベントだ。初心者応援が目的だから、それも仕方がないけどね。気になるのはその妖精かな……おっ！　ユールトムテの情報が出ている！
《妖精ユールトムテ》レベル１［ＨＰ］５［ＭＰ］５
【赤い帽子】効果なし
【聖夜の贈物Ⅰ】ＬＵＫ《幸運》＋10

【トムテの応援】DEX《巧緻性》+10　生産スキルに+補正（小）※生産品のレアリティ上昇・成功率上昇

意外だわ……爺《じい》さんの妖精だって。

フサフサとした白い髭《ひげ》が生《は》えていて、小人だけど、見かけはちょっとサンタっぽい。スキルに【聖夜の贈物】とあるし、帽子も赤い。この雰囲気《ふんいき》からすると、季節イベントを兼《か》ねているのかもしれない。

そしてこの爺さん、もうひとつのスキル【トムテの応援】に、生産職向けの補正効果が付いている。となると、趣味と実益を兼ねた生産スキル【調理】を持つ俺としては、この妖精は是非《ぜひ》とも取っておきたい。

次に、新シナリオ実装のお知らせについて。

《ISAOの世界観を織りなすストーリーに、新しいシナリオ「種族限定シナリオ」と「職種指定シナリオ」を導入いたします》

ふむ。これって、今までの職業クエストと何か違うの？

《「種族限定シナリオ」では、主に人族以外の少数種族のプレイヤーが、同族の仲間と力を合わせて、共通の課題に取り組むクエストが発生します。連続クエスト形式です。

クエストに最初に参加したプレイヤーがリーダーとなり、仲間に呼びかけます。

クリア報酬《ほうしゅう》は「種族特有の新たな技能」の解放です》

ふーん。面白《おもしろ》そうだけど、これは俺には関係ない。じゃあ、もうひとつの方だ。

《「職種指定シナリオ」では、異なる職種のプレイヤーが、互いの技能を駆使《くし》しながら、ひとつの問題に協力して取り組むクエストが発生します。連続クエスト形式です。クエストに最初に参加したプレイヤーがリーダーとなり、仲間になるプレイヤーを集めて臨時チームを結成します。クエストには、いつどこで遭遇《そうぐう》するかわかりません。クリア報酬は、レア度の高いアイテムの入手や、特殊なNPCとの出会いを始め、多岐《たき》にわたって用意されています》

……うーん。これを読む限りでは、ちょっと面倒《めんどう》臭い系かな？

噂《うわさ》になっていたNPCとの共闘ではなく、プレイヤー同士の協力クエストだった。つまり、指定職種によっては、初対面のプレイヤーと一緒に行動することになる。

報酬が凄《すご》そうな分、クリアするのは大変そうだ。でもこの書き方だと、予測不能で不意に起こるようなので、クエストが発生した時点で考えればいいや。

④バランス調整については、詳細コメントがない。きっと何か変わったんだろう。

それよりも、目先の妖精イベントだ。前回の防衛《ぼうえい》イベントはそりゃもう大変だったけど、報酬チケットでUR武器【テミスの天秤棒《てんびんぼう》】を手に入れた。STR＋200と、STRが一気に80も大幅上昇です。これはもうウズウズするよね。このおNEWの武器を使って、思いっきり身体《からだ》を動かしたい気分だ。日程的にも余裕があるし、ここはいっちょやりますか！

§　§　§

ジルトレの街の東の高原にやって来た。

ここなら比較的、新規参入の初心者と競合しない。彼らの邪魔をするのは、できれば避けたい。でも街クエストは思いっきりやりたい。そう考えてこの場所を選んだ。

いつもは「高原黒魔牛」が長閑《のどか》に草を食《は》んでいる風景が見えるが、今はその姿はない。俺の周りには、ヤギ・ヤギ・ヤギ・ヤギ・ヤギ……白いヤギの群れが取り巻いている。

そう。絶賛、ジャックポット中なわけです。

イベントモンスターの「カプラ」は、白髭を生やしたヤギのモンスターだ。なかには立派《りっぱ》な大角《おおづの》を持つ個体もいて、集団で襲《おそ》われると結構危ない。――だがそれは、あくまでも初心者の場合だ。上級職の俺にとっては、もちろん超雑魚《ざこ》なわけで。

棒をブン回せば、なぎ倒しで一掃《いっそう》できる。めっちゃ爽快《そうかい》！　ゲーム感満載です！

平日の午前中のせいか、フィールド上にいるプレイヤーは少なめで、お互いにかなり距離をとっている。それぞれが、ジャックポットによる大量ドロップを狙《ねら》っているのは明白だ。

おそらく彼らは生産職で、少しでも品質の良い生産品を作るために、イベント妖精を手に入れようとしている。俺も（支援職だけど）頑張ろううっと。

「ねえ、見て。あそこ。すごいヤギの群れ」

「ああ。あの中にプレイヤーがいるはずだ。ジャックポット中みたいだな。ほらあっちにも、向こうの方にも、同じような群れが見える」

通りすがりの男女一組のプレイヤーが、いつもと異なる草原の光景に目を見張り、一旦《いったん》足を止めた。

広い草原のあちこちに、白い毛綿《もめん》のような塊《かたまり》が湧《わ》いている。だが決して牧歌的な光景ではなかった。彼らに最も近い群れの中心にいるのは、山羊《ヤギ》使いならぬ荒ぶる棒使いだ。

草原を広く見渡せば、通常の武器を使用する者以外に、包丁や鋸《のこぎり》などの生産系武器を振るっている人の姿も散見される。

「本当だ。群れの中心にプレイヤーがいるね。でも一人みたい。こういうのって、ソロで活動するのが基本なの？」

「基本というわけじゃないが、街イベントは個人競技だからソロが多くなる」

「ふぅん。今度の妖精って、お爺ちゃんのだよね。それもちょっと怖い顔をした。なのになぜ人気があるの？」

「生産スキル補正を持っているからだ。欲しがる人は結構いると思う」

「私たちは戦闘職だから、関係ない？」

「確かＬＵＫとＤＥＸの補正も付くから、戦闘職でも弓師《ゆみし》や魔術職は欲しがるかもしれない」

「そっかぁ。あれ？　あそこにいる人、神官っぽいよ。神官職でも欲しがる人がいるんだ？」

「コレクションとして、ゲームアイテムを集めるのが好きな人もいるからな。ゲームの楽しみ方は人それぞれだよ」

カップルプレイヤーが和《なご》やかに話している前方では、次々と山羊たちが宙を舞っていた。その様子は、まるで小さな竜巻《たつまき》でも起こっているかのよう。

吹っ飛んでは、光になって消えていく山羊たち。そこに全く遠慮はみられない。

「うわー。ヤギさんたち、あんなに吹き飛んでるよ。すごい勢い」

「イベントモンスターは初心者向けのステータスだから、上級者が戦ったらああなるな」

「そうなんだ。あんなにヤギがいたのに、あっという間に全部倒しちゃったね」

「もしコレクターなら、特別装備を入手するために、ランキング入りを狙っているはずだ。そうなると、あんな風にひたすら倒し続けていく必要がある」

「結構大変なんだね」

「図鑑を埋めるようにアイテムを集める。俺にはそういう趣味はないが、人によってはかなり達成感があるらしい。案外楽しんでやっているかもしれないぞ」

「そうなんだぁ。ランキング入りできたら凄いね。私たちもそのうち、どこかのランキングに入れるかな？」

「なかなか難しいと思うが、全く見込みがないわけでもない」

「本当？」

「ああ。この間あった王都の緊急イベントみたいに、参加人数が少なめなら可能性はある」

「それなら、ランキング入りを目指して、一緒に頑張っちゃおうか？」

「もちろんだ。じゃあ、そろそろ俺たちも行くぞ」

「うん！」

ユキムラをコレクター認定したカップルは、目の前で荒ぶるプレイヤーが、その王都の緊急イベントのランカーだとは露《つゆ》知らず、仲良さげに言葉を交わし合い、彼らの目的地に向かって足早に去って行った。


ん？　誰かに見られている気がしたが、気のせいか。

今日は凄く調子がいい。ジャックポットがいい感じで起こっている。この調子でガンガン狩るぞ！

今回は、上位三〇名が妖精装備をもらえるが、なにしろ競争相手は生産職だ。少しも油断できない。支援職だけがライバルのときより、きっと厳しい競争になる。

だから、前回のイベントのときに発見した、調理による好感度上昇。これを大いに利用するべく、調理方法は既《すで》に下調べ済みだ。

「ユールグロット」は、北欧でクリスマスの時に食べられている甘いお米のお菓子で、別名「クリスマスポリッジ」とも呼ばれ、簡単に言えば砂糖を入れたミルク粥《がゆ》を指す。

ついに来た！　イベントアイテムとはいえ、米製品がゲーム内初登場だ。そろそろ食材として米が実装される前触れかな？　だったら嬉《うれ》しい。

前回と違って、素材ではなく既に調理されたものなので、それをアレンジして提供する必要がある。リアルでは、各家庭でちょっとずつ食べ方が異なっていて、シナモンで香りをつけたり、バターを落としたり、生《なま》クリームや練乳を混ぜたりするらしい。でき上がった甘い粥に、酸味のあるフルーツソースをかけてもいい。これは工夫のしがいがあるね。

材料はバッチリ揃《そろ》えた。爺さんの頬《ほ》っぺたが落ちるような、絶品菓子を作ってみせようじゃないか！

＊

ゲームとはいえ、久々に思う存分《ぞんぶん》に動いたせいか、とても気分がいい。

身体を動かすのは好きだから、日頃からジョギングをしているが、それだけじゃなんか物足りない。うーん。たまには道場にでも行ってみるかな？

大神殿に戻り、大量ＧＥＴした「ユールグロット」の調理を始めた。味見をしてみたら、癖《くせ》のないシンプルなミルク味だったので、加工には向いている。

……おっとメレンゲ。それは君の食べ物じゃない。えっ、お腹《なか》が空《す》いた？　いたずらしないなら、とっておきのをあげるけど？　はい、指切り。約束だからな。

メレンゲ用のお皿に、作り置きしておいた「ほろ苦い恋の味・天使も虜《とりこ》になる金冠《きんかん》プリン」を載《の》せた。金冠鶏卵《けいらん》の卵黄《らんおう》をたっぷり使った新作スイーツだ。型から抜けたプリンは、お皿の上でプルプルと揺れ、その表面を、焦《こ》がしカラメルソースがゆっくりと伝い落ちていく。

プリンがなんとなくキラキラしているのは、聖属性が付いているから。プリンの名前がおかしいのは、今更《いまさら》かな。

じゃあ、作業を再開するか。

爺～さん、爺～さん、お～粥が好きなのね。

やばっ！　つい変な歌が出ちゃったよ。まあ、誰も聞いてないからいいか。……いや。いるじゃん！　もう来たの？

砂糖壺《つぼ》の陰《かげ》に、赤い服を着た爺《じじい》が一匹……じゃなくて一人。

もしかしてそこで、でき上がるのを待っているとか？　う～ん。実際に見ると、かなりの悪人面《づら》だ。特に睨《にら》むような目つきがヤバい。まるで獲物《えもの》を狙うスナイパーのよう。空腹のせいか、既にロックオン状態のようで、背中を向けたら打たれそうな雰囲気がある。

でも伝承《でんしょう》では、ユールトムテは、見かけによらず良い妖精だと言われている。お菓子をあげると、お礼に掃除をしてくれることもあるらしい。

じゃあ、早速《さっそく》でき立てを召し上がれ。はいっ。木製の小さなスプーンを渡してあげたら、凄く嬉しそうな顔になった。

美味《うま》そうに食べるね。そんなに好きなのか。モグモグと食べている姿は、怖さがちょっと減って可愛《かわい》いかもしれない。

……だからメレンゲ、それはお前のじゃないって。プリンを食べ終わったメレンゲが、爺にあげた「ユールグロット」を食べたそうにしている。でもダメ。

それならプリンのお代わり？　仕方ないなぁ。もう一個だけだからな、ほら。

メレンゲに追加で新作プリンを出してあげたら、鋭い爺の視線が、ジ――ッとプリンに突き刺さった。それはもう、穴が開きそうなくらいに。

えっ？　爺もプリンが欲しいの？

でも、このプリンはイベント菓子じゃない……「ユールグロット」の上に載せれば大丈夫だって？　マジか。それって仕様《しよう》上ありなわけ？

俺がためらっていると、爺が身振り手振りで盛んにアピールをし始めた。いかにプリンが食べたいか。即興の爺ダンスによる熱烈なボディランゲージだ。

……うん、わかった。そこまで訴えなくても大丈夫。あげるから。

プリンが崩《くず》れないように気をつけながら、ポトンッと爺のお皿の上に載せる。カラメルソースがミルク粥にかかってしまうが、味覚的にはありなはず。プリンもお粥も、嬉しそうにすくって食べているしね。

こうしてみると、マスコット妖精のＡＩは、思っていたより自由度が高いのかもしれない。

俺の目の前に、それも調理中に現れた子たちだから、食いしん坊なのは当然なのかも。うん、固定観念は捨てよう！　みんなで美味《おい》しいものを食べられたら、それでいいってことで。

§　§　§

街イベントが始まって一週間が過ぎた。

このタイミングで、長いことユーキダシュにいたトオルさんとアークが、やっとジルトレに戻ってきた。そして、この街で転職クエスト「自分の工房を持とう！」の最終段階をクリアして、二人とも上級職になっている。

じゃあお祝いってことで、山羊狩りの合間に、食事会や飲み会で集まって、互いの近況を報告し合った。

「レジャー系のコンテンツがいくつか溜《た》まっているから、予定を合わせて一緒に遊びに行くか」

「いいね。川釣り・磯《いそ》釣り・渓流《けいりゅう》下り。どれにする？」

候補に挙がったのはこの三つ。

「渓流下りは是非行ってみたい」

「あっちまで行くなら、ついでに王都の散策《さんさく》もしないか？」

「そうね。私もショップ巡《めぐ》りはしたいかも」

渓流下りは、今回のアップデートの目玉であり、王都の西に流れるジオテイク川の上流から出発する。まずは船で王都へ行き、そこまで移動する必要があった。

「釣りはどうする？」

「磯釣りは、一人で行ったことがありますが、足場が不安定で狭かったです。みんなでワイワイやるのには向いていないかも」

これは俺の体験談だ。海に突き出たゴツゴツとした岩場は、かなり忠実に実際の海岸を模《も》していた。岩の表面に藻《も》や貝殻《かいがら》が付着しているせいで、滑りやすい上に転ぶと危険で、指定される釣りポイントの広さも、お一人様用サイズで狭かった。

「じゃあ磯釣りは後回しでいいか。あるいは個々人で行ってもよさそうだな」

話し合いの末、王都は遠いので、まずはハドック山の麓《ふもと》——魚人の集落の近くで川釣りをして、それから王都へ移動して渓流下りをすることになった。

上級職になったトオルさんに、早速アクセサリの強化をお願いしてみた。

クワドラの街の北にある湖沼《こしょう》地帯。そこで手に入れた「真珠《しんじゅ》」で【護符《ごふ》】の強化ができる。属性を問わずに強化できるので、とても便利だ。

所有している二種類の護符の装備を外し、真珠と一緒に預けた。以前作ってもらった【慈愛《じあい》の指輪】も、別の宝石で強化できると聞いて、それもお願いすることにした。

先に上級職になったガイアスさんとジンさんには、常闇《とこやみ》ダンジョンで入手した「流星シリーズ」と「加重シリーズ」を素材にした装備の作製を依頼中だ。新しくブーツとガントレットを、もし素材が余れば胸当ても作ってもらおうと考えている。

AGI《敏捷性》強化装備になるだろうから、普段使いにするつもりだ。だからデザインは、カッコいいけど派手《はで》ではなく、お洒落《しゃれ》だけど比較的地味な感じにしてほしいとお願いしてある。ちょっと無茶振りだけど、でき上がってくるのを楽しみにしている。

◆第5回　街イベント「妖精ユールトムテを手に入れよう！」結果
好感度ランキング　一六位
《妖精ユールトムテ》
レベル１［ＨＰ］５［ＭＰ］５
【赤い帽子】効果なし
【橇《そり》・ユールボック（藁《わら》のヤギ）】ＤＥＸ＋20　ＬＵＫ＋10
※ランキング報酬・特別装備
【聖夜の贈物Ⅰ】ＬＵＫ＋10
【トムテの応援】ＤＥＸ＋10　生産スキルに＋補正（小）
※生産品のレアリティ上昇・成功率上昇

◆強化装備・新作装備
〈アクセサリ〉
・Ｎ【星霜《せいそう》の護符】ＭＮＤ＋10　耐久（破壊不可）＋［真珠］
↓Ｒ【星霜の神符《しんぷ》】ＭＮＤ＋30　耐久（破壊不可）
・Ｎ【水精の護符】ＩＮＴ＋10　水耐性付与《ふよ》（中）　耐久（破壊不可）＋［真珠］
↓Ｒ【水精の神符】ＩＮＴ＋30　水耐性付与（大）　耐久（破壊不可）

・R【慈愛の指輪】MND＋15　LUK＋10　耐久（破壊不可）＋［星蒼玉］
↓SR【星降る慈愛の指輪】MND＋30　LUK＋20　耐久（破壊不可）
〈ブーツ〉
・SR【流星の脚甲《きやっこう》】＋［天馬《てんま》の皮革《ひかく》］
↓SSR【流星天馬の軌跡《きせき》】VIT＋30　AGI＋60　耐久500
〈籠手《こて》〉
・SR【流星の籠手】＋SR【加重の盾《たて》】
↓SSR【隕星《いんせい》の籠手】VIT＋30　AGI＋40　INT＋10　耐久500
※攻撃を仕掛けてきた相手の相対速度を遅くする
〈胸当て〉
・SR【加重の鎧《よろい》】＋SR【流星の剣】
↓SSR【隕星の胸殻《きようかく》】STR＋20　VIT＋50　AGI＋50　INT＋10
耐久400
※攻撃を仕掛けてきた相手の相対速度を遅くする
〈額冠《がくかん》〉
・SR【加重の兜《かぶと》】＋［星蒼玉］
↓SSR【天隕のダイアデム】VIT＋20　INT＋20　MND＋30
LUK＋10　耐久500

※攻撃を仕掛けてきた相手の相対速度を遅くする。

2　閑話　始まりの街の薬師

《始まりの街　ウーナ薬店》

所狭しと道具が置かれた部屋で、懸命に作業をする一人の若者の姿があった。彼の名はミツル。ＩＳＡＯの第一陣であり、薬師《くすし》として一途《いちず》に修行を続けているソロプレイヤーである。


ゴリッゴリッと、乳鉢《にゅうばち》の中で今日も素材を加工する。

砕《くだ》く、潰《つぶ》す、擦《す》る。単純なようでいて実は奥が深い。なぜなら、乳棒《にゅうぼう》の持ち方、力加減、角度、回し方。それらのちょっとした違いで、素材の品質が変わってしまうから。

五感を働かせて、素材、乳鉢、乳棒、腕、手首、指先までの全《すべ》てに意識を行き渡らせ、素材が細かくなるにつれて、力加減や擦る速度を丁寧《ていねい》に、しかし迅速《じんそく》に最適化する。

無駄のない動きが、最も素材に負担をかけない。言葉でいうのは簡単だけど、結果を出すのは難しい。でも最近、やっとそれが身についてきた。

よしっ！　これくらいでいいか。手を止めて、乳鉢で擦った素材を確認してみる。


【素材鑑定Ⅸ】
・乾燥アッシュの実［細粉《さいふん》］手挽《てび》き　［有効成分含有量］大　［品質］特優

まだ青い未成熟なアッシュの実を自然乾燥し、乳鉢で丁寧にすり潰したもの。熟練の技《わざ》で、均一《きんいつ》な細粉状に加工されている。

関連レシピ：「万能薬《ばんのう》」

やった！　今回もばっちりだ。手応《てごた》えはあったけど、また品質で特優が出た。

「ミツル、そろそろお昼だよ。あたしゃ、すっかりお腹が空いちまったよ。早く何か作っておくれ」

「はい、師匠《ししょう》。これを片付けたら、すぐに準備します。いつものやつでいいですか？」

「なんだって構わない。材料はあるはずだから、それで適当にこしらえてくれたらいい」

「はい。わかりました」

師匠からお昼の催促《さいそく》が来たので、作業を中断する。いけない。もうこんな時刻なのか。熱中していると、時間が過ぎるのがあっという間だ。

そして一旦《いったん》深呼吸。こういう時に慌《あわ》てないために、ＩＳＡＯを始めてから、僕が身につけた新しい習慣。せっかくできた素材をダメにしたら元も子もない。だから最後まで気を抜かず、きちんと保管するまで気を緩《ゆる》めちゃダメだ。

作業台の片付けを終え、昼食の準備を始める。最初は野菜を切るのもままならなくて、どうなることかと思った時期もあった。焦《こ》げ臭い料理を、恐る恐る師匠に出したこともある。それも今となっては、笑い話にできる良い思い出だ。

諦《あきら》めなくてよかった。師匠に巡《めぐ》り会えて本当によかった。美味《おい》しそうにできた料理を皿に盛りながら、気がつけば、薬師としての転機となった懐《なつ》かしい思い出——ウーナ師匠との出会いに思いを馳《は》せていた。

*

僕は、現実《リアル》では何をやっても不器用で、ひとつのことを習得するのに、人並み以上に時間がかかる。いわゆる要領が悪いってやつだ。

同時に同じことを始めた友人たちは、あっという間にどんどん先に行ってしまい、いつも僕は置いてけぼり。それが日常《あたりまえ》だった。

「悪いな。デスペナを受けるとキツイから、今回は別行動にしよう。次の機会は一緒に行くからさ」

みんな根は悪い奴《やつ》じゃないから、僕が遅ればせながらでも力をつければ誘ってくれるし、僕に合わせたレベルのクエストに、わざわざ付き合ってくれることもある。

でも、そうやって気を使われるのは、なんだか周りの負担になっているようで嫌になり、次《し》第《だい》に僕の方から誘いを断ることが多くなった。

こんなに気疲れするなら、もうＭＭＯＲＰＧはやめようかな。

半年前、そう思い始めていた時に出会ったのが、今やっているゲーム、ＩＳＡＯだ。

「攻略だけじゃなく、生産や街プレイも楽しめる」

そのキャッチフレーズを聞いて、僕はすぐさま飛びついた。

運良く第一陣で開始できることになった時には、親を拝《おが》み倒して購入費用を借りたほどだ。

そうまでして始めたISAOで、僕が選んだ職業は「薬師」だ。生産職にはいろいろな職業が用意されていたから、最初はかなり迷った。

「錬金術師」には、ゲームならではという感じで興味を惹《ひ》かれたし、オリジナル銘《めい》がついた武器を打てる「鍛治師《かじし》」も、とても魅力的に思えたからだ。

でも最終的には、不器用な自分でも手近な素材でコツコツ作れそうな「薬師」を選んだ。

スタートは「見習い薬師」から。薬師の職業関連スキルを得たり、上位職に転職したりするには、まずどこかの薬店で修行する必要があった。

そこで、冒険者登録の際に目についた、大通り沿いの大きな薬店である「モノリス薬店」に足を運んだ。

そこには、既《すで》に何人も「見習い薬師」のプレイヤーがいて、手際よく作業している姿が目に入った。当時は気づかなかったが、今思うと、その多くがベータテストの経験者だったんじゃないかな？

じゃあ僕もってことで、早速《さっそく》修行に入ったものの、すぐに壁にぶつかってしまった。「リアル追求」――ISAOの最大の売り文句であるこの仕様《しよう》が、またもやゲームの中で僕に挫折《ざせつ》感を味わわせることになったからだ。

教わった通り、周りと同じように作業しているはずなのに、処理した素材の品質が上がらない。素材をフィールドに採《と》りに行けば、その品質が明らかに良くない。

品質が低い素材を使って作った薬は、やはり他のプレイヤーが作るものよりも明らかに劣っていて、ちゃんとした値段がつかないと言われたときには、かなり落ち込んだ。

でも僕は諦めなかった。

なぜなら「地道な努力を積み重ねることにより、誰だっていつかは目的を遂《と》げられる」が、このＩＳＡＯのもうひとつの柱となるコンセプトだったからだ。


ログインするたびに初心者用のフィールドに行き、とにかく素材を集めた。たくさん失敗するから、その分、素材もたくさん必要になる。

集めるときも、ただ機械的に繰り返すのではなくて、ちょっとずつ採り方を変えてみたり、時間はかかるけど、いちいち品質評価をして確かめたりしながら、より良い採り方を模索《もさく》していった。

みんなが何気なくやっていることでも、自分は同じようにはできない。だったら、よく見て、よく考えて、より工夫して、練習を繰り返す。それしかないじゃないか。

そうやって試行錯誤《しこうさくご》を重ねながら、毎日毎日採取や調薬を繰り返し、徐々《じょじょ》にだけど品質が上がってきて、やっと手応えを感じてきた頃に「ウーナ婆さん」に出会った。

僕がいつものように【フィールド鑑定】で薬草を探し出しては摘《つ》んでいると、

「やれやれ。あんな手つきじゃダメだね」

「もっとそっと壊れ物を扱うように優しく触《ふ》れるんだよ。例《たと》えば、生まれたての小鳥の雛《ひな》を持ち上げるみたいにね」

どこからか、ブツブツと文句を言う声が聞こえてきた。あれってもしかして、僕に対して言ってるの？

辺《あた》りを見回すと、少し離れた灌木《かんぼく》の根元に、まるで保護色のような茶色い服を着た小さな婆ちゃんが座っているのを見つけた。えっ！　いつからいたの？　どう見てもＮＰＣだよね？　なぜこんなところに？

「お婆さん、こんにちは。ここで何をしているんですか？」

「下手くそな薬草摘みを見ていたのさ。かわいそうに。草が泣いているよ」

草が泣いている？　本当に？

「えっ？　草って泣くんですか？　僕には全然聞こえません」

「ものの例えだよ。まあもし本当に泣くとしても、あんたには聞こえないだろうけどね」

お婆さんは呆《あき》れたように返事をした。でも僕は、その様子を気にするよりも、彼女に聞きたいことがあった。

「それは、僕のやり方が間違っているってことですか？」

「はっきり言うとそうだね。だけど、あんたの少しマシなところは、自分が下手くそだって自覚があるところだよ。他の連中は、そもそも何も考えてやしないからね」

「下手だという自覚は確かにあります。自分がすごく不器用だってことも」

だって本当に、僕は要領が悪過ぎる。

「ふーん。そこまでわかっていて、なんであんたは自己流でやっているんだい？」

「自己流……ですか。そう言われても仕方がないのかな？　教わったやり方でやってみたら、品質が良くならなくて。もっと工夫した方がいいのかと思って、いろいろ試していました」

「あんたみたいな下手くそは、ちゃんとした師匠を持つべきだね」

「師匠？　……ですか？　僕、見習い薬師ですけど、その、ちゃんとした師匠につくには、どうしたらいいでしょう？」

「やる気があるなら、うちに来てもいいよ。言っておくけど、あたしゃ厳しいから、すぐに音《ね》を上げちまうかもしれないけどね」

「お婆さんが、薬師の師匠なんですか？」

「そうだよ。裏通りで何十年も小さな店をやっているよ。弟子《でし》はあんまり取らないんだけどね。あんたは見ちゃいられないから、仕方なく声をかけたんだよ」

こんなチャンス、おそらくそうありはしない。でも、僕なんかを本当に弟子にしてくれるのかな？

「僕を弟子にしてくれるんですか？　自分で言うのもなんですけど、すごく不器用で、物覚えも悪いです」

「そんなのは、やる気さえあればなんとかなるもんだよ。ただ、本当にあたしゃ厳しいからね。楽しいかどうかはわからないよ」

「厳しくてもいいです。いや、厳しい方がいいです。ちゃんと一人前の仕事ができるようになりたいんです。弟子にしてくれるなら、是非《ぜひ》お願いします」

「そうかい。じゃあ、最初の仕事を言いつけるけどいいかい？」

「はい。なんでしょう？」

「あたしをおぶって街まで連れて行っておくれ。腰をやられちまってね。ここから動けないいんだよ」

＊

思わぬご縁《えん》で、僕はウーナ師匠に弟子入りすることになった。

ＩＳＡＯのＡＩは本当に優秀で、ウーナ師匠とのやり取りは、本物の人間を相手にしているみたいだった。

「厳しい」は、誇張でもなんでもなくて、何度も何度も駄目出《だめだ》しをされながら、ひたすら繰り返し基本作業をさせられた。素材の扱い方、洗い方、束ね方、干し方、刻《きざ》み方、擦り方、測り方……覚えることは幾《いく》らでもあった。

今まで自分では工夫していると思っていたことが、全然配慮が足りていなかったことも、次第にわかるようになってきた。

ちょっとした動作や時間のロスで、素材が劣化したり、使えなくなったり。今までどれほど雑だったのか。少しずつ上達していくにつれて、自分の欠点を自覚することも多くなった。

そういった具合だから、スキルの習得も、レシピの取得も、全てが遅々《ちち》として進まない。第一陣のプレイヤーたちは、どんどん先に進んで、別の街へ移っていったのに。

僕がいるのは、まだ「始まりの街」で、相変わらずウーナ師匠に絞《しぼ》られている。でも、もうそれで焦《あせ》ることもない。時間は他人の何倍もかかるけど、これまで身についた技術や知識は、とても納得のいくものだったからだ。

攻略？　そんなもの知ったことか。強さなんて、素材採取地まで行って帰ってこられたら、それで十分だ。

自分としては、かなり吹っ切った気持ちで修行を続けていたら、いつの頃からか、レベルが順調に上がるようになり、Ｊスキルもかなり増えていた。でも、僕が極《きわ》めないといけないことは、まだまだ沢山《たくさん》ある。

すっかり品質オタクになった僕は、納得がいくものができるまで、飽きることなく同じものを作り続けた。

単調なようでいて、僕にとっては刺激的ともいえる毎日。でもある日。

「そろそろいい頃合いかね。とっておきのレシピを教えてあげるよ。ただ作製難易度は、これまでの比じゃない。覚悟して臨《のぞ》まないと成功しないよ。どうだい？」

「やります！　いいえ。やらせて下さい」

「いいだろう。じゃあ、音を上げずについてくるんだよ」

「はい！」
勢いよく返事をすると、
《ピコン！》
《職業クエスト「蘇生薬《そせい》へ続く道！　①希少《きしょう》薬のレシピ」が始まりました》
《達成報酬《ほうしゅう》：クエストを全てクリアした際には、【蘇生薬のレシピ】【蘇生薬製作補助スキル】を獲得できます》
……そんな驚くべきアナウンスが聞こえた。

3　エリア解放

今日はレジャーｄａｙ。

クリエイトのみんなと、ハドック山の麓《ふもと》にある「魚人の集落」近くの渓流《けいりゅう》に来ている。

ウォータッド湖から流れ出るこの渓流一帯は、気候設定が秋に固定されていて、見渡す限り紅葉の真っ盛りになっていた。

柔らかに降り注ぐ木漏《こも》れ日と、キラキラ光る水飛沫《しぶき》。緩《ゆる》く蛇行《だこう》する川には、目に見えて落差があり、ときに小さな滝を成している。

水面《みなも》に点々と顔を覗《のぞ》かせる岩に、白糸のような清流がぶつかっては向きを変え、互い違いに折り重なるように流れていく。その様《さま》は、まさに千変万化《せんぺんばんか》。

緑に苔《こけ》むした岩の上に散る、目の覚めるような赤・黄・橙《だいだい》。対比する色彩。色づいた落ち葉だけでなく、森全体が鮮やかなモザイク模様に染まっていた。

目に楽しい景色を眺《なが》めながら、遊歩道を進む。木々のトンネルを抜けた先に、釣りスポットへの入口と、ショップを兼《か》ねた管理事務所があった。ここで、遊漁券《ゆうぎょ》の発行や釣り道具の販売・レンタルを行っている。早速《さっそく》必要な手続きをしてみることに。

「初心者用の釣竿《つりざお》セットと、釣りウェアのレンタルチケット付き遊漁券をお願いします」

渡された釣竿セットは、清流用の釣竿と仕掛け一式（釣糸・オモリ・釣針・目印《めじるし》）に、玉網《タモ》、万能《ばんのう》エサまで付いていた。レンタルウェアに着替えたら、もう準備万端だ。

足場を確保して、川の流れに仕掛けを流す。水の色が濃く見えるところに流すといいと、管理事務所の人が教えてくれた。オモリが水中に沈んでいき、蛍光オレンジの目印がゆっくりと流されていく。あとは引きがあるまで待つだけだ。

こういうのっていいな。

ひんやりとした空気。清流のせせらぎと、時折頬《ほお》を撫《な》でるように吹く風に、耳を澄《す》ますと聞こえる葉擦《はず》れの音。目を閉じると、自然と一体化したみたいな気分になる。

……なんかボーッとしちゃった。

寝ていたわけじゃないが、時間感覚がなくなっていた。釣りを始めてから、どのくらい時間が経《た》った？　数分ってところかな？　あるいはもっと？

釣竿の先に目を向けると、タイミングよく、流していた目印の動きが止まり、スッと水中へ引き込まれていく。

きたっ！

上流方向に竿を引けば、透き通る流れから銀色の魚が浮上してきた。そのまま魚を水面に引き寄せて、タモですくって捕獲《ほかく》に成功。

釣り上げた魚は全長15センチくらい。背中や鰭《ひれ》は黄色味を帯び、薄く紅色《べにいろ》がかった側面に、青く輝く小判《こばん》型の斑紋《はんもん》が浮かんでいる。

「凄《すご》い！　もう釣れたの？」

「はい。ラッキーだったみたいです」

「とても綺麗《きれい》な魚ね。食べちゃうのがもったいないくらい」

「本当ですね」

釣った魚を眺めながら、キョウカさんと顔を寄せ合って、こんな会話をするのも楽しい。

「ユキムラも釣れたか。いいぞ！　この調子でどんどん行こう！」

少し離れたところから、トオルさんの張り切った声が聞こえてきた。トオルさんは、かなりの魚好きだと言っていた。もちろん食べる方の意味で。俺も好きだけどね。

この魚は、塩焼きにすると相当に美味！　管理事務所の人にそう聞いて、みんなやる気になっている。そこまで美味《おい》しいなら、少し多めに確保しておきたいところだ。

森林浴をしながらお魚ＧＥＴだ！　さあ、もっと釣るぞ！

釣りが一段落したので、管理事務所に併設されている野外バーベキュー場へ向かった。

「肝心《かんじん》の魚は、スキル持ちに調理をまかせてもいいか？」

「ええ、構わないわ」

「もちろんです」

【調理】スキルを持っているのは俺とキョウカさんだけ。二人揃《そろ》ってお魚担当になった。

「じゃあ俺たちは？」

「野菜と汁物《しるもの》担当だよ。魚だけじゃなんだろう？　野菜を切って、蕎麦《そば》をゆで、味噌汁《みそしる》を作る」

「そういえば、売店にいろんな食材セットがあったね。山菜と茸《きのこ》の味噌汁なんていいかも」

「焼き魚と味噌汁か。そうなると米が欲しいよな。街クエストで米粥《こめがゆ》が登場したから、実装が近い気もするが」

「そろそろ次のエリアが解放されそうだから、そこに期待かな」

米の実装は俺も心待ちにしている。だって豊富な海鮮素材があって、醤油《しょうゆ》があって、味噌もある。米さえあれば、料理メニューのバリエーションが一気に増えるのは確実だ。

「じゃあ、俺が内臓とエラを取るので、中を洗ってもらってもいいですか？」

「ええ。水洗いの後に水気を拭《ふ》いておけばいいのよね？」

「そうです。串《くし》を刺すのは一緒にやりましょう」

調理の手順はこんな感じだ。
・包丁で魚の腹を開いて内臓を出す。ついでにエラも取り除く。
・一旦《いったん》水洗いした後、水気を拭く。
・口から竹串を刺し込み、背骨を串に巻きつけるように螺旋《らせん》状に刺していく。背骨の上を背中側から腹側へ、背骨の下を通してまた背中側へ。
・表面が薄《うっす》ら白くなるまで塩を振る。尻尾《しっぽ》と背びれに、焦《こ》げ防止用の飾《かざ》り塩をつけたら、準備は完了だ。リアル準拠だが、スキル補正が働くから作業がサクサク捗《はかど》る。
「ユキムラさんは物知りね。こんな刺し方をするなんて知らなかった」

「子供の頃、キャンプに行ったときに教わりました。いわゆる『踊り刺し』と呼ばれるやり方です。こうすると、焼いている途中で、串を中心に魚がクルンと回ってしまうのを防げるらしいです。ゲームの中でまで、やる必要はないかもしれませんが」

「そこは、どこまで運営がリアルに寄せているかよね？　……気にならない？」

「実はちょっと気になります。じゃあ、余った串で検証してみましょうか？　別の魚でもよければ、アイテムボックスに似たような大きさの魚があるので」

「面白《おもしろ》そうね。やってみましょう！」

魚の準備ができたので、いよいよ焼く作業に入る。

ここに来るまでは、自前のバーベキューセットで焼こうと思っていたが、バーベキュー場に囲炉裏《いろり》風の大型コンロが設置されていたので、ありがたく利用することにした。

『釣った魚を専用の竹串に刺せば、じっくり炭火で焼くことができます。竹串は有料（管理事務所で販売）ですが、コンロの利用料金は無料です』

――と壁に説明書きがある。いかにも親切な感じだ。でもここで、串の販売がサービスの一《いっ》環《かん》だと素直に思えなくなっている俺たち《プレイヤー》がいる。運営が拘《こだわ》るリアル寄せを、こんなところでも実践《じっせん》しているのではないか？　そんな疑心がむくむくと湧《わ》いてくるからだ。半年間のＩＳＡＯ生活がそうさせているわけで。

だから検証。考え過ぎかもしれないからね！

じゃあ、魚を焼いてみよう！

・炭から20センチくらい離して串を立てる。最初は魚の背中側を火に向けておく。

火おこしはオートでできるので簡単だ。炭火なのに、火力調節にオート機能がついていた。マニュアルでもできるらしいけど、ここはオート機能にお任せだ。

・最初は強火でこんがりと皮を焼く。皮が乾いたらひっくり返す。あとはじっくり弱火で。

・腹に溜《た》まった水分がポタポタ落ちてこなくなったら焼き上がり。

上手《うま》くできたと思う。いい感じで魚の皮に焼き色がついて、食欲を誘う香りが辺《あた》りに漂う。

「はふはふ。これは旨《うま》い！」

「お手軽なのに最高っすね！」

今回釣りあげたのは「妖精魚」という名前の魚で、淡白だがホロッとした白い身に旨味《うまみ》があった。塩焼きは薄い皮がパリッと香ばしく、でも中はふっくら柔らか。聞いていた通り、とても美味しかったです。

そして検証の結果は？

「今、回ったんじゃないか？」

「本当だ。魚の向きが変わっている」

「やーね。まさかと思っていたのに回っちゃった」

「回りましたね」

思いっきりクルンと回りやがった。背骨に沿って、真っ直《まっす》ぐに串を刺した魚だけが。

これには感心するというか呆《あき》れるというか。いったいどこまで作り込んでいるのか？　やっぱり、ここの運営は油断がならない。ある意味凄いともいえるけどね。

じゃあ、釣りも景色も満喫《まんきつ》したし、ジルトレに帰りますか。


次にみんなの予定が合うまでレジャーはお預けで、いつものように大神殿で仕事をしていたら、待っていたワールドアナウンスが入った。

《ポーン！》

《ISAOをご利用中の皆様にお知らせします。

先ほど、エリアボス〈水脈の魔女　ジオテイク川の三麗妖《れいよう》〉の三体全《すべ》てが討伐《とうばつ》されました。

これにより、ジオテイク川下流域以西への通行が可能になり、「歓楽《かんらく》の街クォーチ」「渓谷《けいこく》の街ダカシュ」「西端の街アドーリア」の三つの街が解放されました》

来たよ。王都の西のマップと街が解放された。それも一気に三つもだって。倒されたエリアボスが三体だから、それもありなのか。

新しい街はやっぱり気になる。最新のお知らせには、新たに大人のレジャーと室内遊技場、それにアウトドアスポーツのコンテンツを追加実装済みだとあった。

大人のレジャーだって。歓楽の街というからには、カジノやショーパブみたいな施設があるのかもしれない。だけど、行くのは攻略組の情報を待ってからでも遅くはない。おっと。アナウンスには続きがあるみたいだ。

《今回の解放を記念し、運営よりユーザーの皆様に、次のアイテムをプレゼント致します。

・ジオテイク川　「渡し舟チケット」２枚

・ジオテイク川　「遊覧船　乗船券」１枚

・「歓楽の街クォーチ」リゾート施設利用券　１枚

・「渓谷の街ダカシュ」温泉施設利用券　１枚

・「西端の街アドーリア」竜の谷体験チケット　１枚

ＩＳＡＯが提供する新たなコンテンツを、是非《ぜひ》お楽しみ下さい。ＩＳＡＯ運営》

なんかよくわからないけど、チケットを沢山《たくさん》もらえた。無料配布なんて、随分《ずいぶん》と太っ腹じゃないか。タッチパネルを開いて、配布されたばかりのチケットを改めて確認する。

乗船券や施設利用券は、なんとなく予想がつく。でも「竜の谷体験チケット」って、何ができるんだ？　竜なんて聞いたら、誰だって気になるよね。ファンタジーを象徴する生き物で、今まではレイドボスとして登場していた。でも今回のは、おそらくモンスターではなくて、プレイヤーと共存できる友好的な竜の登場になりそう。

いいね！　神官職の俺が、竜みたいな巨大な生き物に関《かか》わることはないと思っていた。でも、プレイヤー全員にチケットを配布するということは、もしかしてレジャーコンテンツに近い竜体験ができるのかもしれない。例《たと》えば空を飛んじゃうとか？　そう聞いてワクワクするのは俺だけじゃないはず。早く詳《くわ》しい情報が出てこないかな。

4　掲示板⑦

【転職】ルートを探す旅【Part76】

1. 名無し

The indomitable spirit of adventure online(ISAO)の
転職ルート情報交換の場です。荒らしはスルー
特定プレイヤーへの粘着・誹謗中傷禁止
マナー厳守
次スレは>>950
荒らしはスルー。特定プレイヤーへの粘着・誹謗中傷禁止

前スレ【転職】ルートを探す旅【Part75】
http://***************
関連スレ【テイム】どこまで可能か？　いろいろ試そう【Part21】
http://***************

178.名無し

来た来た来た来た——っ！

179.名無し

>>178
どうしたお前？
アナウンスを聞いたから想像はつくが

180.名無し

待望のアナウンスだものな
気持ちは分かるが落ち着け

181.名無し

ついに来たな

182.名無し

さあさあさあ、今すぐ西へ向かうんだ!
Go　West だ!

183.名無し

それは詳細が分かってからでよくない?
攻略組もこれからでしょ?

184.名無し

ぬるい!
一番乗りを目指すのだ

185.名無し

>>184
ISAOなのを忘れてないか?
そう簡単にはいかないって

186.名無し

さっきから何の話?

187.名無し

お前アナウンス聞いた?
あるいは、お知らせを読んだ?

188.名無し

今ログインしたばっかりだからまだ

189.名無し

ログイン→ここに直行したの?
意味不明

190.名無し

>>189
ここでログアウト中の情報をチェックしているだけ

191.名無し

>>190
お知らせくらい見た方がいいぞ
西の街が新たに三つも解放されている

192.名無し

なぬ?　さすがにそれは見てくるわ

878.名無しの騎士

竜の谷に行ってきた

879.名無し

>>878
いくらなんでも早過ぎる

880.名無しの騎士

>>879
ジオテイク川を越えると海岸沿いに街道がある
馬で飛ばしたら十分に可能だったよ

881.名無し

>>880
ご苦労さん
で、どうよ？　竜の谷ってどんな感じ？

882.名無しの騎士

「体験コース」以外にも、複数のコースがあった
だが非常に厳しいと言わざるを得ない

883.名無し

>>882
できる限り詳しくプリーズ!

884.名無しの騎士

「体験コース」はチケットを買えば誰でも何回でも受けられる
難易度は初級で「騎竜コース」と「竜飼育コース」の２コース
それぞれ陸竜か飛竜かを選んで体験できる
「騎竜コース」では一人乗りはNGで
インストラクターに後ろから支えてもらって乗る
「竜飼育コース」は、いわゆる触れ合いだな
おやつをあげたり、ブラシをかけたり

885.名無し

体験コースはイメージのまんまだが、他のコースは?

886.名無しの騎士

①「騎竜入門コース」：最初にこれを受講する（難易度は中級）
　基本的な騎乗実技と飼育方法を実践＋座学の履修
　授業を全コマ受けてテストに合格すれば次に進める
②「竜飼育修了コース」：①の合格が受講条件（難易度は中級）
　竜の飼育と座学の指導を受けられてスキル【竜飼育】を得られたら修了
③「騎竜修了コース」：②の修了が受講条件（難易度は上級）
　騎乗実技と座学の指導がありスキル【騎竜】を得られたら修了
※これらは全て「陸竜」と「飛竜」で別々のコースになる

887.名無し

>>886
詳しい情報サンクス
確かに大変そうだが転職クエストだと思えば妥当じゃないか?

888.名無しの騎士

厳しいと言ったのは内容ではなくてコースの受講条件なんだ

889.名無し

コースを受講するのに条件があるのか?

890.名無しの騎士

>>889　受講資格は指定スキルの所持という鬼仕様
次の5つのスキルの内、入門コースを受講するには3つ以上
騎竜修了コースを受講するには全てのスキルを習得している必要がある
資格（陸）:【S竜言語】【S耐衝撃】【S体幹支持】【盤石】【平衡感覚】
資格（飛）:【S竜言語】【S空歩】【S遮蔽空間】【跳躍】【平衡感覚】
※【S竜言語】は入門コース受講に必須

891.名無し

グハァ!　マジかよ。5つだぁ?

892.名無しの騎士

それが大マジなんだ
それに加えて全てのコースにおいて
クリアするには技術や知識だけではなくて
竜から得られる好感度を規定の数値以上に稼がないといけない
ちなみに騎士系職業のプレイヤーが「騎竜修了コース」を修了すると
王都竜騎士団の入団テスト受験資格をもらえるそうだ

893.名無し

>>892
よくわかった
親切な君に俺からの愛を送る

894.名無し

>>892
マジでサンキュー
わいも感謝のキッスをチュッ

895.名無し

チュッチュッブッチュー

896.名無しの騎士

気持ちだけでいいからやめて

897.名無し

スキル5つは到底無理だわ

898.名無し

俺も【跳躍】しかもっていない

899.名無し

【S空歩】と【跳躍】を持っているがS／Jスキル枠は満杯で
S／Jスキル選択券の余りは1枚
入門コースにはいけても、結局もう1枚S／Jスキル選択券が必要になる
どっかで緊急イベントでも起きねえかな

900.名無し

>>899
俺も似たような感じ
Sスキル3つは無理だわ

901.名無し

S／Jスキル選択券がもらえるのって
解放イベント・防衛イベント・緊急イベントだけ?

902.名無し

>>901
今のところはそうかな?

903.名無しの騎士

ひとつ思い出したわ
【平衡感覚】は入門コースを受ければほぼ習得できると
体験施設の人が言っていた

904.名無し

>>903
追加情報サンクス

905.名無し

じゃあやっぱり問題はSスキルか

906.名無し

【盤石】の取得方法を誰か知っているか?

907.名無し

>>906
陸竜を目指すの?

908.名無し

俺は重装騎兵だから飛竜は無理なんで

909.名無し

>>906
情報屋に聞いてみたら?　Gはかかるけど早いよ

910.名無し

>>909
そうするわ
それさえあれば竜の谷に行ける

911.名無し

>>910
つまり他のスキルは全部
持っているってこと?

912.名無し

>>911
まあな
「④次職」になった時に増えたスキル枠が2つ残っている
転職クエスト用にキープしてあったが使っちまっても構わない
【S耐衝撃】は既に持っているから
その2枠で【S竜言語】【S体幹支持】を取得すればいい

913.名無し

>>912
お前さんがきっと竜騎士第一号だな
頑張れよ!　俺もあとに続けるように頑張ってみるわ

914.名無し

>>913
応援ありがとう
どうなるか分からないが精一杯やってみる

5　連続シークレットクエスト

今日もお勤《つと》め。神殿で。

第四陣が参入して少し時間が経《た》ったが、ここのところ、みんな急に忙しくなってしまった。

何しろ第四陣は五万人もいる。ふたつのグループに分けて二段階参入したが、その工夫が効《き》いていたのは最初だけ。なぜなら、新規参入プレイヤーは、既存《きぞん》プレイヤーがネットに書き込んだ豊富な攻略情報を持っているから。

彼らは、先を行くプレイヤーに少しでも早く追いつこうとして、資金に余裕ができてくると積極的に装備やアイテムを揃《そろ》える傾向がある。だから今現在、ユーザー間の取引は急激に増えていて、市場での生産品の需要《じゅよう》は爆上がりしている。

この機会を、生産職のプレイヤーたちが見逃すわけがない。彼らは、上級職への転職条件である自工房の設置で、大量のG《おかね》を消費している。従って、今が稼《かせ》ぎ時だとばかりに、みんな凄《すご》い勢いで生産に邁進《まいしん》している。

じゃあ俺も、しばらくは生産に励《はげ》もうかなと、厨房《ちゅうぼう》に篭《こも》って【調理X】三昧《ざんまい》、【J聖餐《せいさん》作成Ⅶ】三昧をしていたのがいけなかった。

俺の場合、特に目的があって作り始めたわけじゃないから、最初は買い溜《だ》めしてあった材料を使って、賄《まかな》い料理や各種ステータスのバフ菓子を大量に作っていた。その俺の様子を見て、やる気があると勘違《かんちが》いしたのかもしれない。

「素晴らしいです。もしよろしければ、こういった日持ちがするものを、もっと沢山《たくさん》作って頂けないでしょうか？」

「みなさんがご希望されるなら、材料さえあれば作る量を増やしますよ」

クラウスさんが欲しいと言ってきたのは、食べると神様を身近に感じるというＭＮＤ＋のパンや焼き菓子だった。作業自体が簡単なのもあって、あまり深く考えずに気軽に引き受け、神殿側の要望に応じて、主にお菓子を中心に作り始めた。

ところが、しばらくして何かおかしいと気づいた。

「大神殿長様、次はこちらの作業台でお願い致します」

俺が厨房にいる間、小麦粉やバターや砂糖などの材料が、途切れることなく補充される。作業台を順番に移動しながら、用意された材料を使ってひたすら作りまくる。

でき上がって山積みになった菓子類は、いつも作業の補佐をしてくれる少年ＮＰＣたちが、ひとつずつ綺麗《きれい》にラッピングして、大きな箱に詰めてどこかに持っていく。まるで人気ベーカリーの厨房みたいだ。エンドレスというか、きりがない。

さすがに作る量がおかしいと思って、でき上がった菓子類の行方《ゆくえ》を尋《たず》ねてみたら、なんと、神殿の物販所で販売されていることが判明した。

「こういった聖なるお菓子は、信徒の皆様に大変人気がございます。おかげさまで、以前より参拝《さんぱい》にいらっしゃる方が目に見えて増えました。大神殿が、かつての賑《にぎ》わいを取り戻すと共に、これまで行き届かなかった建物各所の修繕《しゅうぜん》にも、手が回るようになってきました。さすがは大神殿長様のご手腕でございます」

クラウスさんに問い質《ただ》すと、こんな風に割とガチめの返事が返ってきて、もうやめたいなんて、とても言い出せなくなってしまった。

「……そうですか。少しでもお役に立ててよかったです」

それに俺って、一応、ここの長みたいだし、神殿から給与も支給されている。経営についてなんて、今まで考えたことはなかった（だってＩＳＡＯは経営ゲームじゃないから！）が、ガイドＮＰＣのクラウスさんが、諸手《もろて》を挙げて喜ぶ姿には、少なからず思うところがあった。きっと、ゲーム的には正しい方向に向かっているに違いない。ならいいか。

そんな成り行きで、施療院《せりょういん》が暇《ひま》な時には、狩りにも行かずに厨房に詰める日々が続いた。

ちなみに、作業量が増えていくにつれて、少年ＮＰＣたちにちょっとした変化が訪れていた。以前は全員似たり寄ったりで、ワラワラと群れるように作業をしていたのに、今は彼らの間に序列みたいなものができていて、リーダー格の少年が二人出てきている。

一人は金髪碧眼《へきがん》の勝気な色白美少年のジル君、もう一人は黒髪に褐色《かっしょく》の肌《はだ》をした真面目《まじめ》な少年セル君だ。てっきりモブだからキャラ設定は変わらないと思っていたのに、ＮＰＣも環境に応じて成長するんだね。もし何年もこのゲームをやっていたら、この子たちが大人になった姿も見られるのかな？　どこまで続くかわからないが、そうなったら凄いね。

ジル君が他の少年たちに活《かつ》を入れ、セル君が足りないところを補佐する。息の合った二人の

働きで、お菓子作りの導線がしっかりと確保されていく。気づけば、人気ベーカリーの厨房から、機能的な流れ作業が可能な、ちょっとした食品工場に進化していた。

右から左によどみなく作業が進む。いつの間にかオーブンも増設されていて、一度に焼ける数が増えていた。ログインするたびに作るお菓子の数は、もはや王都でお菓子屋さんを開けそうなくらいになっている。……なぜこうなった？


俺が忙しく生産活動に励んでいる間、メレンゲと爺《じい》さんの妖精二人組は、のんびり仲良くオヤツ三昧だ。俺は調理三昧なのにね！

……いいな、君たち。

いくら食べても太らないし、虫歯にもならないなんて羨《うらや》ましい。そう思っていたが、ある日のこと、二人の様子が急におかしくなった。

やっぱり制限なくバフ菓子を食わせちゃ駄目だったのか？　なんか俺やっちゃった？　焦《あせ》って顔を青くしていたら、妙な幻聴《げんちょう》（効果音の一種かもしれない）が聞こえてきた。

〈ラリパムラリパム・ルルルルル　へんし――――んっ！　キラリンッ！〉

メレンゲと爺《じじい》が、螺旋《らせん》状の白い光の帯を身体《からだ》の周囲にまとわせながら、なぜかクルクルと回転を始めた。そう、例《たと》えるならフィギュアスケートのスピンのような、あるいは、魔法少女の変身シーンのように。そして光が消えた時、目の前に二人のステータスが表示された。

《御使《みつか》い妖精》
名前［メレンゲ］レベル２［ＨＰ］10［ＭＰ］10
【御使い妖精の服】ＭＮＤ＋10
【渾天《こんてん》のドレス（翼）】ＭＮＤ＋20　耐久（破壊不可）　※ランキング報酬《ほうしゅう》・特別装備
【妖精の接吻《せっぷん》Ⅳ】ＭＮＤ＋40　※聖属性スキルの効果上昇（中）
【天空の綺羅星《きらぼし》Ⅰ】ＭＮＤ＋５　ＬＵＫ＋５　※神威《しんい》上昇効果（小）

《聖妖精ユールトムテ》
名前［サン・ニコラ］レベル１［ＨＰ］５［ＭＰ］５
【素敵《すてき》な赤い帽子】ＭＮＤ＋10
【橇《そり》・ユールボック（藁《わら》のヤギ）】ＤＥＸ＋20　ＬＵＫ＋10　耐久（破壊不可）
※ランキング報酬・特別装備
【聖夜の贈物Ⅲ】ＬＵＫ＋30
【トムテの親愛】ＤＥＸ＋30　生産スキルに＋補正（中）
※生産品のレアリティ上昇・成功率上昇
【聖なる美食Ⅰ】ＭＮＤ＋５　ＬＵＫ＋５　※食関連スキルに＋補正（小）

メレンゲが《色妖精（白）》↓《御使い妖精》に変わった。

メレンゲの新スキル【天空の綺羅星Ⅰ】の説明にある「神威」という効果は初耳だ。よくわからないが、響きからして職業上プラスになるような気がする。

一方の爺は、以前は名前欄《らん》さえなかったのに、「サン・ニコラ」という立派《りっぱ》な名前がついて、《妖精ユールトムテ》↓《聖妖精ユールトムテ》に変わった。

注目すべきは、新スキル【聖なる美食Ⅰ】が、食関連スキルに補正効果がある点だ。

そして二人に共通するのは、初期装備が一新されて、スキルレベルが上がり、新しいスキルまで増えていること。聖属性に、より特化したってことか？　そう思って改めて妖精たちを見ると、身体から発する燐光《りんこう》のキラキラ感が増している気がする。

しかし驚いたな。妖精が進化？　するなんて。

きっと他の属性の色妖精も同じ仕様《しよう》のはず。そういうところは、ここの運営は平等だから。進化した原因は、爺の新スキルから推測《すいそく》すると、おそらく聖属性のバフ料理の過剰《かじょう》摂取《せっしゅ》じゃないかと思う。ここのところ、この二人は、かなりの量のバフ料理を食べていた。

属性バフの料理を用意する手間はあるが、装備枠《わく》を消費しないでこれだけステータスが上がるなら、かなりお得というか、積極的に進化させてもいい気がする。早速《さっそく》みんなにも知らせておこう。

＊

そんなことがあった後も、引き続き【J聖餐作成】に励んでいたら、とうとうレベルがMAXになった。それに伴《ともな》い称号『神の技倆《ぎりょう》［聖餐］』を取得。嬉《うれ》しい反面、ちょっと複雑な気分になった。

ベルトコンベアー式に大量生産したとはいえ、スキルレベルの上り幅が大きい。数えていないからわからないが、いったいどれだけ作ったのか？

そしてこのタイミングを見計らったように、クラウスさんが次のようなことを言ってきた。

「これほどまでに研鑽《けんさん》なさるとは、さすがは大神殿長様です。これも神のお導きによるものでしょう。というのも実は、この領域に達した上位神官の方に、お渡しすることを定められている伝承『レシピ』がございます。ここに持って参りましたので、お納め下さい」

クラウスさんから丁重《ていちょう》に渡された一本の巻物。神のお導きによるものだって。運営イコール神と考えれば、間違ってはいないですね、はい。

直接的には、クラウスさんに頼まれた仕事を黙々と続けた結果で、やはりあの大量生産には、目的があったわけだ。でもこれがレシピ？　巻物タイプの料理レシピなんて初めて見る。

「伝承『レシピ』という言葉は初耳ですが、普通のレシピとは違うのですか？」

「はい。伝承『レシピ』には、完成させることができた暁《あかつき》には、なんらかの神の啓示《けいじ》――『天《てん》啓《けい》』が示されるという言い伝えがございます。この言い伝えが真《まこと》になるかどうかは、今後の大神殿長様のご活躍次第《しだい》ではありますが、良い結果に辿《たど》り着けるよう、心よりお祈り申し上げます」

……祈られちゃったよ。この言葉で締めくくられた場合、今は、これ以上情報はあげないよ、自力で先に進めてね……という意味になる。うーん。もうちょっと「天啓」についてヒントが欲しかったのに。
仕方ない。早速巻物を広げてみるか。……なにこれ、開かないじゃん。もしかして中は見られないのか？

《ピコン！》
《【＊＊のレシピ】を入手しました。
これにより、連続シークレットクエスト「＊＊のレシピ」に参加できます》
おっと。アナウンスがくるわけね。画面表示も出た。ふぅん。シークレットクエストなのか。それも連続だって。でもなぜか伏せ字がある。レシピの名前がぼかされている理由って何？
《参加しますか？　※このクエストの失敗によるペナルティはありません》
↓［参加］
↓［不参加］
ペナルティがないなら参加だよな。以前引き受けた神殿絡《がら》みのシークレットクエストは、かなりお得だったからね。ポチッと。
《連続シークレットクエスト「＊＊のレシピ」に参加しました。クエストの進行状況は、タッチパネル上の［参加中クエスト］バナーから確認できます》

なになに？　進行状況の確認ができるのか。［参加中クエスト］バナー……あった。ポチッ。

◆連続シークレットクエスト「＊＊のレシピ」　進行状況：クエスト①　未達成　0／5
クエスト①　レシピの材料を全《すべ》て集めよう。
+楽園の花蜜《かみつ》／使用量：小匙《こさじ》1
+ヒソプの朝露《あさつゆ》／使用量：3滴
+神銀の林檎《りんご》［落果実《らっかじつ》］／使用量：1個
+ウルズの泉水／使用量：聖餐鉢《ばち》1杯分
+神餐水《しんさんすい》／使用量：聖水瓶《びん》3本分
+採取にあたっての諸注意

うわっ！　どれも見たことがないものばかりだ。探すにしても、もう少し情報がないと見当がつかない。これは困ったな。

んっ？　あれ待てよ？　この+はなんだ？　ちょっと触ってみたり……うわっ、ツリー表示が展開するのか。こうなったら、全部展開しちゃおう。ポチポチポチポチ……っと。

−楽園の花蜜／使用量：小匙1
　−楽園草の花の蜜
　　−常闇《とこやみ》の野に咲く花

－ヒソプの朝露／使用量：３滴
　－古代草ヒソプの葉に降りた朝露
　　－遺跡で見つかることがある珍《めずら》しい草

－神銀の林檎［落果実］／使用量：１個
　－枝から自然落下した神銀の林檎。未成熟だが瑞々《みずみず》しく爽《さわ》やかな芳香《ほうこう》を伴う。
　　－天界にある神銀の木に実る林檎。霊峰《れいほう》の頂きに落ちることがある。

－ウルズの泉水／使用量：聖餐鉢１杯分
　－ウルズの泉の水。ユグドラシルを潤《うるお》している。
　　－ユグドラシル三泉のひとつ

－神餐水／使用量：聖水瓶３本分
　－神に供《きょう》される霊水
　　－究極の聖水
　　　－高位聖職者だけが製作できる。

―採取にあたっての諸注意
採取する際、花や草を傷《いた》めてはいけない。対象物だけを採取すること。
液状の採取物は聖水瓶に採取する。固形の採取物は聖餐器に採取する。
※【植物図鑑】【アイテム図鑑】に採取物の［知識］が追加されるので参照のこと。

§　§　§

どこから手をつけるか迷ったが、まず手近なところから始めることにした。それは、移動しなくても神殿内で作業ができる聖水作りだ。

レシピによると「神に供される」「究極」「高位聖職者」なんて単語が並んでいる。つまり、相当に高レアリティの聖水というわけで、その製作には高いスキルレベルとＭＮＤ値《ち》が必要なことが推測できる。

ちなみに、これまで俺が作ったことがある聖水は、ごく普通の聖水と上級聖水の二種類だけ。その上級聖水も、生産を効率化しようとして、大量生産を試《こころ》みた時の偶然の産物で、狙《ねら》って作ったわけじゃない。

そして、現在の【J聖水作成】のスキルレベルはⅧだ。十分に高い気もするが、「究極」と名の付くアイテムを作り出すためには、まだレベルが足りない気がする。

もしいきなり【神餐水】が作れてしまえば、それはそれで万々歳《ばんばんざい》だけど、ここの運営はそれほど甘くないと思うんだよね。それでも、今の俺のステータスなら、上級のすぐ上の等級なら比較的容易にできるのではないか？　そう考えた。

なにしろ、神官系スキルの効果を上昇させる【ＪＰ祈禱《きとう》】と、その上位スキルの【ＪＰ☆秘《ひ》蹟《せき》】は共に取得済み。さらに、職業関連スキルのカンストで得た称号や、上級職への転職クエストとイベント関連で得た特殊称号によるＭＮＤ値の上昇。上級職ランクアップボーナスの一部をＭＮＤ値に配分したし、イベント報酬で引き当てた高レアリティの装備もある。

つまり、俺の神官系スキルの威力《いりょく》は、このところ目に見えて大きくなっていた。

そして試行錯誤《しこうさくご》の末に、数種類の聖水ができ上がり、消費ＧＰと聖水の等級の関係についても、概《おおむ》ね把握《はあく》することができた。

消費ＧＰ／１本あたり
ＧＰ　20　　聖水
ＧＰ　１００　上級聖水
ＧＰ　５００　超級聖水
ＧＰ　２５００　神級聖水

ひとつ等級を上げるのに必要なＧＰは、きっちり五倍になっている。新たに作り出せた聖水は超級と神級の二種類だ。神級聖水ができたとき、てっきりこれがレシピにある【神餐水】だと思った。でもレシピの進行状況は未達成のままで、表示が変わらない。……うん、これじゃないってことだね。

究極が神級より上の等級だなんて、ネーミングが意地悪過ぎる。クラウスさんに、超級聖水や神級聖水を見せたら称賛《しょうさん》してくれたけど、俺的には、ぬか喜びをさせられて、ちょっとがっかりだ。

でも、ここで諦《あきら》めるなんてことはもちろんしない。

この法則でいうと、次の等級の聖水を作るのに必要なGPは12500にもなる。いくらなんでもそれは無理だ。だって、俺のGPは現在5000強。この数値は、たぶんプレイヤーの中でもダントツじゃないかと自負している。

じゃあ、GPを増やす以外の手段で、聖水の等級を上げるにはどうするか？

GP量以外に関係しそうなのは、やはりスキルレベルだ。この推測の裏付けとして、神級ができたときの【J聖水作成】はⅨになっていた事実がある。

究極に必要なスキルレベルはおそらくX、つまりレベルMAXだと予想。そしてこのくらいハイレベルになると、たかが一レベルでも簡単には上がらない。比較的すぐにⅧからⅨに上がったのは、これまでの積み重ねがあったからで、ここからさらに上げるには、どれだけ作業をすればいいのか。それを思うと、今からため息が出そうだ。

来る日も来る日も聖水作り。補助してくれている少年NPCたちも、俺の専属みたいになってきた。聖水を作ると、彼らがせっせと瓶詰《びんづ》め作業をしてくれて、次の素材を別の作業台に用意してくれる。等級が高い聖水を作ると、GPがごっそり減る。そうなると、周りが忙しくしている間に、ひとり祈ってGPを回復。その繰り返しだ。

その結果、超級や神級の聖水が、自分用に確保する分を除いても十分に沢山できた。だから、職業経験値に化けることを願って、試しに神殿に納品してみたら、クラウスさんから意外な反応があった。

「実はつい最近、やんごとなき筋から、王都のミトラス大神殿に問い合わせがあったのです」

「どのような問い合わせでしょうか？」

やんごとなき筋ってなんだ？　それって身分が高い人ってことだよね？　プレイヤーのわけがないから、当然NPCのお偉いさんだと思うけど、NPCの貴族？　それとも王族？　なんか気になる。もうちょっと詳《くわ》しく！

「等級が高い上位の聖水があれば、購入したいという趣旨《しゅし》のようです。その相手の方に、これらを売却してもよろしいでしょうか？」

どうやらそれ以上は秘匿《ひとく》情報らしくて、クラウスさんも詳細《しょうさい》を知らないらしかった。

「納品した以上は、自由に販売して頂いて構いません。でも、使用目的がちょっと気になりますね」

今のこのタイミングで、超級や神級の聖水を、いったい何に使うというのか？　防衛《ぼうえい》イベントはあれで終わったはずだよね？　終わったと言って！　もうあんなのはこりごりだから、延長戦や再来イベントじゃないことを祈りたい。

「確かに。そう仰《おつしや》られるのは尤《もつと》もです。私も気になりますし、ミトラス大神殿のマルソー猊下《げいか》に、その辺《あた》りを確認してみます」

王都での防衛イベント「黒い悪魔」では、あれほどの騒ぎになったにも拘《かか》わらず、設定上は存在するはずの王族や貴族は全く動く気配がなかった。

それに、もしそのやんごとなき筋の人が、時間差で感染症に罹《かか》っているのなら、聖水ではなく治療できる神官が呼ばれそうなものなのに。あっ、でも、設定上は貴族出身の神官も少なからずいるんだった。そういうＮＰＣたちが、ちゃちゃっと治しちゃったとか？　なら街の住民も治せよな、なんて文句を言ったり……何かわかるといいな。

「……上がった。レベルＭＡＸだ」

たった今、【Ｊ聖水作成】のスキルレベルがカンストした。やっとだ。本当にやっと。予想していた通り、かなりの時間を要した。しばらく補充しなくてもいいくらいの、沢山の聖水もできた。

こんなに働いたわけだから、【神餐水】……できるといいな。

とりあえず、今までと同じ作り方で試してみる。【Ｊ聖水作成Ⅸ】では、ＧＰを全投入すると、素材が一本分でも二本分でも「神級聖水」しかできなかった。今回は、レベルＭＡＸで一本分の素材に対してスキルを発動し、ＧＰを全投するつもりだ。果たしてどうなるのか？

……考えるより、やった方が早いよね。

「準備が整いました」

「大神殿長様。御手《みて》の御業《みわざ》をお願い致します」

作業台の上を見ると、既《すで》に準備は万端だ。俺の両脇《わき》には、やけに気合いが入ったジル君とセル君が待機している。心なしか、周りの少年NPCたちの顔も、期待に満ちた表情を浮かべている気がする。じゃあ、いくぞ。

「天の饗宴《きようえん》　神の恩寵《おんちよう》　至高《しこう》の露《つゆ》を　我希《こいねが》う！　【聖水作成】！」

もう幾度《いくど》も繰り返したせいで、スラスラと出てくるようになった文言《もんごん》を唱《とな》えながら、GPの投入を開始する。表示されているGPバーが、もの凄い勢いでみるみる減っていくが、そのまま5000GPを大量ぶっこみだ！

ひと瓶分の素材となる水は、たったコップ一杯分くらい。さて、どこまで変化が進むかな？ 今までは、等級が高くなるにつれて、でき上がる寸前に放出される光が強くなっていった。神級聖水ができたときには、この作業場の外にも光が漏《も》れてしまい、驚いたクラウスさんが駆けつけてきたほどだ。もし上手《うま》くいったら、もっと激しく輝くわけで。

……あれ？　だ、大丈夫だよね？　うん、きっと平気だ。なにしろこの神殿は、こう見えてとても広い。壁だって結構厚い。それに、たかが生産アイテムひとつのために、そこまで凝《こ》った特殊効果を用意するとは思えない。いくらここの運営でもね。だから、おそらく、もしかして……いや、ヤバい。ヤバい感じになってきた。なにこの光！

急激に膨張《ぼうちよう》する目の眩《くら》むような白光。その光は、遠く離れたところから見ると神秘的な虹《にじ》

色《いろ》を帯びていたという。

ユキムラはそうでないことを切《せつ》に願っていたが、白光は作業場どころか大神殿の外壁を貫《つらぬ》き、建物全体を清冽《せいれつ》な輝きに染め上げていた。さらに周辺一帯にまで、放射状に広がったかと思うと、プリズムのように分光して、ジルトレの街の上空に無数の七色の橋が架《か》かった。

「き、奇跡だ！」

「大神殿に神が降臨《こうりん》された！」

「祈りを捧《ささ》げに行こう！」

その後、大神殿に大勢のＮＰＣの信徒が詰めかけて、聖堂内はかつてないほどの大混雑。中に入れない人々が幾重《いくえ》にも周囲を取り巻き、大変な有様《ありさま》になっていた。

落ち着け……ここは平常心だ、平常心。こんなときのためのスキル【不動心】さんだ。

ここはゲームの中で、それもファンタジーな世界だ。ＮＰＣはともかく、プレイヤーの人たちは、空に綺麗な虹がかかっても「素敵《すてき》な演出だね」くらいに思ってくれるはず。だから俺は何も見なかった。うん。見なかったことにする。

それに、できた。できちゃったよ。ほら。

【神餐水［究極聖水］】

結果オーライっていうし、ちょっとしたアクシデントは仕方ないよね。

……ただ問題は、一度の作業で作れる【神餐水】は瓶一本分なのに、必要なのは三本だってところ。でもＧＰが回復したら、誰が何と言おうと作る。こういうのは、一度に終わらせた方がいい。だから、ちゃっちゃか作って、あとは知らんふりだ。そのために、今はお祈り！

§　§　§

予想外の事態は起こったが、【神餐水】を無事三本作ることができた。
よし！　次に行こう！　気持ちを切り替えて着手するのは、楽園の花蜜だ。

－楽園の花蜜／使用量：小匙1
　－楽園草の花の蜜
　　－常闇の野に咲く花

ツリー下の詳細説明では、楽園草・常闇の野がキーワードになる。これだけだと、さすがに情報が少なすぎて困ってしまうが、幸いなことに、レシピを取得と同時に【植物図鑑】に楽園草の説明が追加されていた。

・［楽園草］
常闇ダンジョン深層の野原に生《は》える草。花が咲くと淡く銀色に光る。
数株単位で群生して順番に開花するが、開花後一〇分ほどで枯れてしまう。外観は夜光花に似るが、光の色で判別ができる。

またまた常闇ダンジョンだ。随分《ずいぶん》とご縁《えん》があるな。俺にとっては、ソロで気軽に行ける数少ないダンジョンのひとつなので、大歓迎だけどね。

地下二一階はボス部屋しかないから、常闇ダンジョン深層というと、おそらくグールのいる地下一六―二〇階を指している。確か地下一七―一八階辺りに、それっぽい草むらがあった気がする……早速出かけるか。

《常闇ダンジョン地下一七階》

地下一七階を一掃《いっそう》しながら、足元に銀色の光がないか探し回った。

「花や草を傷めてはいけない。対象物だけを採取すること」

採取にあたっての諸注意には、わざわざこんな言及があった。だから、迂闊《うかつ》に踏んでしまわないように、気を配りながら移動する。

しかし、これがなかなか見つからない。やっぱり、咲いたら一〇分で枯れてしまうというのが最大のネックかも。

それから時間をかけて、ようやく楽園草の採取ポイントらしき場所を見つけた。

……あった！　あれじゃないか？

慌《あわ》てず慎重に、でも、できる限り急いで近づいて行く。ぼんやりとした光の色は、間近《まぢか》で見ると、銀色の煌《きら》めきを伴っていた。やっと見つけた。

念のため［拠点結界《きょてんけっかい》］を張ってから、蜜の採取を始めた。

銀光を伴った、長さ2センチほどの鐘形《かねがた》の白い花が、斜《なな》め上向きに咲いている。花びらの先に聖水瓶の口をそっとあて、極力優しく花冠《かかん》に触れた。指先にほんの少しだけ力を入れ、細心の注意を払って、ゆっくりと花を下に傾けていく。

ポロン、ポロロン♪

竪琴《たてごと》を奏《かな》でたような効果音が鳴り、銀色の蜜が滑るように瓶の中へ落ちた。その瞬間、花は光を失った。

瓶の蓋《ふた》を閉め、別の新しい瓶を取り出した。念のため、ひとつひとつ分けて採取するつもりだ。そのまま数分待つと、すぐ隣にある蕾《つぼみ》が淡く光り、まるで早送り動画のように、緩《ゆる》やかに綻《ほころ》んでいった。

地下一七階の後、地下一八階も捜索して、合計三七本分の楽園草の花蜜を集められた。でも『レシピ』には、使用量小匙一杯分とある。

ギリギリか、若干《じやっかん》足りないくらいか？　できれば、もうちょい欲しいところだ。でも、散々《さんざん》採《と》り尽くした後なので、次に採取できるのは、ある程度時間を置いた後だ。また出直すか。

そのまま直帰《ちょっき》するのもなんだから、地下二一階のボスを倒しに行った。少し気になることもあったから。

ボスの挙動は以前と全く変わらなかったので、問題なく倒し終わり、祭壇《さいだん》の奥の壁を調べると……あった。

よかった、まだあったよ。以前、俺が嵌《は》めた「聖霊石」だ。もし消えていたら泣いていたかもしれない。いくら鬼畜《きちく》運営でも、もう一度作れとは、さすがに言わなかったか。

「聖霊石」に触れると、壁が下がって下り階段が現れた。よし、行こう。


宵闇祭《よいやみさい》の時のように、聖句を唱えながら通路を進む。するとすぐに、通路際にぼんやりと淡く光る場所を見つけた。あった！　さてどうかな？

前回ここを通った時は、てっきりこの光は夜光花だと思い込んでいた。でもよく考えたら、こんな深層の隠し通路に、中層階にある夜光花が咲いているのはミスマッチだ。そのことに、今更《いまさら》ながら気がついた。かがんで、さらに顔を近づけてみる。

……やっぱり。思った通りだよ。

これ、楽園草じゃん。うわぁ、念のため来てみてよかった。

詠唱《えいしょう》を続けながら採取用の瓶を取り出し、蜜を集め始める。次々と採取ポイントを変えながら、徐々《じょじょ》に奥に進んで行った。以前も思ったが、随分と長い通路だ。でもそのおかげで、常闇神殿に着く頃には、結構な量の蜜を集めることができた。

追加で四二本分。合計すると七九本分だ。さすがにこれだけあれば足りるだろう。

順調に蜜が集まったので、お礼くらいしていくかと祭壇に向かう。特に何も期待していなかったのに、手を合わせて一礼すると、不可解なアナウンスが聞こえてきた。

《解放条件をクリアしていません》

解放条件？　何のことだ？　いきなりのフラグで意味不明。宵闇祭はあれで終わったはずだ。もしかして、この同じ場所に、また別のクエストがあるのか？

しばらく待っても、何も起こる気配はなく、アナウンスもあれっきりで、礼を繰り返してみても、祭壇に触れてみても、ウンともスンとも言わない。

……まあいいや。さすがに今は、手持ちの情報があまりにも足りない。ここでこれ以上時間をロスするのもなんだし、また何かわかったら出直そう。

帰り途《みち》、新たに咲いていた楽園草からまた採取して、結局一〇五本分も集めることができた。

なんかラッキー！

◆連続シークレットクエスト「＊＊のレシピ」
進行状況：クエスト①　未達成　２／５
クエスト①　レシピの材料を全て集めよう。
＋楽園の花蜜［クリア！］
＋ヒソプの朝露／使用量：３滴
＋神銀の林檎［落果実］／使用量：１個
＋ウルズの泉水　／使用量：聖餐鉢１杯分
＋神餐水　［クリア！］
＋採取にあたっての諸注意

6　古代遺跡

はい、ログイン。さて、残る採取物は次の三つになった。

－ヒソプの朝露《あさつゆ》／使用量：3滴
　－古代草ヒソプの葉に降りた朝露
　　－遺跡で見つかることがある珍《めずら》しい草

－神銀の林檎《りんご》［落果実《らっかじつ》］／使用量：1個
　－枝から自然落下した神銀の林檎。未成熟だが瑞々《みずみず》しく爽《さわ》やかな芳香《ほうこう》を伴《ともな》う。
　　－天界にある神銀の木に実る林檎。霊峰《れいほう》の頂きに落ちることがある。

－ウルズの泉水／使用量：聖餐鉢《せいさんばち》1杯分
　－ウルズの泉の水。ユグドラシルを潤《うるお》している。
　　－ユグドラシル三泉のひとつ

それぞれのヒントを見ると、なんとなくその入手場所の見当がつく。

・古代草は、ジルトレの東にある古代遺跡《いせき》
・林檎は霊峰ミトラス
・泉水は北の大森林にそびえる巨木ユグドラシル

どの順番に回ろうか？　霊峰は遠いから最後にしたい。そうなると残りは二択だ。泉水か遺跡の、どちらを先にする？　少し迷ったが、まずは古代遺跡へ行くことにした。

朝露というくらいだから、おそらく採取時刻は夜明け前後。タイミングを逃すと消えてしまう気がする。つまり深夜から日の出後しばらくの間、遺跡の中で朝露を探し回ることになる。

もしかすると連泊になるかもしれないが、キャンプ用品は揃《そろ》っているし、いざとなれば近くにある獣人《じゆうじん》の集落に立ち寄ればいい。採取用の瓶《びん》も沢山《たくさん》用意した。

よしっ！　出発だ。

寝静まる牛の群れを横目に眺《なが》めながら、まだ暗い高原を横断する。古代遺跡は、ジルトレからほぼ真東に進んだ山地の麓《ふもと》にあり、この遺跡より先のマップはまだ実装されていない。つまり、現時点ではマップの東端に位置している。

古代遺跡なんて聞くと、ダンジョンや、古代文明の遺構《いこう》みたいなイメージがあるが、そういった話は未《いま》だ聞いたことがないし、今まで目立ったイベントが生じたこともない。

攻略サイトでも、いったいなんのために存在するのか？　なんて言われていて、将来、新たなコンテンツやイベントが実装されることを期待されていた。

初めて来た古代遺跡は、時間帯の影響か、とても神秘的に見えた。

暁闇《ぎょうあん》にぼんやりと浮かぶ白い巨石の群れ。

最周辺部から中央に向かって、同心円状に配置されたストーンサークル。

遺跡の最も内側には、門の形をした巨大な組石《くみいし》が立ち並び、中心部には祭壇《さいだん》と思われる一枚岩の巨岩が据《す》えられている。

祭壇？　の岩に一礼をしてから、古代草ヒソプの捜索を始めた。まだ夜が明けていないから、【フィールド鑑定】を使いながらだ。でも安全第一。［拠点結界《きょてんけっかい》］を忘れずに掛けておく。

……うーん。ないな。

珍しいと書いてはあったが、ざっと見渡した範囲には、ひとつも見つからなかった。でも、陽《ひ》が昇るまではまだ時間がある。ここは根気よく探して回ろう。

それからしばらくして、東の空が明るくなってきた。夜明けだ。

山の稜線《りょうせん》が、ゆるりと青く染まる。その青が消えると同時に、透き通ったオレンジ色の光が溢《あふ》れ出て、上空にある雲も同じ色に輝き始めた。

輝きはどんどん強くなり、ついに、空全体が燃えるような赤一色に染まった。その鮮やかな色彩に心を奪われ、目が離せなかった。時間の経過とともに、空の色はめまぐるしく移り変わり、赤から鴇色《ときいろ》になったかと思うと、今度は紫と橙のグラデーションへと色相を変えていく。

ため息が出そうだ。それほどに美しい。

おっといけない！　見惚《みと》れている場合じゃなかった。

先ほど見つけておいた、古代草が生《は》えているポイントは三箇所だ。砂交じりの土に顔を出した岩。その岩を割るように、真《ま》っ直《す》ぐな細い茎《くき》が飛び出している。それがヒソプだった。

ぱっと見ではハーブみたいな感じで、顔を近づけると、清涼感のある甘い香りがした。茎の周りには、二対の卵型の灰緑色《かいりょくしょく》の葉が、十字形に何段にもわたって付いている。肉厚《にくあつ》の葉の表面には、細かい綿毛《わたげ》が生えていた。その綿毛の上に、何粒かの水滴を発見。まだ弱い陽の光を受けてキラキラしている。これが朝露で間違いなさそうだ。

まずは目の前のここから作業を始めよう。

朝露を慎重に採取する。気を抜くと、コロンと転がり落ちてしまいそうだ。数が少ないから、少しでもこぼしたらもったいない。口径が広い瓶を持ってきてよかった。瓶の口の上で静かに葉を揺らすようにして露を落とした。一枚の葉から一滴。一つの株からおよそ五―六滴。全部で一七滴。うん、上出来だ。

朝露の採取が無事終わる頃には、夜が明けて辺《あた》りはすっかり明るくなっていた。お日様の下で見る遺跡は、昨夜感じた神秘的な印象はやや薄れ、若干廃墟《じゃっかんはいきょ》のように見えなくもない。

いや。よく見ると、結構ボロボロかもしれない。祭壇らしきものがあるから、宗教的な場所のはずなのに。誰にも祀《まつ》られず、放置されているのか？

帰り際、ここに来た時と同じように、巨岩に向かって一礼をした。祭壇を見ると一礼してしまうのは、もう身についた習性みたいなものだ。とりあえず祈っておく。おかげ様で朝露が手に入りました。ありがとうございます。そんな気持ちを込めて。

さて。せっかく遠出してきたのに直帰するのもなんだから、ちょっと寄り道をすることにした。久しぶりに獣人の集落に寄ってみる。あそこは以前、パーティで狩りをしていた際に立ち寄っただけで、あまりちゃんとは見ていない。ここから少し北に行けばあるはずだ。

《獣人の集落》

獣人の集落は、こうして改めて見ると、古代遺跡に通じる雰囲気《ふんいき》がある。白い石材を積み上げた素朴《そぼく》な家々。地面はほとんど舗装《ほそう》されていなくて、むき出しの土の上を柔らかい草が覆《おお》い、小さな花が咲いている。

でも、人口密度は高くて活気があった。獣人のＮＰＣと人族のプレイヤーが、同じテーブルを囲んで仲良く食事をしていたり、談笑していたりする日常的な光景が目に映る。目につくのは、プレイヤーが揃って軽装備な点だ。なかには、武器や防具を一切身に着けていない者もいる。

以前来たときは、確かこうではなかった。もっとこう、狩りの途中で立ち寄った風体《ふうてい》の人が多かった気がする。それに、獣人プレイヤーが明らかに増えている。集落の様子が変わったのは、新規参入プレイヤーの影響なのかな？

この集落は、獣人プレイヤーのスタート地点だ。でも、獣人にキャラメイクをするのはかなり大変だ。獣人は体術特化で、金属製の武器を持つと弱体化してしまう。それだけなら、格闘家として頑張ればいいのでは？　と思うかもしれないが、ＩＳＡＯはそう甘くはなかった。

獣人でゲームを開始するには、特殊なスキル構成にする必要がある。それもかなり微妙な。

まず、プレイヤーの職業に大きく影響する「パッシブスキル《Pスキル》」が、次の二つに固定されている。

【P野生本能】【P尻尾《しっぽ》の気持ち】

野生本能の方は、なんとなくイメージできるが、なんだろうね、尻尾の気持ちって。さらに、狼《おおかみ》や狐《きつね》、熊《くま》などの獣人の系統を決めるためのスキルパターンがあり、【S俊足】【S体術】【S爪術《そうじゅつ》】などの候補の中から、複数の「選択スキル《Sスキル》」を取得する必要がある。そして最大の問題が見た目だ。獣人の姿が、可愛《かわい》らしい耳や尻尾といった「獣《けもの》の特徴がある人」ではなく、リアリティがある「二足歩行の獣」だったからだ。

その融通《ゆうずう》の利《き》かなさぶりに、第一陣で獣人を選んだプレイヤーは四人しかいなかった。それも全員男性だ。でも第二陣では、少数の女性を含む五〇人弱の獣人プレイヤーが増えて、集落の人口は、徐々《じょじょ》に増えているらしい。

それでも、よその街では獣人プレイヤーはめったに見かけない。彼らはこの集落に住んで、ロールプレイをすることが多いと聞く。ということは、プレイヤーが集落内でなんらかの生産活動をしていて、その製品を売っている可能性がある。じゃあ、ショップをチェックしてみるか。商品が増えていることを期待して。

「いらっしゃいま……あっ！」

目についた雑貨屋に入ると、出てきた店員の女の子が、俺の顔を見て驚いた顔をした。ＮＰ

Cではなく、どう見ても人族のプレイヤーで、淡いピンク色の髪がファンタジックで印象的だ。見た目通りなら、おそらく年下。でも、知り合いじゃないよね？

「あの、その、覚えていないかもしれないですけど、以前はすみませんでした」

えっ？　いきなり謝られる理由がわからない。

「その以前の出来事というのが記憶にないかも。どこかで会ってます？」

過去に会っているのなら、なぜこんな風に恐縮《きょうしゅく》されているのか？

「えっと、かなり前ですね。お兄ちゃんが、神官さんに言いがかりをつけて、勝負だ！　みたいなことをしちゃったんですけど……」

「勝負ってなんの？」

「ユーザーネームが、同じだから？」

あっ！　あれか。あったねえ、そんなこと。

「彼の妹さんですか。あの時も、お兄さんの代わりに謝ってくれたよね。だからもう気にしなくていいよ。あれっきりで全く後を引いていないから」

今まですっかり忘れていたくらいだ。

「そう言って頂けると助かります」

「でもまさか、獣人の集落で会うとは思わなかった。君たちは第二陣だよね？　もっと先のマップに行かないの？」

「私は行きたいです。だけどお兄ちゃんが、つい最近キャラをリメイクして、ここでリスタートしたばかりなので、離れられないというか」

へえ、それは思い切ったねえ。一からやり直しなんて。ここでリスタートということは、獣人になったはずだ。刀《かたな》に拘《こだわ》っていたように見えたのに、体術特化になるなんて、凄《すご》い方向転換だ。何かあったのかな？

「それは、意外というか大変だね」

「そうなんです。でも、いいこともありました。リメイク時にユーザーネームを変えてくれたので、二度と神官さんにご迷惑をおかけすることはないはずです」

「じゃあ、お兄さんは、もうユキムラじゃないんだ？」

「はい。今度は狼の獣人になったので『ロボ』という名前にしていました。単純ですよねぇ」

刀士《とうし》ならユキムラ、獣人ならロボか。俺もユキムラにしたくらいだから、強者に憧《あこが》れる気持ちはわかる。

「狼王か。カッコいいね」

「ありがとうございます。あっ！　すみません、お買い物でしたよね。最近、新製品が入荷したので、ぜひ見ていって下さい」

「新製品ですか。それは気になりますね」

せっかくなので、売れ筋の品だという室内用のフワフワスリッパと、特産品だというカラフルな毛織物のマットを購入した。どちらも凄く肌触《はだざわ》りがいい。サービスだと言って、同じく特産品の毛糸玉を何個かくれたので、これはキョウカさんへのお土産《みやげ》にしよう。

やっぱり久々に来ると、変化があって面白《おもしろ》いな。雑貨店の次は食材店へ行こう。ひと通り見終わったら、牛でも狩りながら帰りますか。

ジルトレに戻ってから、ちょっと確かめたいことがあって、獣人に関するアップデート情報を確認し直してみた。自分に関係なさそうだと思って、読み飛ばしていた箇所があったからだ。

「……ケモミミねえ。確かに食材店で見かけた。あれって、NPC限定だったのか」

立ち寄った食材店に、狼耳がついた男性のNPC店員がいた。コスプレでなければ獣人なわけだが、以前は赤ずきんちゃんに出てくる狼みたいな姿だったはず。

ここに来て、獣人の仕様《しよう》に大きな変更があったようだ。獣人の集落にいるNPC限定で、人化が可能になったそうだ。その結果、集落内の施設で働く数人の獣人NPCが、獣耳や尻尾が生えた可愛い女の子や、ワイルドなイケメンに変身している。

この現象と、前回のアップデートで「種族限定シナリオ」の実装が告知されたことで、獣人の集落に熱い注目が集まっているらしい。シナリオが進んで特殊なクエストが発生すれば、クリア報酬《ほうしゅう》として「種族特有の新たな技能」を得られる。

人化できるのがNPCだけってことはないはず。近い内に獣人プレイヤーが人化する方法も見つかりそうだ。そう考えるのはゲーマーなら当然の発想で、「種族特有の新たな技能」への期待感と、ケモミミNPCとの積極的な交流を求めて、第四陣では、獣人を選んだプレイヤーが一気に増えたそうだ。

彼らはあまり攻略には関心がなく、獣人ライフを楽しむことに重点を置いているとか。もったいない気もするけど、本人たちが楽しければ、それはそれでありだと思う。でもそんな彼らが、ようやく動き出した。今はマイペースに遊ぶのはお預けで、古参《こさん》も新人も一致団結して、人化するためのクエストを探し回っているんだって。

7　ユグドラシル

本日はエルフの里に来ている。もちろんシークレットクエストの四つ目の素材である【ウルズの泉水】を採取するために。

－ウルズの泉水／使用量：聖餐鉢《せいさんばち》1杯分
　－ウルズの泉の水。ユグドラシルを潤《うるお》している。
　　－ユグドラシル三泉のひとつ

……実はこの里には初めてきた。

そう遠い場所ではないけど、今まで来るきっかけがなかった。それに、エルフという種族が苦手なせいもあって、いつか行こうとは思っていたが、そのままになっていた。

風の吹く里。そう呼ばれているのも納得で、森林を吹き抜けた風が、常《つね》に里の中を通り過ぎていく。そのせいか、息を吸い込むと独特の森の香りがした。

フィトンチッドと呼ばれるこの香気《こうき》成分には、リアルでは森林浴の効果があると言われている。身体《からだ》を癒《いや》し、安らぎを与え、清涼な気分をもたらす。ＩＳＡＯでも、この里に滞在するだけで、軽い状態異常は自然に治癒《ちゆ》してしまう仕様《しよう》になっていた。その影響か、あるいは他の理由があるのか、この里には神殿が存在しない。それも足が遠のいていた理由のひとつになる。

ここも獣人《じゆうじん》の集落に負けず劣らず、凄《すご》い賑《にぎ》わいだ。右を見ても左を見ても、男も女も耳が長い美男美女。エルフ、エルフ、またエルフだ。

ＮＰＣの数も多いが、新規プレイヤーらしきエルフの姿も目立つ。彼らはまだ、スタート地点を拠点《きよてん》に活動しているのかもしれない。

第一陣で三人しかいなかったエルフは、第二陣で五〇人弱に増え、情報サイトでキャラメイク時のビルドが公開された第三陣以降、その数を急激に伸ばした。獣人プレイヤーの増え方と似ているが、少し時期が早い。

エルフも種族固有の変わったビルドだったはず。火魔術との相性が悪くて、樹木の育成や風魔術とは相性が良い。そして、吟遊《ぎんゆう》詩人や弓士《ゆみし》の適性が高い。獣人と同様に、ＰスキルやＳスキルの縛《しば》りがあるが、エルフ族のＮＰＣは他の街でもよく見かける。だから日頃接する機会があって、そのせいで苦手意識ができてしまった。

エルフ族は、絵に描いたような金髪碧眼《へきがん》で、種族特性である玲瓏《れいろう》な美貌《びぼう》の持ち主だ。小柄かつ非常にスレンダーな体型で、ロリやショタというほどではないが、俺から見ると、若々しいのを通り越して中学生くらいに見える。そして問題はその中身だ。エルフ族のNPCの性格は、非常に子供っぽく設定されている。それも、あどけないタイプの子供ではなく、いわゆる、お子ちゃま的な性格の方に。自己中心的というか、ちょっと意地悪で、我儘《わがまま》で、エルフ以外の種族には冷淡な態度をとる者が多い。

だからと言って、もしボン・キュッ・ボンの柔和《にゅうわ》なエルフがいたとしたら、それはそれで却《かえ》って違和感を覚えそう。もうエルフはああいう存在だとイメージが固まってしまったし、キャラクターデザイン的には、今ので正解なのかなと思っている。

「ユグドラシルへ行きたいのですが、地図はありますか？」

「販売はしていませんが、二階の資料室へ行けば無料で閲覧《えつらん》できます」

冒険者ギルドの資料室で、早速《さっそく》この辺《あた》りの情報を入手する。こういった作業はさすがに慣れてきた。肝心《かんじん》の地図を見ると、ユグドラシルの場所は……ここか。思ったより近いじゃないか。

ユグドラシルは、大森林のほぼ中央付近にあった。エルフの里を出て、北東方向に進めばよさそうだ。他の図鑑類もひと通りチェックしてから、資料室を出てギルドホールに下りた。食堂くらいは覗《のぞ》いていくか。

また妙なネーミングの料理が並んでいることを予想して、メニューをそっと開く。

・白とうもろこしのローストとアボカド、青葱《あおねぎ》のサラダ

・エシャロットと碧豆《みどりまめ》のサラダ

・青大根・白人参《にんじん》とルッコラのサラダ。森の木の実を添えて
・白いフリル茸《だけ》とリボン茸のオリーブ油炒《いた》め
・新鮮な川魚の日替わりプレート。本日はディル風味

えっ？　普通じゃないか。

サラダばかりで、色合いは寒色系に偏《かたよ》っている。だけど、どれもごく普通のメニューに見える。調理法も至《いた》ってシンプルだ。普通だなんて、却って新鮮に感じるな。種族的な理由なのか、あるいは、エルフの里に職業料理人がいないだけなのか、その辺りは不明だけど。

しかし、いつの間にか食材が増えたな。獣人の集落でも、いくつか新しい食材が目についたが、ここも探せばいろいろありそう。用事が終わったら買いに行こう。

さて、じゃあ何を頼もうか。茸《きのこ》はちょっと気になるし、アボカドも食べてみたい。メニューを眺《なが》めながら考えていると、懐《なつ》かしい声がした。

「あれ？　珍《めずら》しい人を発見！　ユキムラちゃん！　久しぶり！」

アカギさんだ。メールでは時々やりとりしていたが、会うのはバジリスク討伐《とうばつ》以来になる。イベントではよく会話したし、結構仲良くなった。でもその後は、俺が施療院《せりょういん》の仕事で忙しくなってしまい、それっきりになっていた。

「本当だ。おい、ツキが回ってきたかもしれないぞ。このタイミングで、ユキムラ君に出会うなんてさ」

ヘイハチロウさんもいた。でも、このタイミングって？　何かあるのか？

「ご無沙汰《ぶさた》しています。お二人はパーティを組まれたんですか？」

「そうなんだ。二人共通の目的があるから、臨時パーティをね。ユキムラちゃんは、もしかして一人かな？」

「はい。個人的なクエストで来ているので一人です」

「それは、ますますラッキー！　一緒に食事をしながら、ちょっと相談してもいいかな？」


彼らの話の内容はこうだった。

アカギさん、ヘイハチロウさんは、二人とも槍士《やりし》だ。正確に言うと、騎士の中級職である「小隊長」で槍使《やりつか》い。そして、上級職への転職を控《ひか》えている。

このまま正規ルートを進むと中隊長になるが、先日の大型アップデートで実装された「竜の谷」に、「竜騎士」への足がかりがあることがわかった。

ところが、「竜騎士」への転職に必須《ひっす》の【騎竜《きりゅう》】スキル取得コースを、今の状態では受講できない。なぜなら、受講条件として指定されているSスキルが足りないからだ。

新たにSスキルを取得するには、空《あ》きスキル枠《わく》かスキル券が必要になる。でも残念なことに、どちらも余っていないせいで行き詰まってしまった。

「そういうわけで、討伐報酬《ほうしゅう》にS／Jスキル選択券がありそうなイベントを求めて、ここに来たってわけ。だからお願い」

そう言って、アカギさんが俺に向かって手を合わせる。

いやいや、拝《おが》まないで下さいよ。

「この通りだ。協力してほしい」

今度は、ヘイハチロウさんが、頭を下げてきた。

「うわっ。そういうのやめて下さい。よくわかりませんが、イベントに参加するお二人を支援すればいいわけですか？」

「そう。そうなんだ。俺たちというより、次に挑戦するレイドチームに参加してほしい。ユキムラちゃんが力を貸してくれれば、今度こそ倒せる気がする」

今度こそ？　それはつまり、少なくとも一度は失敗しているってことか？

「お二人の様子を見ると、随分《ずいぶん》と厄介《やっかい》そうな敵ですね。討伐対象は何ですか？　そして、今度が何回目の挑戦になるのか教えて下さい」

「対象は『ニーズヘッグ』。ユグドラシルの『フヴェルゲルミルの泉』に棲《す》むドラゴンだ。次で、俺たちは二回目、レイドチームとしては通算で五回目の挑戦になる」

＊

お礼の先払いということで、二人が俺の目的地であるウルズの泉まで、一緒に行ってくれることになった。護衛《ごえい》としてね。早速三人で移動し、大森林を抜けてユグドラシルへ。

「うわっ！　さすがに大きいですね」

大地にしっかりと根を張る、風格のある巨木。その大きさはまるで山のようだ。緩《ゆる》く捻《ね》じれた隆起《りゅうき》がある逞《たくま》しい幹。その比較的低い位置から、太い枝が何本も枝分かれしていて、四方八方に力強く枝葉を広げている。このエリアが全《すべ》てユグドラシルの下にある。そう言われるのも納得で、少し離れたところから見ているのに、木の天辺を確認することができない。

「世界樹というくらいだからな。一応登れるらしいが、上の方にヤバい奴《やつ》がいるから、その頂《いただき》を確かめた者はまだいないはずだ」

「ヤバい奴ってなんですか？」

「フレースヴェルグという鷲《わし》の化け物だ」

上には鷲、下にはドラゴン。世界樹なんて平和的なイメージがあるのに、なんか物騒《ぶっそう》だ。

「その鷲の化け物は、襲《おそ》ってはこないんですか？」

「地上にいれば大丈夫だ。風魔術を得意とするエルフだが、彼らは空を飛ぼうとしない。なぜなら、フレースヴェルグが大森林を見張っていて、迂闊《うかつ》に飛んだら襲われると信じられているからだ」

なるほど。エルフは飛行術を使えないと聞いたことがある。そのゲーム的な理由はそれか。

「根の下には三つの泉があるが、つい最近まで全て封印《ふういん》されていた。現段階で解放されているのは、ウルズの泉とフヴェゲルミルの泉のふたつだけだ」

「気になるよねぇ。残りのひとつはミーミルの泉で、『霜《しも》の巨人の国』へ伸びる根の元にある——と言われている」

「巨人の国？　うわぁ、行ってみたいような、怖いような」

「だよなぁ。今向かっているウルズの泉は、泉そのものには化け物は棲んでいない。だから安心して採取できるはずだ」

「ただ不思議なことに、泉の水に触れることはできても、採取はできない……それが通説になっているのだが……」

「そうなんですか？」

クエストで指定されているのに、採取できないなんてことがあるのか？

「なんでも、現世と『死すべき定めの国』を隔《へだ》てている、門のような存在らしいよ。いろいろと試されてきたけど、今まで採取に成功したプレイヤーはいないって。でも、ユキムラちゃんはクエストで必要なんだよな？　だったら案外すんなりと行くんじゃないか？」

「そうだといいですが」

なんか急に心配になってきた。採取できなかったらクエストが進まない。それでは困る。凄く困る。


ユグドラシルの根は、うねるように何股《また》にも分かれていて、その股の内のひとつに、人ひとりが通れるような大きな溝があった。

「あそこが地下への入口だ」

入口の周囲には青々とツタが生《お》い茂り、出っ張った幹の表面を絨毯《じゅうたん》のように覆《おお》っている。

その上を、モコモコとした茶色い塊《かたまり》が、行ったり来たりとせわしなく、チョロチョロと移動しているのに気づいた。

「あれはなんですか？」

「見ての通り、リスだ」

「あんなところに、なぜリスが？」

「自称ユグドラシルの管理人らしい。名はラタトスク。あれに通行料を払うと、ここを通してくれる」

「リスがお金をとるんですか？」

「お金というか、これが通貨代わりになる」

ヘイハチロウさんの掌《てのひら》の上に、金色の丸っこいものが山盛りに載《の》っていた。

「これは？」

「コルの実だ。ひとつ取ってくれ」

指でつまんで、しげしげと観察する。直径は2センチ弱くらい。形は、どんぐりに似ている。でも、もっと太っているというか、丸々としている。金色だから重いのかと思ったら、持った感じは普通の木の実と同じ質感で、とても軽かった。

「これって特別なものなんですか？」

「まあまあ珍しいが、大森林を探せば案外拾える。これもお礼の内だから受け取ってほしい」

「いいんですか？」

「もちろん！　ユキムラちゃんは、初めて通るから一個で済む。二回目以降はランダム個数を要求されるから、俺たちは結構溜《た》めているんだ。だから気にしないでもらっちゃって」

「じゃあ、遠慮なく」

手間《てま》が省《はぶ》けて助かった。楽園草、古代草と、このところ地面ばっかり見ている。二人がいなかったら三度目の正直で、情報収集から始まって、この大森林を探し回るところだったかもしれない。

「じゃあ、行こうか」

「ユキムラちゃん。あのリスは、ちょっとばかり口が悪いから、そこだけ注意ね」

「何か言われるんですか？」

「ああ。『毒舌《どくぜつ》のラタトスク』と言われるだけあって、イラっとすることを言ってくる」

「わかりました。何を言われてもいいように、心構えをしておきます」


「ハジメテ　ノ　ヒト　1コ　モッテル？」

リスがつぶらな黒い目でじっと見つめてきた後、首を傾《かし》げながらそう聞いてきた。見た目はめっちゃ可愛《かわい》い。差し出してきた手に、そっとコルの実を渡す。

「これでいい？」

「ウン　トオッテイイヨ」

あれ？　あっさり通してくれるの？　毒舌は？

「えっ？　それだけかよ」

「俺たちとは随分と態度が違うじゃないか」

「コリナイ　レンチュウ　マタキタ」

「ほれ、通行料だ」

「ムダムダムダ　ナイテカエル　クセニ」

「今日はウルズに行く」

「スバヤイ　ダケノ　コンジョウナシ」

「通るぞ。何個だ？」

「ヨワムシ　ムシムシ　オシリペンペン　ノ　６コ」

「じゃあ、俺はいくつだ？」

「モテナイ　ダッテ　ヘタレダモノ」

「いくつ？」

「ホカニ　スキナヒトガ　イルノ　ダカラゴメンネ　ゴメンネェ　ノ　５コ」

「ほら、５個だ。通るぞ！」

入口をくぐるとすぐに、荒削《あらけず》りの岩でできた下り階段があった。そこを下りると、四畳半くらいの広さの空洞《くうどう》に出た。床も天井も壁も、むき出しの土の表面にグネグネとした根が張っていて、ぼんやりとした緑色の光で満たされている。これなら、カンテラを出さなくても大丈夫そうだ。

入口の向かい側の壁を見ると、三箇所、男二人が並んで通れるくらいの穴が開いていた。でも、向かって一番左の穴だけ、通るのを邪魔するように木の根が覆っている。

「右から、ウルズの泉、フヴェルゲルミルの泉、そしてミーミルの泉への通路がある。今のところ、通れるのは右側の二つだけだ」

ミーミルの泉が封印されているというのは、こういうことか。

道中は、ヘイハチロウさんが先頭に立って、俺を間に挟《はさ》むようにして、アカギさんが最後尾についてくれる。

「ここは任せろ！」

「雑魚《ざこ》は死ねぇぇぇ！」

うん。俺が棒立ちでも大丈夫そう。上下左右前後の全方向から、次々と蛇《へび》が湧《わ》き出てくる。それを二人が槍でなぎ倒し、あるいは串刺《くしざ》しにして、ザクザクと倒していく。

戦闘職がいると非常に楽だ。俺の出番は、ときどき毒や麻痺《まひ》の治療をするくらい。二人ともまだ中級職だけど、さすがに強い。短槍《たんそう》を両手に無双《むそう》している。

何の問題もなくウルズの泉に到着した。その場所は、これまでの通路とはまったく空気感が異なっていた。地下にもかかわらず、広い空間に植物が森のように茂っていて、白に近い明るい緑色の光でキラキラしていた。どこもかしこも緑で埋め尽くされている。

「あれがウルズの泉だ」

奥に進むと、清涼感のある微風を感じた。目の前の床を埋め尽くす緑が、目を凝《こ》らすと、鏡面のように周囲の景色を映したものであることに気づく。

もしかして、この辺り一帯が全部泉なのか。泉という名前から、公園の噴水《ふんすい》くらいの規模の水場をイメージしていたのに、こんなに広いなんて。

「あれは、女神像ですか？」

泉の中央に、一体の石像が建っていた。当然、この泉を象徴するものに違いない。

「ああ。この泉の守り神であり、運命の女神の一柱《ひとはしら》であるウルズの像だという話だ」

「綺麗《きれい》な方ですね」

女性らしい柔らかな曲線を描いた女神像は、広げた巻物を両手に持ち、思慮《しりょ》深そうな若い女性の姿をしていた。

「女神像なんて、あんなものじゃないの？　でもあの女神様のおかげで、ここはセーフティゾーンになっているらしい。だから、慌《あわ》てないでゆっくり作業しても大丈夫」

ゆっくり？　そうか。簡単には汲《く》ませてくれないかもしれないんだった。

泉の縁《ふち》に膝《ひざ》をつき、中を覗き込む。えっ？　……真っ白だ。泉の水は驚くほど透明で、底が透けて見えていたが、その全てが雪のように真っ白だった。

クエストで必要なのは、聖餐鉢1杯分だけど、念のため、鉢は三つ用意してきている。まずひとつ取り出す。コップや採取瓶《びん》よりは二回りほど大きい、小ぶりなボウルサイズの鉢を、こんなに澄《す》んだ泉に突っ込むのはちょっと気が引けた。でも、聖餐鉢1杯分とあるからには、直接汲んだ方がいいと思ったので、祈りの後に思い切って鉢を泉に入れてみた。

泉の水が指先に触れる。ひんやりと熱を奪われるような感覚がある。でもそれとは逆に、温《ぬく》もりに近い不思議な力が指先から入ってくる……この感触は、よく知っている気がした。神官スキルを使用するたびに感じるものに近い？

鉢を泉から引き上げると、容器一杯に水が満ちていた。

「あれ？　一発ＯＫ？」

「マジで汲めてるじゃん！　さすがはカリスマ神官様だな！」

上手《うま》くいった理由はよくわからないけど、クエストだからか、あるいは職業が関係しているのか？　クエストの進行状況を、一応確認してみる。

◆連続シークレットクエスト「＊＊のレシピ」
進行状況：クエスト①　未達成　４／５
クエスト①　レシピの材料を全て集めよう。
＋楽園の花蜜《かみつ》　［クリア！］
＋ヒソプの朝露《あさつゆ》［クリア！］
＋神銀の林檎《りんご》［落果実《らっかじつ》］／使用量：１個
＋ウルズの泉水　［クリア！］
＋神餐水《しんさんすい》　［クリア！］

＋採取にあたっての諸注意

うん。クエスト画面も、ばっちりクリアになっている。これで残すはあとひとつだ。

「ありがとうございます。おかげ様で楽ができました」

「いや。この程度のお礼で申し訳ないくらいだ。本当にいいのか？」

「はい。レイドに成功すれば、俺も報酬がもらえるわけですし、そこは大丈夫です」

「成功すれば……なんだけどな。かなりの強敵だから、報酬は期待できると思うが」

二人が欲しがっているＳ／Ｊスキル選択券は、売り買いのできない貴重品だから、俺だって手に入れれば嬉《うれ》しい。

「報酬にスキル選択券があるといいですね」

「多分ある。なかったら運営に文句を言ってやる」

「きっとあるさ。そういうところは、ＩＳＡＯの運営は抜かりないからな」

確かに。苦労した分、報《むく》われる。それがＩＳＡＯだから。

「今回は攻略組も参加するんですよね」

「ああ。上級職パーティが二組来てくれることになった。参加上限人数が五〇人。後方支援も含めて、六人パーティが六組、五人パーティが一組。残りの九人の枠《わく》に、俺たちが入っているわけだが……」

ヘイハチロウさんが言葉を濁《にご》すなんて。どうしたんだろう？

「何か問題でも？」

「ある。上級職パーティが参加すると聞いて、急遽《きゅうきょ》方針を変えて、自分たちも参加すると申し込んできた六人パーティがいる」

「そう。俺たちは二人パーティだろ？　その他に三人パーティが一組に、俺たちと同じ槍士のソロプレイヤーが二人いて、合わせて七人いる」

九人の残り枠の内、既に七人が埋まっていて、さらに俺が入れば八人になる。仮に俺が遠慮したとしても、空き枠は二人だから。

「それって無理ですよね？」

「ああ。増やせるのは二人だけで、六人は大幅な人数超過になる。でも向こうはパーティ全員で参加したいらしくて、既《すで》に参加が決まっているメンバーを弾《はじ》いて捩《ね》じ込もうと、熱心に交渉《こうしょう》し始めたわけだ」

それはいくらなんでも強引過ぎる。

「つまり割り込みってことですよね？　そういうのってありなんですか？」

無理なことを主張する人はどこにでもいるけど、それが簡単にまかり通ってしまったら困ってしまう。

「リーダーはちゃんとした人だから断っているが、少人数でバラバラのプレイヤーを集めるよりも、連携《れんけい》に慣れたパーティを入れた方がいいと考える参加者もいる。なにせ今まで四回も失敗しているからな」

仁義《じんぎ》を通すか、成功率を上げるか。そこを迷う人もいるってことか。

「でも、ユキムラ君が来てくれることになったから、話の流れは一気に変わるはずだ。ほぼ確実にこれが決定打になる。俺たちの参加が覆《くつがえ》ることは、まずないだろう」

8　暴食竜ニーズヘッグ

今回参加する「ユグドラシルの暴食竜ニーズヘッグ」は、挑戦イベントと呼ばれる新しいタイプのレイドイベントだ。

運営がときどき漏《も》らすアップデートに関するコメント。それによると、どうやらエルフの里の人口が一定ラインを越えたことで、この里に設定されていたシナリオが進んだ。その結果、最初はウルズの泉の、続いてフヴェルゲルミルの泉の封印《ふういん》が解けて、随伴《ずいはん》的にイベントへの挑戦が可能になったらしい。

その名の通り、ユーザーの任意のタイミングで挑戦できて、防衛《ぼうえい》イベントと違って、失敗しても里の機能が損《そこ》なわれない。そして成功するまでは何度でも挑《いど》める。

これまでのエルフの里は、生産系の職業クエスト以外には、これといった目玉になるものがなくて初心者だらけだった。そこに今現在、中級職以上のプレイヤーが大勢詰めかけているのは、破格《はかく》であろう報酬《ほうしゅう》を期待してのことだ。

しかし、レイドは四回続けて失敗。その時点で少なくない離脱者が出て、五回目になる今回は、満《まん》を持《じ》して上級職パーティが参加する。「絶対に失敗できない」――レイドチームの参加者の間には、逼迫《ひっぱく》した雰囲気《ふんいき》が漂っていたそうだ。

そういった状況の中、俺が飛び入りで参加を表明した。参加メンバーの決定に際して、メンバー全員で多数決を取ったところ、例の六人パーティの参加は、次回に見送りになったそうだ。それも全員一致だったらしい。もうひと枠空《わくあ》きがあったので、一人追加して参加上限である五〇人ちょうどにメンバーは決まった。

レイドチームに紹介されたとき、みんなやけにニコニコしていたのが印象的だ。歓迎されているのは嬉《うれ》しい。……嬉しいけど、なんか様子が変じゃないか？　いくらなんでも愛想《あいそ》が良過ぎる。なぜか揉《も》み手をしている人までいて、一抹《いちまつ》の不安が胸をよぎった。

「イケる！　イケるぞ！　これで勝てる！」

「お助けマン来た――っ！」

なぜそこで拳《こぶし》を振り上げる？

「神は我々を見捨てなかった！」

どうしてむせび泣く？

「上級職の支援職？　超レアじゃん！　それってヤバくない？　お持ち帰りしてもいい？」

大の男が頬《ほお》に手を当てて小首を傾《かし》げるな！　全然可愛《かわい》くないし、もちろんダメだから！

こういった経緯《いきさつ》で、ついにレイドイベントの日を迎えた。

《間もなく、挑戦イベント「ユグドラシルの暴食竜ニーズヘッグ」が開始されます》

舞台は、ユグドラシルの巨大な根が壁を這《は》う大空洞《くうどう》だ。地底湖のようなサイズの泉には、鋭利な棘《とげ》だらけの赤紫色の巨塊《きょかい》が鎮座《ちんざ》している。その第一印象は、ドーム状の剣山《けんざん》といったところ。棘があまりにも多過ぎて、まるで別の生き物みたいに見える。

「あれがニーズヘッグですか？　ドラゴンには見えないですが」

「最初見たときは、俺たちもそう思った。なんで巨大なウニがここにいるんだよって」

ニーズヘッグの周りでは、眷属《けんぞく》である蛇《へび》が臨戦態勢にあった。夥《おびただ》しい数の大蛇《だいじゃ》が、泉の中にうじゃうじゃいて、こちらに向かって鎌首《かまくび》をもたげている。

それにしても、元ネタが神話とはいえ、爬虫類《はちゅうるい》が多過ぎる。ドラゴンといえばブレスだから、レイド向きだろうけど。きっとまた毒毒パラダイスや、麻痺《まひ》麻痺ユートピアになる予感。

あれ？　立ち上がった？

小山のような塊《かたまり》がひと回り大きく膨《ふく》らみ、棘だらけの外殻《がいかく》が、割れるように形を変えていく。

さっきはウニ、あるいはイガグリみたいだと思ったが、立ち姿を見ると、なるほどドラゴンに違いない。

棘がない部分の体表面は、紫水晶《むらさきすいしょう》に似た透明感のある鱗《うろこ》に覆《おお》われている。頭頂部から背中、そして長い尾にかけては、まるで鎧《よろい》のように赤みのある凶悪な棘がびっしりと生《は》えていた。あれは凶器だな。尾の振り回しが直撃したら、大惨事《さんじ》になりそうだ。

ニーズヘッグが、さらに伸びをするような姿勢を取り始めた。でもまだ戦闘は始まらない。

「えっ？　翼があるの？」

「そう。いやな感じだろう？」

「やけに大きいですね」

目を引くのは、今まさに広げられていく一対の巨大な翼だった。蝙蝠《こうもり》のような被膜《ひまく》があるが、そこにも凶悪な棘が生えていて、まるで威嚇《いかく》するように左右に大きく展開していく。

《戦闘開始まで三〇秒》

「さあ、全員配置について！」

《戦闘開始まで一〇秒》

このタイミングで、ニーズヘッグのＨＰバーが表示された。四本ある。つまり少なくとも三回は段階変化をするはず。その際には、ブレスの予備動作と状態異常に注意しないと。どんな状態異常にも迅速《じんそく》に対処。そう心がけよう。

《戦闘開始》

「行きまーす！」

まずは弓と魔術の一斉《いっせい》照射が行われた。激しい属性攻撃を受けた眷属たちが、次々にその数を減らし、光となって消えていく。

間《ま》を置かずに、物理攻撃陣が突撃した。彼らは特殊なアイテムや装備を身に着けていて、泉の水面を滑るように移動していく。その途中で、残りの眷属たちを片付ける者と、その間を抜けてニーズヘッグに肉薄する者との二手に分かれた。

ニーズヘッグの攻撃が彼らを襲《おそ》う。長い尾を器用に動かして、接近するプレイヤーを力任せになぎ倒していく。それでも、尾による攻撃を器用に避《よ》けたプレイヤーたちが、ニーズヘッグに最初のダメージを与えた。

うーん。削《けず》れてはいるけど、メチャクチャ硬《かた》そうだ。それに、あの棘がかなり厄介《やっかい》で、本体にダメージが入るのを邪魔している。ちょっと動くだけで、密集した棘がプレイヤーに突き刺さり、連続して攻撃を通すのが難しい。

うわっ！　棘によるダメージで［衰弱《すいじゃく》］［出血］がつくのか。こういう風に、複数同時に状態異常がつくのって困るんだよね。

「【状態異常治癒《ちゆ》】全状態異常解除！」

「【回復】持続回復！」

序盤からバフと衰弱解除を飛ばしまくりだ。……ひたすら俺が。ほぼほぼ一人で。

だってこのレイドチーム、支援職が全然いないから！

メンバーを確認してわかったのが、今回のレイドチームは、寄せ集め感が相当に強い。それも、戦闘職ばかりの超火力寄り。特に槍士《やりし》が多かった。救いは、生産職のプレイヤーに上級職が多くて、惜《お》しみなく高級アイテムを投入してくれることだ。

さすがに、二組の上級職パーティには、一人ずつ神官職がいた。でもなぜか二人とも、今現在メイスをぶん回して、棘を破壊することに没頭している。どう見ても、他人を支援する余裕は全くなさそうだ。

なんだって？　棘に打撃脆弱《ぜいじゃく》があるから、こっちを頑張りたい。だからお願い？

……うん、そうだろうと思った。

あっ！　思いっきり刺さった。うわぁ、串刺《くしざ》しだよ。めっちゃ痛そう（痛覚《つうかく》制限できるから、たぶん痛くない）！　でもタフだね。まだHPが残っているようで生きている。それなら十分に間に合う！

「【回復】完全回復！」

うん。何事もなかったかのように復帰した。メンタルが強そうでよかった。ついでにバフも掛け直しておこう。

もし回復が間に合わなかったら……実はなんとかなる。というのも、上級職になって職業固有スキルの蘇生《そせい》回復を覚えたからだ。でもこれは内緒だ！　だって、教えたら絶対に無茶しまくる。この人たち、どう考えても、見渡す限り脳筋《のうきん》ばっかりだから。

「ブレス警戒《けいかい》！」

「【結界《けっかい》】範囲結界！」

一本目のHPバーを削り終わり、段階変化が生じたところで、敵がブレスをぶっ放してきた。

なるほど。二段階目の状態異常は【威圧《いあつ》】による［混乱］「恐怖・竦《すく》み」か。これは早急に混乱解除が要《い》る。だから走るよ。［混乱］は、向こうから治療しに来てはくれないからね！

とにかく忙《い》しい。あっちにもこっちにもバフを掛け、回復を掛け、状態異常解除を飛ばす。

そりゃあ四回も失敗するわけだ。その代わりといってはなんだが、火力は十分にある。敵がメチャクチャ硬いにも拘《かか》わらず、レイドの進行は比較的速かった。混乱解除のために走り回っている内に、二本目を削り終わる。

次の段階変化はなんだ？

身構えていると、ニーズヘッグの口が大きく裂けて、どす黒い霧《きり》状のブレスが放たれた。

［暗闇《くらやみ》］か！［暗闇］は、ほとんどの攻撃を通らなくしてしまうから、即解除が望ましい。見えなくなるだけでも嫌なのに、攻撃が高確率でミス判定になるという厄介な仕様《しよう》だ。状態解除用のアイテムも存在するが、黒い霧が晴れない限り、使用してもすぐにまた［暗闇］になってしまう。

「吹き飛べ――っ！」

風魔術の一斉照射で、霧が大空洞の奥に押し流されていく。やるじゃん！いい仕事だ。それだけでなく、属性弓と遠距離魔術が、束になってニーズヘッグに直撃した。弧《こ》を描いたり直進したり。綺麗《きれい》な軌跡《きせき》を描いて、着弾しては光が弾《はじ》ける。まるで花火が次々に打ち上がるみたいだ。でも俺には、見惚《みと》れている暇《ひま》なんて少しもない！［暗闇］を解除しまくりだ！

ＨＰバー三本目の攻防は、頻繁《ひんぱん》に繰り返されるブレスと、それを押し返す魔術の応酬《おうしゅう》になった。［暗闇］だけでなく、［猛毒］と［麻痺］も混ざっている。そのため、近距離勢が近づくタイミングが難しくて、結局は遠距離から弓と魔術でジワジワと削っていくことになった。

……ふう。時間がかかったが、なんとか削り切ったな。

「ラストォォォ――ッ！　気合いを入れろ――っ！」

「イケる、イケるぞ！」

「おうっ！」

さて。いよいよ最後の四本目だ。まずはブレスに注意……と思ったら、えっ？　なぜ宙に浮かんでるの？

棘を折られて、ボコボコの姿になったニーズヘッグの巨体が、泉の水を滴《したた》らせながら、ジワジワと上昇していく。なにこれ？　てっきりあの翼から、魔術攻撃でも出てくるのかと思っていたのに。それも困るけど、宙に浮かれたら……ヤバい、上空から攻撃し放題じゃないか！

三本目のときに、敵はブレスの波状《はじょう》攻撃をしかけてきた。削り切る寸前には、棘まで飛ばしてきやがった。長くて鋭い棘の乱射は、大量の槍が降ってくるのと変わらない。空中からあんな風に撃たれたら堪《たま》らないし、空中にいる敵をどうやって倒すかという問題も出てくる。

そして断言できる。もしあの棘が直撃して俺がやられたら、このレイドチームは終了。全滅コース間違いなしだ。

「うげっ！　なんだよあれ」

「高い！　あそこまで攻撃が届く？」

「嘘《うそ》だろ？　ここまで来て、また全滅かよ」

あちこちから悲鳴が上がる。終わりを予感して、呆然《ぼうぜん》とするプレイヤーもいる。でも今回は俺がいる。全滅なんてさせないさ。

初めて使う技《わざ》だけど、上級職になって出てきた技だから、おそらく強力……だよね？　ちょっと自信がなくなってきた。でも行くよ！

「聖なる園《その》の　禁忌《きんき》領域　いざ人の世に　顕現《けんげん》されよ！　【結界】［至高《しこう》聖域］！」

投入GP3000、一気に大量ぶっこみだ！

正面に組んだ両手から白光が溢《あふ》れ出した。みるみる減っていくGPに比例するように、白光は急激に輝きを増しながら眩《まばゆ》い光球になっていく。そして、3000GPを使い切ったところで、俺の手の中から勢いよく飛び出した。まるで自由を謳歌《おうか》するように、彗星《すいせい》のような長い尾を引きながら、光球は不思議な動きで戦場内を駆け巡《めぐ》る。そして一点で動きを止め、萎《しぼ》むようにして掻《か》き消えた。

その直後、虚空《こくう》に白光で編《あ》み上げた、巨大な七芒星《しちぼうせい》が浮き上がる。

あの光球の動きは、これを描いていたのか。それにしても、これはまた派手《はで》な演出だな。そして長いよ。いつになく長い。ゲーム仕様で敵の動きが静止しているからいいものの、いつまで演出CGが続くのか？　みんな何が起こったのかと、ポカンとしているじゃないか。

そう考えた時、七芒星がクルクルと回転を始めて、ピシッ！　と、弾けるような高い音が鳴り響いた。音は次第《しだい》にその間隔《かんかく》を縮《ちぢ》めながら何回も繰り返し鳴っていく。

一回鳴るごとに七芒星に亀裂《きれつ》が入り、しまいには、割れたガラスのように砕《くだ》け散った。

「うわっ！　何か出てきた」

「でかくね？」

七芒星が消えた後に浮かび上がる巨大な影。最初は薄かったその影の輪郭《りんかく》が、ついに実体化する。

あれは……天使か？

数瞬の後には、右手に大剣を掲《かか》げ、左手には巨大な盾《たて》を構えた、全身をプレートアーマーで完全武装した巨人がそこにいた。

巨人の背中には、純白の大きな翼が見える。天使か、あるいは戦乙女《いくさおとめ》って感じだ。顔の上半分を隠した白いヘルムから、長い銀色の髪がこぼれ落ち、煌《きら》めきを放つ。そして突如《とつじょ》、巨人の全身から青みを帯びた眩いオーラが吹き上がった。

そのタイミングで、動きを止めていたニーズヘッグが再起動する。しかし、空中から放たれる範囲攻撃は、巨人がことごとくその大きな盾で吸収するか、ブロックして跳《は》ね返してしまう。防具を貫《つらぬ》く凶悪な棘も、悪質な状態異常を引き起こすブレスも、この段階になって新たに放つようになった熱線ビームまで、一切の攻撃を受け付けない。神聖不可侵《ふかしん》。絶対防御《ぼうぎょ》。まさに至高の聖域だ。

「今の内に総攻撃だ！　行くぞ！」

敏感に攻め時を察知《さっち》した脳筋たちが、次々と特攻していく。

念のため、彼らにバフを追加で掛けておこう。そのくらいならGPは大丈夫そうだ。

完全なる守護の元、ニーズヘッグによる波状攻撃が一旦《いったん》収束すると、あとは脳筋たちの晴れ舞台だった。

先ほどの総攻撃の間に、ニーズヘッグの羽の飛膜は無惨《むざん》に破れ、浮力を失った暴食竜は、既《すで》に泉に落下していたからだ。

最後のあがきで、水面に伏しながらも藻掻《もが》き暴れるニーズヘッグ。その攻撃で、少なくないダメージを受けても、回復ポーションを飲み干しては嬉々《きき》として出撃していく脳筋たち。

「まだ？」

「えっ？」

俺のGPの回復を待ってまた特攻したいだと？　なんか既視感《きしかん》があるこれ。

「ねえ、まだ？」

うん。何回言われてもさすがにまだだよ。

いくら俺でも、３０００GPは、そう矢継《やつ》ぎ早《はや》には捻《ひね》りだせない。もう少し祈りの時間が必要だ。周囲もそれを悟ってか、俺が祈りに集中する間、安全確保のために周囲を肉壁で囲まれた。これじゃあ、期待に応《こた》えないわけにはいかないじゃないか。

「じゃあ、いくよ」

「やった――っ！　総攻撃だ！」

そんなこんなで、かなり時間はかかったが、挑戦イベント「ユグドラシルの暴食竜ニーズヘッグ」は、五度目の挑戦でやっと初回討伐《とうばつ》が果たされた。

＊

ニーズヘッグ戦後、俺は一旦ジルトレに帰還《きかん》した。だって、脳筋たちが俺を見ると、いい笑顔を浮かべながら揉み手をするんだもの。居続けたらヤバいと、俺の直観が訴えていた。

ニーズヘッグ討伐では、いろいろな報酬をもらった。その中には、期待通りＳ／Ｊスキル選択券も一枚あり、喜んだアカギさんとヘイハチロウさんは、すぐに「竜の谷」へと旅立っていった。

今のうちにアイテムボックスを整理しておくか。だいぶ物が溜《た》まってきた。

《緊急イベント「ユグドラシルの暴食竜ニーズヘッグ」》参加上限五〇人

〔討伐全体報酬〕※参加人数で調整された数値です。個人のアイテムボックスに配布されます。

・１５００００Ｇ・中級ＨＰ回復ポーション（25）・中級ＭＰ回復ポーション（25）
・暴食竜ニーズヘッグの素材召喚《しょうかん》券（５）
・暴食竜ニーズヘッグＲ素材召喚券（１）
・アイテム選択券〔森〕（１）※初回討伐限定アイテム
・フヴェルゲルミルの泉水（２）※初回討伐限定アイテム

〔討伐個人報酬〕

・ＳＳＲ以上確定／職業別・アクセサリ召喚券（１）
・ＳＲ以上確定／職業別・武器／防具召喚券（１）
・暴食竜ニーズヘッグの武器／防具／アクセサリ選択券（１）
・ユグドラシルのアイテム選択券（１）※初回討伐限定アイテム

・アクセサリ装備枠拡大券（1）
・S／Jスキル選択券（1）
［素材召喚リスト］
〈素材召喚券〉暴食竜の｛牙《きば》・皮革《ひかく》・鱗・棘・肝《きも》・心臓・血｝からひとつ
〈R素材召喚券〉暴食竜の｛熱線眼（右）・熱線眼（左）・魔石・胃袋｝からひとつ
［装備選択リスト］
〈暴食竜ニーズヘッグの武器／防具／アクセサリ選択券〉次からひとつ選択
・暴食竜の棘剣《きよくけん》［威圧］・暴食竜の棘槍《きよくそう》［暗闇］・暴食竜のメイス［出血］
・暴食竜の鱗鎧［耐暗闇］・暴食竜の鱗盾［耐出血］
・冥王《めいおう》の護符《ごふ》［耐暗闇］・世界樹の護《まも》り［耐混乱］

こういった素材と装備はいいとして、吟味《ぎんみ》しなければいけないのはアイテムの類《たぐい》だ。特にアイテム選択券［森］は、選択肢《し》がかなり多い。

［アイテム選択リスト］
〈アイテム選択券［森］〉※非戦闘時アイテム。取り外し及び再設置が可能。
・ツリーハウス：小型キャンピングハウス／樹上に設置する（定員三名）。
・ボートハウス：小型キャンピングハウス／河川上・湖上に設置する（定員三名）。
・地下ハウス：小型キャンピングハウス／地下に設置する（定員三名）。

・洞窟《どうくつ》ハウス：小型キャンピングハウス／岩盤に設置する（定員三名）。
・ハンモック：屋内・屋外のどちらにも設置可能（定員一名）。
　※全《すべ》てにHP・MP・GP回復速度上昇効果（中）あり。
・妖精蜂《ばち》・養蜂《ようほう》セット：妖精蜂の蜂蜜《はちみつ》を定期的に採取できる／屋外に設置。
・虹彩《こうさい》果樹：果実をランダムに収穫できる樹木／屋内・屋外のどちらにも設置可能。
・アルラウネの種：育てるとアルラウネになる。テイムできる／屋外に設置。
・賢者《けんじゃ》の木：杖《つえ》の素材。魔力を大幅に上げる。
・金のアヒル：ランダムに鉱石を産む鳥。

……これは迷うな。ハウス系アイテムは、街の外で簡易《かんい》宿泊所として使えて、セーフティスペースを兼《か》ねている。そして、今回のチケットのハウスは、どれも特殊地形向けだ。最先端を探索するプレイヤーであれば、欲しくなるアイテムだと思う。でも、俺には必要ないかな？

一人用のハンモックは少し気になるけど、似たような製品がショップで売り出されることを期待しよう。

そうなると、妖精蜂か虹彩果樹の二択かなぁ。もっと詳《くわ》しい説明が欲しいところだが、残念ながらなかった。うーん。

……決めた！　取っちゃおうっと。屋内にも設置できる虹彩果樹にね。残りのふたつのアイテムの内、強化素材はアイテムボックスへ。ユグドラシルの方は、葉に決まりだ。

〈フヴェルゲルミルの泉水〉
　ドラゴン系　武器／防具／アクセサリの強化素材
〈ユグドラシルのアイテム選択券〉※初回討伐限定アイテム（譲渡《じようと》・売却不可）。
次からひとつ選択
・ユグドラシルの実（ＬＵＫ）　使用するとステータス値＋50
・ユグドラシルの花（ＩＮＴ）　使用するとステータス値＋50
・ユグドラシルの葉（ＭＮＤ）　使用するとステータス値＋50

装備召喚券二枚とニーズヘッグの選択券も、思い切って使っちゃうか。ついでに、以前保留しておいた、バジリスクの武器／防具／アクセサリ選択券（１）も、この際だから使用してしまおう。

・ＳＳＲ以上確定／職業別・アクセサリ召喚券（１）
↓ＳＳＲ【神威《しんい》の指輪】ＭＮＤ＋70
・ＳＲ以上確定／職業別・武器／防具召喚券（１）
↓ＳＲ【輝煌《きこう》の司教冠《かん》】ＭＮＤ＋50　耐久４００
・暴食竜ニーズヘッグの武器／防具／アクセサリ選択券（１）
↓ＳＳＲ【世界樹の護り［耐混乱］】ＭＮＤ＋30　ＬＵＫ＋40
・バジリスクの武器／防具／アクセサリ選択券（１）

↓SR【邪眼《じやがん》の指輪〔耐石化〕】MND＋50

これでイベント報酬の整理は一段落だ。じゃあ次は王都に行くか。シークレットクエストを進めておきたいからね。

でも、せっかくあの方面に行くのなら……と、今回はみんなに声をかけた。一緒に王都に行って、俺は霊峰《れいほう》、みんなは観光。その後は全員で渓流《けいりゅう》下りだ。返事は全員ＯＫだって。やっぱりレジャーも大事だよね。

9　神銀の林檎

王都はティニア湾に面した港街で、周囲を山地に囲まれた半円形の平野にある。街の東端の高台には、街を見下ろすように築かれた重厚な構えの王城がそびえている。それとは対照的に、ミトラス大神殿は、霊峰ミトラスの真東に位置する、開けた海岸沿いにあった。

さすがにアラウゴア大神殿には及ばないが、ミトラス大神殿の敷地もかなり広く、建物や隔《かく》壁《へき》により、大きく三つの区画に分けられていた。

ひとつ目は、主神殿を中心とした建物群だ。巨柱が立ち並ぶ方形のエントランスと、その奥に続くドーム状の大聖堂。大聖堂の両翼には、周囲を高い壁で囲んだ堅牢《けんろう》な建物が立ち並ぶ。それもそのはず。遷都《せんと》当時、この場所には砦《とりで》が築かれていた。そこを改修・増築して王宮と宮廷が置かれていたが、街の発展に伴《ともな》って丘陵《きゅうりょう》地帯に王城を新築し、王宮と宮廷は移転。その跡地を一部利用しながら整備改修したのが、現在のミトラス大神殿になる。そのため、新築された大聖堂を除けば、その見た目は、神殿というよりも城に近い。

ふたつ目の区画は、エントランスの前に広がる神殿前広場だ。大勢のNPCが行き交《か》う広場の周辺には、賑《にぎ》やかな門前町《もんぜんまち》が広がっている。

最後三つ目。海側の区画は、南北に伸びる大きな池を中心に、遊歩道が整備されている。周囲には、季節の花々や樹木もふんだんに植えられていて、海浜公園のようになっている。そして、その一画に船着き場もあった。

船着き場には、神殿が管理する桟橋《さんばし》があり、日頃から霊峰ミトラスへ行き来するための船が係留されている。輝煌祭《きこうさい》のときも、ここから出航した。

王都に着いた俺は、まずはミトラス大神殿のマルソー大神殿長を訪ねた。聖霊島に渡る方法を尋《たず》ねるためだ。

「なんと！　伝承『レシピ』を手に入れられましたか。それは我々にとっても僥倖《ぎょうこう》な知らせです。貴殿には、是非《ぜひ》とも『天啓《てんけい》』を得て頂きたい。すぐに島へ渡れるように、船はこちらで手配致しましょう」

レシピに大きな関心を示し、すぐに全面的に協力してくれることになった。神殿発のクエストである上に、神様の存在を匂《にお》わせる「天啓」というキーワードが、有効に働いたのかもしれない。このクエストの報酬《ほうしゅう》が何かはわからないが、こんな風に順調に進むのはありがたい。早速《さっそく》、神殿が手配してくれた船で島へ渡ることになった。

霊峰ミトラス。その麓《ふもと》の参道入口に着いた。ここに来るのは、煇煌祭の時以来だ。今回必要とされる儀式は、入山と下山の祈りだけ。あとは省略して構わないと聞いたので、早速登り始めた。前回は大勢いたし、夜明け前で辺《あた》りは暗かった。こうして日が高い内に一人でいると、頂上まで続く登山道がとても長く感じる。

そうだ。こんな時こそ、妖精二人を呼び出してみよう。このところ、厨房《ちゅうぼう》にばかりいたから、たまには外の空気も吸わせてあげたい。

出てきた途端《とたん》に、辺りを見回してキョロキョロする二人。屋外が久しぶりだからか？　忙しくて構う時間がなかったとはいえ、ちょっと申し訳ない気がした。

えっ、違うの？　お腹《なか》が空《す》いた、おやつはないの？

なんだ。食べ物を探していたのか。でもまだ登り始めたばかりで、おやつの時間には早い気がした。途中の休憩時《きゅうけい》でいいかな？

お腹が空いて……力が出ない？　そうですか。メレンゲがヨヨヨと、お腹を押さえながらよろめく。ここでまた女優になるのか。

このままじゃ、山登りなんてとても無理？　爺《じじい》まで弱々しく首を振る。まさか爺まで役者になるなんて。いつその技《わざ》を身につけた？　そんなにヨロヨロしていたら、俺がイジメているみたいじゃないか。

……仕方ない。移動しながら食べられるもの……そうだな、クッキーなんてどう？

プリンがいい？

それはさすがに無理かな。クッキーで我慢《がまん》しておくように。これ以上は譲歩《じょうほ》しないぞ！

交渉《こうしょう》の末、妖精たちはクッキーで妥協《だきょう》した。ポリポリとクッキーをかじりながら、最初は二人とも自力で飛んでいた。

メレンゲは自前の羽で。

爺は素敵《すてき》な橇《そり》に乗って。

歩き食いならぬ飛行食い？　その様子は、行儀が悪いことに目をつぶれば、かなりファンタジーな光景だった。でもクッキーを食べ終わると、きっと面倒《めんどう》臭くなったのだろう、二人とも飛ぶのを止《や》めて、俺の肩や頭に乗ってきた。足をブラブラさせて楽ちんそう。いいね君たちは。俺という移動手段があって。

せっかくの外なのに、それでいいのか？　もしかして、うちの妖精たちは二人ともインドア派なのかな？　のんびりくつろぐメレンゲを頭に、平常運転の悪ーい顔をした爺を肩に乗せて、俺はひたすら頂上まで登り続けた。

……ふぅ。ようやく山頂に到着した。相変わらずここは見晴らしがいい。

祭礼の時とは違い、今日は快晴なので絶景日和《びより》だ。眼下に広がる紺碧《こんぺき》の海。海面に立つ白い波頭が、やけに眩《まぶ》しく感じる。なんかいい気分。

……おっといけない。ぼーっと眺《なが》めている場合じゃなかった。林檎《りんご》を探さなければ。レシピにはこう書いてあるけど、どこにあるのかな？

―神銀の林檎［落果実《らっかじつ》］／使用量：1個
―枝から自然落下した神銀の林檎。未成熟だが瑞々《みずみず》しく爽《さわ》やかな芳香《ほうこう》を伴う。
―天界にある神銀の木に実る林檎。霊峰の頂きに落ちることがある。

自然落下した落果実なら、普通は地面に落ちているよね？「霊峰の頂き」という表現はやや曖昧《あいまい》だが、現状では、このミトラス聖霊島以外に霊峰と呼ばれる山はない。「頂き」は、素直に受け止めれば山頂のことで、つまりここ。周囲をグルっと見回すが……そう都合よく見つかるわけがないか。

山頂といっても結構広い。あれだけの人数を集めて儀式ができた場所だ。幸いなのは、この辺りの地面が比較的平らなことだ。儀式を行うための開けた場所があり、その周囲には、岩混じりの草むらと低木の林が広がっている。

【神銀の林檎】。それが、どれくらいのサイズかがわからない。大きいぶんにはいいが、凄《すご》く小さかったらどうしよう？　もしビー玉くらいのサイズだったら、この草むらの中から見つける自信なんてない。

えっ？

私たちも探すのを手伝うから、見つけたらご褒美《ほうび》をちょうだい？　……わかった。もし林檎を見つけてきたら、とっておきのをあげようじゃないか！

じゃあ、手分けして探し始めよう。メレンゲはあっち、爺はそっち。そして俺は、この辺りから向こうの林まで。捜索開始だ！

うーん。あっちこっち歩き回ったのに、一向に見つからない。これには参った。

……ちょっと休憩しようかな。

ちょうど腰かけられそうなサイズの岩があったので、そこに座って、海を眺めながらボンヤリとする。

〈ザザザ……ザブンザブン……ザブンザブン〉

山の上まで響く波の音。効果音なのはわかっていても、聞いていると心が洗われる気がする。既《すで》にメレンゲは戻ってきていて、俺の頭の上で休憩中だ。でも、爺はまだ姿を見せない。大丈夫かな？　まさかどこかで立ち往生《おうじょう》していないよね？　長時間戻らないようなら、捜しに行かないと。

〈ザザザ……ザブンザブン……ザブンザブン〉

なんだっけ？　こういった自然の音を用いた、なんとかセラピーというのがあったはず。自然の音には、予測できない不規則な「ゆらぎ」があって、それを聞くと脳からアルファ波が出たり、精神が安定したりするんだって。うん。今まさに体感中だ。何気なく聞いているだけなのに、雑念が消えて無心になるというか、日頃溜《た》まった疲れが抜けていく気がする。

〈ザザザ……ザブンザブン……ザブンザブン　ポトンッ　……ザブンザブン〉

ん？　今なんか、変じゃなかった？

気になって後ろを振り返ると、少し離れた場所に、小さくて丸っこくてキラキラしたものが落ちている。さっきはこんなのなかった。まさか上から落ちてきたのか？

もしかしてこれが？　よく見ようと拾ってみる。

《連続シークレットクエスト「＊＊のレシピ」クエスト①を達成しました。

引き続き、クエスト②が開始されます》

やった！　クエスト①達成だ。いきなりクエスト②が始まっちゃったけど、内容は後で確認すればいい。今は林檎をもう少し集めておきたい。

【神銀の林檎】は、通常の林檎よりも小さくて、姫林檎に近いサイズだった。てっきり、既に地面に落ちた実を拾うのかと思っていたが、こうやって上から落ちてくるものなのか。

……予想外過ぎる。

頭上を見上げて目を凝《こ》らしてみても、突き抜けるような青空が広がっているだけだ。この空のどこから落ちて来たんだ？　小さな林檎と空を交互に見比べながら、その場で首を傾《かし》げていると、おや？　爺さんが林の中から出てきた。えっちらおっちらと、銀色の林檎を抱えて歩いてくる。

偉いぞ爺！　やるときはやるな！　ほら、これが約束した、とっておきのお菓子だ。

真っ白な粉砂糖を贅沢《ぜいたく》にまぶした、特製のフワフワ穴あきドーナツ。皿ごと保存してあったそれを取り出すと、爺がやぶ睨《にら》みの目をキラキラと輝かせた。とっても嬉《うれ》しそう。粉砂糖がこぼれないように、皿ごと爺に手渡す。

メレンゲを見ると、凄く羨《うらや》ましそうな顔をしている。指をくわえて物欲しそうに、穴が開きそうなほど——もう開いているか——それくらい、じーっとドーナツを見つめている。

えっ？　私も、やるときはやる妖精だって？　うんうん。そうだな。わかった、わかった。もちろんメレンゲにも期待している。頑張って！


その後、本当にフラフラと林檎を抱えて戻ってきたメレンゲに、同じく特製ドーナツをあげた。さらに捜索を続けたら、もう二つ林檎を拾えたので、最終的に林檎は五個になった。二人ともよく頑張った。凄いじゃないか、大金星だ。

林檎はこれだけあれば十分だろう。収穫物をしっかりアイテムボックスにしまってから、俺たちはゆっくりと下山し、船に乗ってミトラス大神殿に戻って行った。

10　激流

クエストが一段落したので、王都観光中のみんなにメールで連絡を入れた。

《ユキムラです。お待たせしてすみません。クエスト関連の用事が一段落しました。もういつでも行けます》

送信！　王都には一緒に来たのに、俺だけ別行動だったからね。やっと合流できる。

新しく実装された渓流下《けいりゅうくだ》りは、運営の一押しのレジャーコンテンツだと聞いている。実際に体験してみたプレイヤーの評判もいいらしい。

俺にとっては、これが初めての渓流下りになる。リアルでもしたことがないから、本当に初めて。一度やってみたかったんだよ。ワクワクするね。ジオテイク川の上流から、専用の船に乗り込んで出航だ！

〈ドドドドド　ゴゴォォォ――――ッ〉

どこを見回しても、水・水・水。それと大量の水が生み出す重低音。

うわっぷ！　ヤバイ、なにこれ。

頭上から大きな波――いや、水の塊《かたまり》が降ってきた。右からも左からも、もちろん前からも。

容赦《ようしゃ》なく、そして途切れる間もなく波と音が襲《おそ》ってくる。俺たちは今、渓流下りの真っ最中だ。

そしてそれは、予想以上に激しいものだった。

渓流下りって、こんなだっけ？　なんか違くない？

少なくとも、以前ニュース映像で見たのとは全く違う。水を被《かぶ》るとか、そういうレベルじゃない。おびただしい量の水に揉《も》まれ、激しい水飛沫《みずしぶき》を浴びながら、船は、そしてそれに乗る俺たちも、川の流れに翻弄《ほんろう》されまくりだ。

ジェットコースターのように上がっては落ちていく断続的な浮遊感。その上下の落差が激しい。水に浮かぶ木の葉のように——なんて言葉があるけど、まさにそれ。もう本当になすがまだ。

どわっ！

途中、鉄砲水のように急激に増水してからは、何が何だかわからなくなった。

うおっ！　急にガクンと衝撃が来たと思ったら、背後から突き動かすような水流に押されて、船が勢いよく空中に飛び出した。まるで打ち上げられたロケットのように、船が虚空《こくう》をダイブする。

なにこれ？　めっちゃ浮いてるってば！

そして、ドォォン！　と着水。間欠泉《かんけつせん》のような水飛沫が周囲に吹き上がったかと思うと、それがそのまま頭上から降ってくる。大量の水は滝のよう。もちろん全身モロ被りだ。バラエティ番組の罰《ばつ》ゲームみたいで、頭どころか、濡《ぬ》れていないところを探せないくらい、俺たちは全身水浸《みずびた》しになっていた。

でもこんなに激しく揺れているのに、なぜか船からは落ちない。そういうところはさすがゲームだね。もしこんな急流に落ちてしまったら、大変じゃ済まないよきっと。

楽しいけどやばい。やばいけど楽しい。人ひとりじゃどうしたって敵《かな》わない、圧倒的な水圧に、強引に押し流される。凄い迫力。でも楽しい。

　その後もしばらく激流は続き、ＶＲって凄いって改めて思った。

　船から降りるときには、どこもかしこもビッチョビチョ。頭の天辺からつま先まで、全身ずぶ濡《ぬ》れになっていた。まさに濡れ鼠《ねずみ》。

　リアルなら身体《からだ》が冷え切っていて、着替えはどうするの？　と不安に駆《か》られそうだが、幸いここはゲームの中だ。下船してエリア外に出たら、その瞬間に、綺麗《きれい》サッパリ水気が飛んだ。

　お肌《はだ》も服もサラサラです。

　さすが非戦闘エリアのレジャー施設で、アフターケアまでバッチリだ。

「いやあ、面白《おもしろ》かったね。癖《くせ》になりそう」

「俺はもういいかな。次はのんびり観覧《かんらん》コースにするわ」

　ノリノリのアークとは対照的に、ジンさんは意外にも消極的な反応だ。

「いやいや。絶叫ゴムボートも試さなきゃ。きっと楽しいぞ」

「ボートコースも試したいわね。船でこれならどれだけかしら？」

　トオルさんとキョウカさんは、さらに強い刺激を求めるようだ。もちろん俺も。

「俺もボートに乗ってみたいです。船が凄く楽しかったから」

　渓流下りというより、何倍増しかで激しくなった絶叫マシンみたいだったが、終わってみるとまた乗りたくなるから不思議だ。

「俺は観覧コースで酒を飲む方がいいな。いい景色を眺《なが》めながら飲んだら、きっと美味《うま》いぞ」

ガイさんはこんな感じで、次の乗船コースについて各人が意見を交わす。

「じゃあ次は、オジサン組と若者組に分かれて乗船するか」

「誰がオジサンだこら！」

「ガイさん、ここは素直に認めようよ」

渓流下りを満喫《まんきつ》した俺たちは、次に西方面に遠征する機会があれば、また乗りにこようという話をして、ジルトレへの帰途についた。

「なるほど。ユキムラと一緒だと、こうなるわけか」

「これが噂《うわさ》に聞く『モーゼの海割り』ならぬ『ユキムラのＮＰＣ割り』なわけね」

「なんか、俺たちまでお祈りされているみたいで、申し訳ない気がする」

「まあ、歩くのは楽でいいな」

トリム行きの定期船に乗るために王都へ入ると、道行くＮＰＣたちが、俺たちのために道をあける。そして、俺に向かって祈る。王都の防衛戦から、そこそこ時間が経《た》ったのに。いつまでこの現象が続くのか？　教えて運営さん！

第六章　東奔西走編

1　神器

レシピの材料は全《すべ》て揃《そろ》った。じゃあいよいよ調理を始めよう！　と気合いを入れてみたのに、そうは問屋《とんや》が卸《おろ》さなかった。なぜなら、霊峰《れいほう》ミトラスの頂上で、クエスト①の達成アナウンスに続き、クエスト②の開始が告げられたからだ。

そしてクエスト②は、またもやこんな内容だった。

◆連続シークレットクエスト「＊＊のレシピ」
進行状況：クエスト①　達成　5／5　②未達成　0／7
クエスト①　レシピの材料を全て集めよう。［クリア！］
クエスト②　調理道具を全て揃えよう。
・聖餐皿《せいさんざら》［中］（1）

・聖餐鉢《ばち》［中］（1）
・聖櫃《せいひつ》［小］（1）
・聖匙《せいさじ》［小］（1）
＋金翅鳥《きんしちょう》の羽根［自然脱落］／使用量：1枚
＋ヒュギエイアの杯《さかずき》
＋シャムシール・エ・ゾモロドネガル

材料の次は調理道具の調達だって。このうち、聖皿・聖鉢・聖櫃・聖匙は、日頃の儀式でも目にするものだ。それを借りる、あるいは新たに購入できれば揃えられる。
そうなると問題は、ツリーになっている三つのアイテムだ。いかにも手に入れるのが大変そうな名前で、またあちこち探し回ることになりそう。
さて、ツリーを展開したら何が出てくるか？

－金翅鳥の羽根［自然脱落］／使用量：1枚
　－ガルタマヤ岳に棲《す》む「神鳥ガルダ」の赤く輝く美しい翼
　　－抜け落ちた羽根はガルダの巣の周りに落ちている。

地名が書いてある。でもガルタマヤ岳って、いったいどこだ？　新マップかな？　そこに行って「神鳥ガルダ」とやらの巣を探して羽を拾う。うーん。いかにも面倒臭《めんどう》げ。そう簡単にはいかないだろう。もしかしたら戦闘になるかもしれない。だからこれは、ひとまず後回しにして。じゃあ次。

―ヒュギエイアの杯
―健康を司《つかさど》る女神ヒュギエイアの杯
―金色の蛇《へび》が巻きついた銀色の杯。神器《じんぎ》として保管されている。

女神の杯か。王都の緊急イベント報酬《ほうしゅう》で【ヒュギエイアの祝福】というのをもらったが、おそらく同じ女神だろう。神器なんて聞くと、なんだか恐れ多いね。
説明を読むと、金色の蛇が巻きついた銀色の杯とある……これは、うん。おそらく見たことがある。確かアラウゴア大神殿の宝物《ほうもつ》館に、こんな外観の杯が展示してあった。
念のためクラウスさんにも確認してみるが、アラウゴア大神殿に行き、ハウウェル大神殿長にお願いすることになりそう。そんな段取りかな？　簡単には貸してくれない気もするが、まずは交渉《こうしょう》からだ。
そして最後のアイテムは、舌《した》を嚙《か》みそうな名前の宝剣だった。

―シャムシール・エ・ゾモロドネガル

―エメラルドを散りばめた宝剣。神器として保管されている。

―身につけると魅了の魔術に抵抗する。悪魔特効を持つ。


これも神器だって。こんな派手《はで》な宝剣は、今まで見たことがない。だから、まずどこにあるかを調べないといけない。保管されているとあるから、杯と同じように宝物館的な場所を調べるか、あるいは、所持していそうな人を探すか。……困ったときのクラウスさんだ。これもまず聞いてみよう。


「はい、存じております。残念ながら、どちらも当神殿にはありませんが、【ヒュギエイアの杯】であれば、アラウゴア大神殿が保管しています」

「それは、一時的にお借りできるものですか？」

「いえ。『神器』の貸し出しは原則不可だったはずです。手紙で問い合わせることもできますが、おそらく断られるでしょう」

……ですよねぇ。保管場所は合っていたが、やはり手に入れるのは簡単ではなさそうだ。

「では、直接アラウゴア大神殿まで行ってみます」

王都のミトラス大神殿は、このシークレットクエストにとても協力的だった。だから今回も、まずは事情を話してみようかと思う。

「【シャムシール・エ・ゾモロドネガル】は、以前は、杯と同様にアラウゴア大神殿に保管されていました。しかし、現在の王都への遷都《せんと》の際に、いくつかの宝物と共に王都に運ばれたと記憶しています」

「王都ですか。ではミトラス大神殿に？」

「神殿預かりになったか、王城に保管されているか、そのどちらかだと思いますが、そこまでは私にはわかりかねません」

「じゃあやはり、これも直接行って確かめてみます。原則貸し出し不可の神器を借りるには、何をしたらいいと思いますか？」

「伝承『レシピ』に関連することを知れば、おそらく、どの神殿も積極的に協力して下さるでしょう。ただ、それなりの貢献《こうけん》が必要とされると思います」

「貢献というと、献金とかそういった類《たぐい》のものですか？」

貯金は結構ある。でも、なにしろ神器だ。もし貢献が金銭的なものであれば、金額によっては届かないかもしれない。

「いえ、宝物の貸し出しに際して、直接金銭を徴収されることはありません。貢献というのは、貸し出しに見合った神殿業務やこれまでの業績を指します」

なるほど。貸してほしければ沢山《たくさん》仕事をしろということか？

「念のため、私が大神殿長のお二人に、事情を書いた手紙を認《したた》めます。それをお持ち下さい」

「ありがとうございます。他の聖餐器や聖櫃については、お借りするか、あるいは購入することを検討しています。いずれが可能でしょうか？」

「聖櫃は当神殿のものをお使い下さい。聖餐皿と聖餐鉢、それに聖匙は、使用目的によって使い分けていますので、新しく購入された方がよろしいかと思います。物販所で取り扱っていますから、後ほどお部屋にお持ちします」

「いろいろと相談に乗って頂いてありがとうございます。お手数ですが、手紙の件と、購入の件をよろしくお願いします」

今回のシークレットクエストは、なんかRPG感たっぷりだ。一つ解決しても、次から次へと遠回りさせられて、目的のアイテムを探し回らないといけない。これだけ手間《てま》と時間をかけて、果たして何ができあがるのだろう？　苦労させられた分、期待してもいいよね？


まずはユーキダシュのアラウゴア大神殿へ向かう。【通行許可証（墓陵《ぼりょう》遺跡）】を持っているので、あっという間に到着した。じゃあ、ハウウェル大神殿長に会いに行こう！

「ほうほう。ユキムラ殿は、伝承『レシピ』に取り組まれているのですか」

クラウスさんからの手紙を渡したせいか、スムーズに話が進む。

「はい。そのために、この大神殿に保管されている【ヒュギエイアの杯】が必要になりました。一時的に貸して頂くことは可能でしょうか？」

「もちろん。そういった事情であれば、貸し出すことはやぶさかではありません……が、やはり神器ともなると、私の一存《いちぞん》だけで決めるのは難しく、審査や手続きに時間を要します。その間、当大神殿に滞在して頂くことになりますが、よろしいですか？」

「はい。この街も久しぶりですし、伝承クエストについて調べたいこともあるので大丈夫です」

「なるほど。確かに学びはとても大切です。大神殿内の図書館にも資料はありますが、神器について調べるおつもりでしたら、街の大図書館に足を運ばれるとよいでしょう」

「大図書館にですか？　それは気がつきませんでした。では、時間があるときに行ってみます」

ハウウェル大神殿長との話が終わると、接客係のウェルズ司教が迎えに来て、俺が逗留《とうりゆう》する宿舎に案内してくれた。

「以前は学舎の宿舎を使って頂きましたが、今回は、現在の位階に相応《ふさわ》しいお部屋をご用意致しました。ご自由にお使い下さい」

「それは、わざわざありがとうございます」

「ウォータッド大神殿は、かなり繁盛《はんじよう》……失礼、かなり信者の方々が増えたと伺《うかが》っています。それはユキムラ大司教の功績が大きいとも。その秘訣《ひけつ》はなんでしょう？」

「そうですね。物販所で手軽に購入できる菓子類が、住民の方に人気があるようです」

「ほぉ、例《たと》えばどのような？」

「定番なのは聖なるガレットですね。作り置きができて、購入してからも日持ちがします」

聖なるガレットは、ウォータッド大神殿の人気商品だ。作ればその分売れていく。ガレットというと、そば粉で作ったクレープが有名だが、ここでいうガレットは、円《まる》く焼いた厚焼きサブレを指す。材料は、小麦粉、アーモンド粉、粉糖《ふんとう》、膨《ふく》らし粉、卵黄《らんおう》、有塩バター、香料で、サクサクとした食感と塩気のある甘さが癖《くせ》になる。

「なるほど。手軽さや扱いやすさも大事というわけですか」

「安価な品は、大量に作ってもすぐに売り切れてしまいます。一個あたりの利益は少ないですが、その分、大勢の方の手元に行き渡るのが利点ですね」

「信者の方に大きな負担を求めず、しかし神殿に親しんでもらう効果もある。よい方法ですね。さすがです。よく考えられています」

いや、考えたのは俺じゃなくてクラウスさん、つまりNPCです。

「順調に位階を昇られて、そろそろウォータッド大神殿が狭く感じられるのでは？」

「ここと比べると狭いですが、もうジルトレには長いですから。すっかり馴染《なじ》んでいます」

「この先へ進まれると、そうも言っていられなくなるでしょう。人には、その地位や能力に相応しい場所があります。ウォータッドは小さすぎるし、アラウゴアとミトラスは席が埋まっている。そうなるとおそらく……いえ、このお話は私ごときがするべきではありません。僭越《せんえつ》でした。今申し上げられるのは、いずれ、あるべき道が開かれるということだけです」

えっ？　僭越でもいいから続きは？　あっ、ダメですか、そうですか。今の話は、きっと位階が上がったときの進路に関するものだ。でも続きは次回！　じゃなくてずっと先！　みたいな終わり方をされてしまった。

ウォータッド大神殿は凄《すご》く気に入っているけど、いつかは他の神殿に移らないといけないのかな？　もしかしたら、俺以外に神官職の正規ルートに進むプレイヤーが増えているのかもしれない。同じプレイヤーがずっと大神殿長なのはマズいとか？　その辺《あた》りのシステムがどうなっているのか？　ジルトレを離れたくない俺としては気になる。

貸し出し許可をもらうまでは、大神殿でご奉仕《ほうし》をするつもりだが、ハウウェル大神殿長の勧《すす》めもあったので、せっかくだから大図書館で調べものをすることにした。

北二区にある大図書館は、北大参道沿いの便利な場所にある。すぐ側《そば》を何回も通っているが、今まで中に入ったことはなかった。というのも、職業クエストに関することは、大神殿の図書館や学舎の図書室で用が足りていたからだ。

シンプルな神官服姿で大神殿を出た。この姿でも、NPCにはなぜか位階がわかってしまうらしいが、プレイヤーなら大抵《たいてい》はスルーしてくれる。王都だと、すれ違うNPCに高確率で祈られてしまうから、プレイヤーに変な目で見られるが、この街なら大丈夫なはず。……たぶんね。ここに来るまでの間は……あれ？　大通りを直進したせいか、NPCの集団には会っていないかも。まあでも、大図書館は大神殿のすぐ側だから、あまり気にしなくてもいいか。

《大図書館》
大図書館は、円筒形の巨大な建物で、外から見ると四階建てに見えた。三階までの外壁は、三段に積み重なるアーチ構造になっていて、規則的に立ち並ぶ垂直な柱が、各階の上部で見事な円弧《えんこ》を描いている。四階にあたる部分は、小さな四角い窓が柱の間に飛び飛びに並んでいて、建物全体の姿は、古代の円形闘技場を彷彿《ほうふつ》とさせた。
一階のアーチのひとつをくぐると、正面扉があった。中に入ると、真っ直《ます》ぐな広い通路が、建物の中心に向かって伸びている。その先へ進むと、三階層にわたる高い吹き抜けを伴《ともな》う、半円形のホールが現れた。

そこでまず目に入ったのが、正面の巨大な壁に描かれた、神話あるいは物語の一場面を描いたと思われる壁画だ。この壁画は、どんな情景を表したものなのだろう？

大きな山に向かって、大勢の人々が列をなして歩いている。列の先頭には先導者らしき人がいて、両手に持った二本の棒を、頭上で斜め十字《サルタイアー》に交差させている。その交差部から山の頂まで、一筋の光が伸びていて、空には虹《にじ》がかかり、天使や羽の生《は》えた不思議な生き物が飛んでいる。なんか印象的な絵だな。もしかしたら、ゲームのシナリオに関係しているとか？

また、視線を下に移せば、タイル張りの床に、抽象的なモザイク模様が描かれていた。太陽？　あるいは花かな？　中央に金色の円があり、その周りを七重の輪《わ》が取り巻いている。輪の間には、見る角度によって光って見える、白い三角形が規則的に並び、その間を茶・黄・緑といったカラータイルが埋めていた。

なんか物珍《ものめずら》しくて、ついキョロキョロしちゃったけど、本を探しに行くか。

右手に案内カウンターらしきものがあるが、リアルでは必ずある貸し出しカウンターは見当たらない。それも当然で、ＩＳＡＯ内の図書館は、基本的に閲覧《えつらん》のみで外部への持ち出しは禁止されている。そう、冒険者ギルドの資料室と同じだ。

でも各種マップは、閲覧すればタッチパネル上で参照できるし、運よく辞書系のスキルを手に入れたら、職業系の本も参照可能になる。だから、そもそも本を持ち出す必要がない。全てリアル準拠ってわけじゃなくて、こういうところはゲームらしい。

「神器に関する図書はどこにありますか？」

案内カウンターには、司書らしき男女のＮＰＣがいた。でも女性は接客中だったので、男性のＮＰＣに声をかけた。

「三階にあります。少しわかりにくい場所なので、司書妖精がご案内致します。この子の後をついて行って下さい」

そのセリフと同時に、目の前に片眼鏡《モノクル》をかけた知的な印象の妖精が現れた。サイズはメレンゲと同じくらい。でも大きな違いは、二枚の透き通った羽が忙《せわ》しなく動いているのに、全く音がしないことだ。

「司書妖精？　加護をくれる図書妖精とは違う存在なのですか？」

気になったので司書さんに質問してみた。

「図書妖精が進化すると司書妖精になります。所蔵図書が豊富にある大きな図書館には、大抵この妖精がいます。相違点は、図書妖精は基本的に身を隠していますが、司書妖精は人前に姿を現して、本を探すのを手伝ってくれるところです」

妖精の進化か。いいね。実質、俺専用部屋となっている図書室の妖精も進化してくれないかな？　図書室で作業しているとボッチ感が凄いから、そうなってくれたら嬉《うれ》しい。

「じゃあ、神器に関する本がある場所まで、案内を頼める？」

司書妖精は頷《うなず》くと、背を向けてホールの左手にある階段の方に進み始めた。

神器に関する本は三冊あった。

一冊目には、プレイヤーが入手することができる、高レアリティの武器や防具が載《の》っていた。UR以上で、神様由来《ゆらい》の装備が神器と呼ばれるらしい。俺が持っているものだと【パナケイアの螺旋杖《らせんじよう》】【テミスの天秤棒《てんびんぼう》】【アイギスの雲楯《うんじゆん》】がこれに当たる。

二冊目は、その道具類バージョンだ。

この二冊は、全てのページが埋まっているわけではなくて、パラパラめくってみると、空白のページや、記載されているのがアイテム名だけで、イラストや説明が空欄《くうらん》のページもあった。読むことができたのは、実際に見たり、その存在を聞いたりしたことがあるものばかり。おそらくまだ実装されていないか、実装されていても、プレイヤーが入手していない装備が、こんな表示になっているのかもしれない。

そして三冊目。これが求めていた資料だと思う。でも、ほとんどのページが読めない。そして、最初に本を開いたときに、こんなアナウンスが流れた。

《この本に載っている神器は、ＩＳＡＯ世界のシナリオ進行や特殊なクエストのクリアに必要な、共通キーアイテムとして定義づけられています。そのため、プレイヤーが個人で保有し続けることはできません》

……なるほど。つまり俺だけでなく、他のプレイヤーが使う可能性もあり、一個人が独占することはできないというわけか。

さらにアナウンスは続いた。

《閲覧プレイヤーが今まで関与していない、シナリオや特殊クエストに関連するアイテムには、閲覧制限がかかることがあります》

その共通キーアイテムとやらが、全部でいくつあるのか知らないが、今現在見られるのは【ヒュギエイアの杯】と【シャムシール・エ・ゾモロドネガル】に関してだけ。その二つ以外のページは一切開かない。好奇心で覗《のぞ》くこともできないわけだ。こういったシステムであれば、神器に関する情報が出回っていないのも納得だ。随分《ずいぶん》と管理が徹底しているな。まっ、ＩＳＡＯらしいけど。じゃあ目的の箇所を読んでみよう。

【ヒュギエイアの杯】

健康の維持《いじ》や衛生《えいせい》を司《つかさど》る女神ヒュギエイアの杯。

銀色の杯の周囲に金色の聖蛇《せいじゃ》が巻きついている。

様々な希少《きしょう》薬の調合に用いられ、人と獣《けもの》のどちらにも著効《ちょこう》する。期待できる霊薬《れいやく》の効果は次の通りである。
・病《やまい》の治癒《ちゆ》を促《うなが》す霊薬
・身体《からだ》の防衛《ぼうえい》機能を高める霊薬
・身体内部の不調和や歪《ゆが》みを改善し、外的要因を遮断《しゃだん》した平衡《へいこう》な状態に整える霊薬。
……ふうん。そういえば、人は大勢治してきたが、これまで獣を治療したことはない。というか、その機会がなかった。だって施療院《せりょういん》は、獣人や魚人を含めた人の治療を行う場所で、そもそも病気や怪我《けが》の獣が運び込まれることがない。

神官スキルでは治せない可能性もある。病気になった獣は、テイマー専用アイテムや治療薬で治すのかもしれない。その辺りの仕様《しよう》が気にならなくもないけど、今は目先の問題を解決しなければ。

それにしても、希少薬を作るための神器を、はたして調理に使っていいものなのか？　その点について疑問が湧《わ》く。何を作るのかも未《いま》だ不明だ。でも、クエストで指定されているわけだし、神様に捧《ささ》げるような特殊な料理なのかもしれない。もうひとつの神器は宝剣だしね。剣で調理するというのも、よく考えたら変な話だ。

【シャムシール・エ・ゾモロドネガル】

エメラルドを散りばめた宝剣。刀身《とうしん》が緩《ゆる》やかに湾曲した細身の片刃《かたは》剣。

身につけると魅了の魔術に抵抗する。悪魔特効を有し、対象に癒《いや》せない傷を与える。柄《つか》に埋め込まれたエメラルドには、魔除《まよ》けの効果がある。

武器兼お守りみたいなものか。それにしても、豪華《ごうか》というか派手な剣だな。イラストを見ると、反りのある黄金造《づく》りの鞘《さや》には、精巧《せいこう》な細工がなされ、丸く研磨《けんま》された緑色の石が、ふんだんに散りばめられている。そして柄には、これまた大きな六角形の石が嵌《はま》っていた。魔除けのエメラルドだって。

どう見ても実戦用ではない気がするが、気になるのは悪魔特効という記述だ。

これまで、イベントごとに沢山の怪物が出てきたが、悪魔と呼ばれるような存在は登場していない。言葉としては、攻略済みの王都防衛イベント「黒い悪魔」があるが、あれはあくまでも比喩《ひゆ》で、いわゆる悪魔的な存在とは違う気が……いや、そう考えるのは早計かな？　よく考えたら変かもしれない。大勢の人が住む王都の地下が、人知れず、あんな化け物だらけになっていたなんて。

まだ表に出てきていないシナリオに、本格的な悪魔が出てくるとか？　これだけじゃまだわからないけど、注意しておいた方が……ん？　司書妖精？　さっきの子だ。俺をこの部屋に案内してくれた後、すぐに出て行ったはずなのに。何か用かな？　注意を受けるようなことは、別段していないはず。

司書妖精が、俺が広げている本のすぐ側に下りてきた。

「えっ、もしかしてその本なの？」

若い男性の声に顔を上げると、部屋の入口を入ってすぐのところに、誰か来ていた。

「す、すみません。お邪魔するつもりはなかったのですが」

俺の視線に気づいて、彼は狼狽《うろた》えたように謝ってきた。プレイヤーだよね？　ちょっと見た感じはＮＰＣっぽいけど。司書妖精に案内されて来たということは、閲覧希望の本が被《かぶ》ったのか。

人のことを言えた義理じゃないが、そのプレイヤーはなんというか、俺に負けず劣らず地味な見た目をしていた。灰色《はいいろ》の髪に、同じく灰色の目、深みのある暗緑色《あんりょくしょく》のローブと、配色こそファンタジー寄りだが、ゲームっぽい弾《はじ》けた要素は見当たらない。これといった特徴がない大人しい容貌《ようぼう》——よく見れば顔立ちは整っているのに、至《いた》って平凡な印象を受けた。

「神器に関する本を探しているなら、この本だと思いますよ」

念のため確認してみる。これはトラブルを避けるためと、ちょっと親近感が湧いたので、話をしてみたいと思ったからだ。

「でも、まだ読んでいらっしゃる途中ですよね。また後で出直してきます。お邪魔してすみませんでした」

「いえ。ちょうど今、閲覧し終わったところです。じゃあ、本はこのままここに置いておきますね」

「あ、ありがとうございます」

席を立って、出口へと向かう。彼はどんな神器を調べに来たのだろう？　気にはなるが、マナー違反になるから、覗き込むわけにもいかない。服装の感じだと、職業は魔術師、あるいは錬金術師や薬師《くすし》あたり？

ここは、転職の街と言われるほど転職用の施設が多くて、上を目指すプレイヤーが大勢集まってくる。ちょっと見た限りでは、何もアクセサリをつけていなかったから、魔術師ではなさそうだ。魔術師は大抵、属性強化のためのアクセサリをジャラジャラとつけている。俺も今は普段着だから控《ひか》えめだけど、それでもＭＮＤを付与《ふよ》する指輪や腕輪、それに護符《ごふ》などは終始つけっ放しだ。

この広い街でまた会うとは思わないけど、もしまたご縁《えん》があったら、地味メン同士仲良くできるといいな。じゃあ、神殿に戻ってお仕事でもしますか。

「おや？　ユキムラくんじゃありませんか」

「みなさん、お久しぶりです。奇遇《きぐう》ですね」

一階に下りると、見覚えのある集団がいた。そういえば、以前もこの辺りで会ったよね。そう、白い揃《そろ》いの騎士服を身に纏《まと》った東方騎士団の一行だ。声をかけてきたのは、団長のグレンさん。今日は、ユリアさんはいないっぽい。

「せっかくここでお会いしたのですから、ちょっと話をしていきませんか？　実はこの近くに、クランの拠点《きょてん》を構えまして。気軽にお茶でもどうです？」

少し興味があったので、誘いに乗って東方騎士団の拠点へ行くことに。ここでいう拠点とは、いわゆるクランホームと呼ばれるもので、手に入れるにはかなりのG《おかね》が必要だと聞いている。招かれるのも入るのも初めてだ。


「ここって貴族のお屋敷がある場所ですよね？」

グレンさんについて行き、大図書館から通りを一本隔《へだ》てた北一区に入った。ここは旧貴族街と呼ばれる閑静《かんせい》な場所で、ごちゃごちゃした市街地とは別世界の、ゆったりとした緑あふれる街並みが広がっている。なんだか落ち着かなくて、キョロキョロと辺りを見回していると、グレンさんがその歩みを止めた。

「ここです。実はユキムラくんが、我らがクランホームの最初の客人です。是非《ぜひ》ゆっくりしていって下さい」

東方騎士団のシンボルである銀十字が、目の前にある黒く優美なデザインの門扉《もんぴ》に飾られている。敷地内へ入り奥に進むと、まるで映画に出てくるような白壁の瀟洒《しょうしゃ》な豪邸が現れた。

「お屋敷じゃないですか。凄いですね」

「落ち着ける場所がいいとメンバーの意見が一致したので、いくつかあった候補の内から、利便性と居住性を考えてここを選びました」

「東方騎士団は、お金持ちなんですね」

「まあ、比較的大きなクランですから。他の大手クランも、資金的にはホームを構えるのが可能なはずですが、彼らはまだ場所を選んでいるのでしょう」

　確かに、マップは随時《ずいじ》拡大中だ。強いメンバーが揃っているクランなら、もっと先で……と考えるのもわかる気がする。じゃあ、東方騎士団は？　十分に力のあるメンバーが揃っている彼らが、あえてこの街にホームを構えた。これには、ちゃんとした理由があるに違いない。

　ホーム内の歓談室に案内されて、お茶を飲みながらの雑談が始まった。

「グレンさんたちは、なぜこの街にホームを？」

「そうですね。ユキムラくんには話してもいいでしょう。攻略組の多くは、王都の西を向いています。いかにも倒してくれと言わんばかりのエリアボスがいましたからね。そして倒してみたら、街が三つも解放されました。面白《おもしろ》そうな施設も沢山用意されています。普通なら、自然とそちらに足が向くでしょう。でも我々は、へそ曲がりばかりが集まったクランなので、違う方向を目指すことにしたのですよ」

「違う方向というと……もしかして北西方面ですか？」

「そうです。ユーキダシュは現マップの北に位置する街ですが、その西側には湖沼《こしょう》地帯があり、さらにその奥には、先へ進むのを塞《ふさ》ぐように山がそびえています。我々は、それが気になって仕方がないのです」

「その山って、天馬《てんま》山ですよね？」

気性が荒いという天馬が飛来する山。天馬は翼のある白い馬で、ＩＳＡＯ初の空を飛ぶ騎《き》獣《じゅう》になるのではと期待されていた。……少し前までは。

「そうです。天馬をどうにかテイムすれば、天馬山を越えられるのではないか？　そう考えていまして」

「天馬は人に懐《なつ》かないと聞いています」

「そう。彼らは非常に攻撃的です。だから、テイムしようとすると戦闘になってしまい、そうなると撤退せざるを得ません。むやみに好感度を下げるわけにはいかないので、非常に悩ましい状況です」

「今までテイムに成功した人はいるんですか？」

「我々の知る限りではいないですね。プレイヤー、ＮＰＣのどちらにおいてもです」

「もしテイムできたら、面白いことになりそうですよね」

なにしろ空飛ぶ馬だ。そしてこのクランには、騎士職のプレイヤーが多い。彼らが本気なら、いずれは天馬山を越えて先のマップに進めそうな気がする。

「どこかに必ず糸口があると考えているのですよ。それがこの街ではないかと踏んでいます」

「確かに。木を隠すなら森の中というし、ヒントを隠すならこの街かもしれないですね。大図書館にいたのもそのためですか？」

「ええ。ただあまりにもこの街は大き過ぎる。隠された情報を探し出すには、時間も労力もかかるでしょう。だから本格的に腰を据《す》えるために、手始めとしてホームを構えたわけです」

「なるほど。皆さんが天馬を従える日を、楽しみにしています」

成功するまでは長い道のりかもしれない。でも乗れたら凄いよね。天馬に乗った騎士団なんて、ファンタジーそのものだ。

「ユキムラくんは、どうして大図書館に？」

ここまで話してくれたのなら、俺もある程度言ってしまうか。

「実は、今やっているクエストに神器が関係してくるので、それを調べに来ました」

「神器ですか。関連する本は何冊ありましたか？」

「三冊です。装備と道具とシナリオ関係の」

「同じですね。我々も調べましたが、あまり有意義な情報は載っていませんでした。既《すで》に知っている知識を多少補足するくらいで」

「確かにそうですね。保管場所や入手方法についての記載を期待していましたが、その点では肩透かしでした。結局は手探りのままというか、あの本を読んで、すぐに何か進展することはなかったです」

「ここだけの話ですが、もしどうしても神器を必要とするなら、いろいろな方法があります」

「というと？」

「無難なのは、持ち主と『貸し借りの交渉をする』あるいは『対価を示して譲《ゆず》ってもらう』あたりですが、もっと強引な方法でも可能のようです」

「強引？　無理やり奪うとかですか？」

「それだとすぐに役人に捕まってしまいます。奪うには違いないですが、見つからないようにこっそりとやる。つまり『盗み出す』ことも、システム上は可能なのですよ」

「でもそういった方法は、後々問題になりそうな気がします」

「その通り。実際にその手の方法を取ったプレイヤーは、職業ルートが大変なことになったとか。いわゆる『闇《やみ》落ち』系へルートチェンジですね。ＮＰＣに窃盗《せっとう》が露見《ろけん》しなかったとしても、少なからず影響が出るらしいです」

「うわぁ。それって取り返しがつかないですね」

「まさに後の祭り。ユキムラくんには今更《いまさら》でしょうが、ある程度回り道になるとしても、やはり正攻法が一番です」

＊

貸し出し許可が出るまでバリバリ働くか！　なんて思っていた。でも、厨房《ちゅうぼう》や施療院で働き始めたところで、事態は思わぬ方向に動いていった。

「貴殿に招聘状《しょうへい》が届いています」

「招聘状ですか？　どこから来たものでしょうか？」

なんかものものしいな。どこから、そして誰から招かれたのか？　少なくともジルトレのウォータッド大神殿じゃない。だってあそこはホームであり職場だから。

「直接にはミトラス大神殿からです。しかし、元をただせば王城からになります」

「王城というと……あの王都にある？」

王城が王都にあるのは当然だけど、この街にも旧王城と呼ばれるものがある。だから、そちらの可能性も考慮して聞いてみた。

「そうです。つまり貴殿は、このモーリア国の国王陛下《へいか》に招聘されたのです」

「国王陛下？　えっ、いるの？」

やばっ！　思わず素《す》が出ちゃったよ。

「もちろんです。現在このモーリア王国は、リンカ・セロI世陛下によって統治されています。王城内には国王御一家や王族のお住まいである王宮と、群臣の集《つど》う宮廷があります」

国王陛下に名前があるわけね。それも初めて知った。

「すみません。国王陛下はもちろん、王族や貴族の方にもお会いしたことがないので、思わず驚いてしまいました」

《【招聘状［リンカ・セロI世］】を入手しました》

渡された招聘状を見ると、ひどく持って回った言い方で「王城へ来い」と書いてあるだけだが、一番下に今聞いたばかりの王様の署名がある。

「そういえば、理由はわかりませんが、最近は王族の方々が、民衆の前に姿を現すことがなくなったと聞いています。そこにこの招聘状です。何事もなければよいのですが」

なんかフラグ的な発言まで出てきた。何事もなければ……なんてセリフは、二時間枠《わく》のサスペンスドラマなら、大事件がこれから起きる、あるいは既にどこかで起こっていることを暗示するテンプレみたいなものだ。しかし、なんというか……今になって王様の登場か。

防衛イベントの間、ずっと王都に滞在していたのに、王族を見たことも声明を聞いたことすらなかった。イベントをクリアしたら、褒賞《ほうしょう》関係で王城が解放されるかも――なんて噂《うわさ》も一時あったが、終了アナウンスと共に、あっさり終わっちゃったしね。

ゲームの正式配信開始以降、いや、その前のベータテストも含めて、プレイヤーの間で「王国なのに王様がいない」「設定だけの王族」と呟《つぶや》かれてしまうくらい、王城や王族は希薄《きはく》な存在だった。俺の知っている限りでは、王都の王城にプレイヤーが入れる、あるいは入ったことがあるという話は聞いたことがない。

それなのに、今この時に、なぜ俺に声がかかる？　全く心当たりがないのに……それとも何かを忘れてる？　これは聞いてみるしかないな。

「私が招聘された理由をご存じですか？」

「さあ？　勝手な憶測《おくそく》を、私の口から申し上げることはできません。この件に関して、私は部外者ですから。ミトラス大神殿のマルソー大神殿長から、直接話を聞かれるのがよろしいかと思います」

「この招聘を断ることは？」

クエスト・アナウンスはまだ出ていない。こんな気になるクエストを断るつもりは毛頭ないが、この質問に対するハウウェル大神殿長の反応を見たかった。

「お勧《すす》めできません。神官たるもの、世俗《せぞく》の権力とは一線を画《かく》すべきです。ですがそれは、全ての関係を切り捨てることではありません。民のために行動を起こす際や、これから貴殿が更《さら》なる高みに昇る際にも、貴人との関係が良好であれば、より円滑に物事は進むでしょう。その点をよく踏まえた上で、ご自分の進む方向を決められるのがよいでしょう」

ふむ。これは、かなり重要なコメントだな。

ハウウェル大神殿長も、クラウスさんとは若干《じゃっかん》役割が異なるが、俺の転職の道筋を指し示してくれるＮＰＣの一人だ。その人物が、王都からの招聘は受けるべきものだと考えている。

そしてその理由として、俺がこのまま正規ルートを進む場合、ＮＰＣの権力者の判断――おそらく一般ＮＰＣとは別に設定された好感度的なもの――を無視すると、苦労するかもしれないよと匂《にお》わせてくれている。

でも問題がひとつある。俺は今、シークレットクエストの途中なんだよ。材料を全部そろえ終わり、道具を集めている最中だ。希望を言えば、ひとつひとつ順番に片付けていきたい。ひとつでもこんなに面倒なんだ。ふたつのクエストを掛け持ちするのは、大変すぎるし、訳がわからなくなりそうだ。王都からの招聘って急ぎなのだろうか？

「では、神器の貸し出し許可が出てから向かおうと思います」

その俺の返事に、ハウウェル大神殿長がゆっくりと首を横に振った。あっ、これ、絶対にダメなやつだ。今回の招聘状に関しては、時間の引き延《の》ばしはNGらしい。

「国王陛下をお待たせするわけにはいきません。審査はご不在の間に進めておきます。貴殿には、王城への入城許可証と、王城に直接行くための特別な許可証が発行されています。準備ができ次第《しだい》、王城へ向かって下さい」

2　隠し通路

アラウゴア大神殿の広大な庭園の片隅《かたすみ》に、その入口はあった。散策路《さんさくろ》を歩く人からは死角になるように、植栽に隠された一本の柱。その上には、頭部に飾り羽が生《は》えた嘴《くちばし》の長い細身の鳥——旅人を守る聖鳥イビスを模《も》した石像が載《の》っていた。

ハウウェル大神殿長から渡された許可証はこのふたつ。

【紋章《もんしょう》の指輪［モーリア王国］】モーリア王国王城への入城許可証。

【聖鳥イビスの風切羽《かざきりばね》】「イビスの往還《おうかん》」を移動に利用できる許可証。ただし、利用に際しては移動先の許可を必要とする。

入城許可証の方は、モーリア王国の紋章をモチーフにした金色の指輪で、特別な移動許可証の方は、薄桃色の光沢を放つ銀色の羽だった。羽を手首に載せると、クルンと丸まってブレスレットのような形になる。今俺は、フル装備した上で、その二つを身に着けていた。万全《ばんぜん》の態勢で行きなさい。ここに来て聖鳥の灯《ひ》を追いなさい――そう指示されて。

石像にゆっくり近づくと、柱ごと全体がぼんやりと光り始め、そして動き出した。石像の鳥は、光を発しながら身体《からだ》をゆっくりと前に倒し、その大きな両翼を左右に広げて、今まさに飛び立とうとする姿勢をとりつつある。

まさか本当に飛ぶわけじゃないよね？

「えっ！　飛ぶの？」

鋭利《えいり》な嘴が俺にロックオン！　こちらに向かって突っ込むように柱から飛び立った！　と思った途端《とたん》に、フッと宙に掻《か》き消える。

「……びっくりした。なにこの演出」

鳥がいなくなり、既《すで》に光が消えた長方形の柱だけが残された。どうなるのかと見守っていたら、何かの仕掛けが作動したのか、カチッと音がして柱が地面に沈み始める。

そして、全《すべ》て沈み切った場所に現れたのは、隠し通路に通じる下り階段だった。

石畳《いしだたみ》の狭い通路の壁には、一定の間隔《かんかく》でぼんやりとした黄色い明かりが灯《とも》っていた。アーチ型にくり抜かれた、むき出しの白い壁。光が届かない天井はかなり暗い。通路は真《ま》っ直《す》ぐなはずなのに、あまり先の方は見通せず、暗闇《くらやみ》に沈んでいた。

　黙々と前に進んでいると、突き当りに行きついた。正面の壁には、指輪と同じ王家の紋章が大きく描かれている。

「ここからどうすれば？」

《モーリア王国発行の入城許可証を確認しました。旧王城［アラウゴア城］へ入城する場合は、紋章に手で触れて下さい》

　紋章に触れた瞬間に視界が切り替わり、窓も扉もない部屋の中にいた。壁に先ほどと同じ紋章がひとつ描かれているだけ。城内に転移したのか？

《入城に成功しました。「イビスの往還」を作動させるには「神珠《しんじゅ》」に神力を注ぎこんでください》

　四角い部屋の四隅《よすみ》には、中央に顔を向けるようにして、聖鳥イビスの像が置かれている。部屋の真ん中には一本の柱があり、その上に、風切羽と同じ光沢を放つ、大きな銀色の珠《たま》が載っていた。これに神力、つまりGPを込めればいいわけか。でもどれくらい必要なのだろう？

　珠の上に手を置くと、視界にGPバーが現れたので、GPを投入し始める。

　……ちょっと待て。これってめっちゃ多くない？

　けっこう使っているはずなのに、バーの充塡《じゅうてん》速度がやけに遅い。1000……2000……3000……足りそうではあるが、マジでギリギリかも……5000！　よしっ、足りた！

　神珠から薄桃色の光が溢《あふ》れ出し、視界を埋めた。

《「イビスの往還」の起動に成功しました。往還が開通します》

次の瞬間には王都にいた。——と言いたいところだけど……えっと、ここは本当に王都なのか？　不審《ふしん》に思い辺《あた》りを見回すが、部屋の四隅には聖鳥イビスの像があり、目の前には神珠の載った柱がある。

「さっきの部屋と変わらないような？」

《「秘匿《ひとく》の回廊」へ出るには、紋章に手で触れて下さい》

アナウンスしてくれるのは助かるが、もう少し詳《くわ》しい説明が欲しい。言われた通りにするしかないけどね！

紋章に触れると、そこはまた薄暗い通路だったが、ここでまたアナウンスがあった。

《王城［フェリキタス城］へは東へ、ミトラス大神殿へは西へ》

なるほど。ユーキダシュと同じだ。王城と大神殿を繋《つな》ぐ隠し通路なわけか。さすがに、単身王城に乗り込むのは気が引けるので、とりあえず大神殿へ向かうことに。

【方位磁石《じしやく》】を頼りに、暗い通路を西へ進む。確かに早いけど、普通に来た方がある意味楽かもしれない。

「そして、ここに出るわけね」

通路の突き当りには上り階段があり、その先へ進むと、ミトラス大神殿の庭園の一画にある林の中に出た。じゃあ、マルソー大神殿長に会いに行くか！

*

「ウォータッド大神殿から譲《ゆず》っていただいた上位聖水。あれらは貴殿が作製されたと聞いています。王城から招聘《しょうへい》がかかったのは、おそらくその件に関することです」

以前納品した聖水。超級や神級といった上位聖水の用途が気になって、購入先に問い合わせてもらったが、結局返事がこなくてわからなかった。それがここに繋がるわけか。

「ああいった聖水は、何に使われているのですか？」

「そこが問題なのです。なにしろ、求めに応じて彼らに上位聖水を渡しましたが、使用目的については一切語ろうとしません。おそらく外部には漏《も》らしたくない、内密にしなければいけない何かがあります」

「彼らとは？」

妙な引っかかりを覚えて聞き返した。このミトラス大神殿の長《ちょう》にも教えられない秘密を抱える人々。それは誰だ？

「王城にある宮廷神殿の者たちです。彼らは高位貴族出身者からなり、王宮および宮廷の日常的な祭事を行っています」

「つまり王族や貴族の方々の身内であり、お抱え的な神官ということですか？」

「率直《そっちょく》に言ってしまえばそうです。彼らも本来はミトラス大神殿の所属であり、定期的に人事の入れ替えがあるはずなのですが、残念なことにそれは形骸《けいがい》化しています」

王族やら貴族やらが登場した途端に、神殿間の確執《かくしつ》っぽいものが出てきた。ＮＰＣの設定にしては、やけに俗《ぞく》っぽく感じる。これが、アップデート時のお知らせにあった、ＩＳＡＯの世界観を織りなすストーリーなのか？

「そう伺《うかが》うと、余計に私が呼び出された理由がわかりません」

上位聖水が欲しいだけなら、品物を請求すればいい。わざわざ俺を呼び出して、何をさせたいのか？　少しくらいは情報が欲しいところだ。

「私も確信があるわけではありません。ですが、おそらく貴殿が作製した聖水を使ったことで、彼らの抱えている問題に良い変化が起きた。しかし、問題が全て解決したわけではない。そう推測《すいそく》できます。貴殿をわざわざ指名して呼び出したのは、聖水に込めた浄化の力を、直接何かに対して振るわせるためでしょう」

「浄化の力を？　それはつまり……呪《のろ》いの類《たぐい》ですか？」

「そうです。それも単純な呪いではない。聖水だけでは祓《はら》うことのできない、相当に厄介《やっかい》な呪い。それを解くことを、貴殿は期待されているはずです」

なんだか長丁場《ながちょうば》になりそうなので、一旦《いったん》ログアウトすることにした。次にログインしたときには、マルソー大神殿長と共に王城に行くことになっている。それも例の「秘匿の回廊」を通ってだ。予定では内々に謁見《えっけん》し、その後初めて、何らかの説明があるらしい。

……一人じゃなくてよかった。なにしろ権高《けんだか》そうな貴族が相手だ。その辺りは、ＩＳＡＯなら、きっとリアルに作りこんでくる。現代日本の一般庶民《しょみん》としては、あまりお付き合いしたくはない人たちだから、ちょっと気が重い。でも行くけどね！

§　§　§

《王城［フェリキタス城］謁見の間《ま》》

目の前の高い壇上には、もしそこに絢爛豪華《けんらんごうか》な玉座《ぎょくざ》がなかったとしても、一目見て断定できる典型的な王様がいた。王様の恰好《かっこう》は、ある意味かなりリアリティがあり、中世ヨーロッパの宮廷服を彷彿《ほうふつ》とさせる。世界史の教科書に載っていたルイ何世かが、そのまま肖像画から抜け出してきた感じだ。

短い丈《たけ》の上衣《じょうい》にキュロットタイプの下衣《かい》。上衣や下衣の裾《すそ》と袖口《そでぐち》からは、段重ねのレースやフリルが、かなりのボリュームではみ出している。胸元にもヒラヒラとした胸飾り。足には白タイツとハイヒール。それだけでもかなり過剰《かじょう》装飾な感じなのに、金銀刺繍《ししゅう》も華《はな》やかな長いマントを羽織《はお》り、余った丈が床でうねっていた。

若干《じゃっかん》緊張しながら謁見の間に入り、正面の壇上にこの姿を見たときは、思わず二度見してしまった。こんなのが不敬にカウントされたら嫌だな。なんか運営の悪戯《いたずら》に引っかかった気分だ。

お城の内装も同様に派手《はで》で、全体に華美《かび》な印象。早く神殿に帰《おうち》りたい。

「そなたが巧《たく》みに聖水を作るという神官か」

王様の下の段に、神官服姿のＮＰＣの集団がいる。今喋《しゃべ》ったのは、その中で一番豪華な神官服を着た人で、確認というよりは、詰問《きつもん》するような口調に聞こえるのは、俺の気のせいじゃないんだろうな。

これって直答していいの？　王様の目の前だし、確認のためにマルソー大神殿長をチラ見すると、軽く頷《うなず》いている。

「はい。招聘に応じ、馳《は》せ参じました」

「あの聖水は、どのようにして作ったのか。隠すことなく全て話しなさい」

「あれは、まとまった量の神力を、素材に一度に込めて作りました」

「なに？　それだけか？　神力を増す特殊な道具や、特別なレシピがあるのではないか？」

「いえ。通常の聖水や上級聖水と作り方自体は同じです」

「ふむ。到底《とうてい》信じられぬ。たかが平民ごときが、それほどの神力を有するはずがない」

「では、我々の目の前で作らせてみては？」

「なるほど、それで真偽《しんぎ》のほどがわかろうというもの」

取り巻きの神官たちが、ごちゃごちゃなんか言っている。

「マルソー大神殿長。そなたの意見を聞きたい。どうやら宮廷の神官たちは、その者を信用していないようだ」

そこで初めて、国王陛下《へいか》が口を開いた。見かけとは印象が異なる、低めの良く響く声で、さすがに貫禄《かんろく》を感じさせる。

「陛下の御前《ごぜん》で、無礼を承知《しょうち》の上で申し上げますが、是非《ぜひ》力を貸してほしいと頼まれて駆けつけてみれば、これは何に対する審問《しんもん》ですかな？　ユキムラ大司教は、既に六祭礼全てを催行《さいこう》し、正式に首座位についている非常に優《すぐ》れた、そして敬虔《けいけん》な神官です。そこにいる者たちに、このような扱いを受けるいわれはありません」

えっ？　マルソー大神殿長が凄《すご》く怒っている。無礼を承知の上でと前置きがあったが、語気の強さは相当なものだ。俺に対する態度が酷《ひど》いって。

なんか感動。もしかして「叙階式《じょかいしき》」を行ったミトラス大神殿の面子《メンツ》や、宮廷政治的な駆け引きがあるのかもしれない。あるいは、単に高い好感度により引き出された応答の可能性もある。

でも、いつも穏《おだ》やかなマルソー大神殿長が、こんな風に矢面《やおもて》に立って庇《かば》ってくれるとは、全く予想していなかった。小柄《こがら》な彼の小さな背中が、今はとても大きく頼もしく見える。

さて、相手はどう出るのかな？　展開が読めないから、とりあえずは静観だけど。

「ミトラス大神殿の権威《けんい》も地に落ちましたね。平民をそれほどまでに買い被《かぶ》り、こちらが推薦《すいせん》した適切な候補者は拒否する。その上、どこの馬の骨とも知らぬ平民を、よりにもよって尊い首座位に就《つ》けるとは」

なるほどね。シナリオ上の設定として、宮廷神殿VSミトラス大神殿の対立があるわけか。

王様は、この確執をどう思っているのかな？

「その平民が作れたものを、そちたちが作れないから、この者を呼んだのであろう」

「し、しかし陛下！」

「マルソー大神殿長の言葉は尤《もっと》もである。我が王家に降って湧《わ》いた凶事。その方らが、自《みずか》らの手で必ず解決するというから、長い時を待った。これ以上、私の忍耐力を試すつもりか？　彼を、ユキムラ大司教を呼んだのは私である。そのことを念頭に置いて、事に当たるがよい」

謁見室から退出して、一旦、用意された控室《ひかえしつ》に戻った。先ほどの宮廷神殿の神官たちは、彼らの中でもお偉いさんだそうで、下賤《げせん》な平民の相手はしたくないらしい。王様があんな風に念を押してもダメなんだな。

「ユキムラ大司教、お疲れさまでした」
「先ほどは、庇って頂いてありがとうございます」
「礼には及びません。間違っているのは彼らの方ですから、それを正すのは当たり前のことです。神の御前には誰もが等しい存在です。世俗《せぞく》的な身分や生《お》い立ちは、神に仕《つか》える者には一切関係ありません。敬虔な信仰と真摯《しんし》な祈り、そして神の代行者としての奉仕《ほうし》活動、それが全てなのです」

ああなるほど、今の言葉で、マルソー大神殿長が庇ってくれた理由が少しわかったかもしれない。俺のステータスにある特殊称号「敬虔」、称号「祈祷者《きとうしゃ》」「聖神の使徒《しと》」。おそらくその辺りが、ＮＰＣの言動——つまりシナリオの分岐《ぶんき》に関《かか》わっていそうだ。

＊

「まずは、実際に見て頂くのが早いと思います。これから現地にご案内しますので、私についてきて下さい」

この件の担当者として現れたのは、ダヴェーリエ司教という、痩《や》せぎすで、かなりやつれた感がある人だった。もちろんＮＰＣだ。

「どこに行くのか聞いても？」

「ええ。どうせすぐにわかることですから。これから向かうのは、北にある堰杙《いぐい》の塔です」

「堰杙の塔？　なぜそのようなところに？」

マルソー大神殿長が、非常に驚いた顔をしている。それほど意外な場所なのか？

「この王宮で、凶事あるいは奇禍《きか》と呼ばれているもの——その隔離《かくり》のためです。最初は王宮内に安置していましたが、周りの方々の怯《おび》えが酷く、実際にあの場所では対処が難しくなってきたので、つい最近こちらに移しました」

なんか、いわくつきの場所に行くみたいだ。もうちょっと詳しく知りたい。

「堰杙の塔とは、特別な場所なのですか？」

「通常は、身分が高い咎人《とがにん》、つまり問題を起こした王族を軟禁《なんきん》しておく場所なのです。長らく誰も入っていなかったはずだが……」

牢屋《ろうや》代わりに使われる塔。安置という言葉は、まるで相手が遺体みたいに聞こえるが。収容されているのは、呪いに罹《かか》った人なのか？　さて、何が出てくる？

次第《しだい》に樹木が増えてきて、ちょっとした森のようになってきた。まだだいぶ先だけど、王城の周囲を囲む堅牢《けんろう》で高い城壁の向こうに、塔の先端が見えてきている。

「北門は常時閉鎖《へいさ》されていて、あちらにある通用門を通ります。これをお二人に差し上げますので、通るときに衛兵《えいへい》に見せて下さい。今現在、仮の通行証として使用していますから」

ダヴェーリエ司教が、俺とマルソー大神殿長のそれぞれに、魔方陣のような円《まる》い模様が刻まれた銀色のカードをくれた。この光沢は魔銀製かな？

《王城［フェリキタス城］北門の通行証（仮）【破邪《はじや》の聖刻《せいこく》】を入手しました》

「これはまた珍《めずら》しいものを。貴重なものなのではないかね？」

「珍しいのは否定しませんが、私の手作りですので、材料さえ揃《そろ》えばいくらでも作れます」

「ほほう。ではダヴェーリエ司教は、教国《きようこく》にご縁《えん》があるのですか？」

教国？　なにそれ。初めて聞くよ、その国名。

「私の曽《そう》祖母とその兄が、教国出身だと聞いています。物心ついた時には既に亡くなっていましたが、その技法だけは代々我が家に継承されています」

「それは勿体《もつたい》ない。モーリア王国では、かなり前に途絶えてしまった技法です。誰でも受け継げるわけではないでしょうが、是非広めて頂きたいものです」

「そう仰《おつしや》って頂くのはありがたいですが、実際にはあまり需要《じゆよう》がないので」

「それは運用面での問題では？　あれば確実に役に立ちます。忙しい神官なら、殊更《ことさら》に欲しがることでしょう。それこそユキムラ大司教なら、ご興味があるのでは？」

すっごく興味はあるんだけど、これって何？

「……えっとですね。不勉強でお恥《は》ずかしいのですが、これは何でしょうか？」

「なんとご存じない？　ああ、でも確かに、若い世代が目にする機会はないかもしれません」

ご存じないです。だから教えて。

「はい。見るのも聞くのも初めてです」

「これは【破邪の聖刻】といって、神力を溜《た》めておくことができる道具です。そして、溜めた本人に限ってですが、好きな時に取り出せます。先日王都を襲《おそ》った災厄《さいやく》のときに、これがあれば、我々はどれほど助かったことでしょう」

なんだって！　神力、つまりGPを溜めておくことができる道具？　凄く有用なアイテムじゃないか。だってこのゲームには、まだGP回復薬が存在しないんだから。

「それは、非常に興味があります。【破邪の聖刻】には、どれくらいの神力を溜められるのですか？」

「素材次第です。これは魔銀板に彫《ほ》ったものなので、そこそこといったところです。聖紫銀《しぎん》や、それ以上の素材を使えば、かなり使い勝手がよくなりますが、なにしろ高価ですからね」

俺たちが興味を持ったのが嬉《うれ》しかったのか、ダヴェーリエ司教が少し潑剌《はつらつ》としてきた。

「材料を揃えたら、作製して頂くことはできるのでしょうか？」

「大変ありがたいお申し出ですが、今は無理です。日中のほとんどを堰杙の塔に詰めていますので」

「では、問題が無事に解決したら、改めて依頼してもよいでしょうか？」

「ええ。その時には、喜んでお引き受けしますよ」

教国についての話も聞きたいけど、もう城壁は目の前だ。だから、また次の機会を待とう。


通用門を通り抜けると、もう城壁の向こう側だ。

そこには異様な光景が広がっていた。元は白かっただろう白亜《あくあ》の塔は、びっちりと、その表面を塗り潰《つぶ》すように、黒い有刺鉄線《ゆうしてっせん》のようなもので覆《おお》われていた。黒いものは、刈《か》り込まれた緑の芝生《しばふ》の上にまでウネウネと這《は》い出ていて、それを数人の神殿騎士たちが、聖属性を帯びた銀色の武器で打ち払っている。

「ダヴェーリエ司教！　よかった。戻られましたか」

一人の神殿騎士が、すぐに手を止めて話しかけてきた。

「状況はどうですか？」

「見ての通りです。かなり侵蝕《しんしょく》が広がってきました。いくら取り除いてもきりがありません」

「塔の中も同じようですか？」

「例の聖水を使っていますから、塔内部の動線は、なんとか確保しています。ところで、そちらが、ご助力を頂けるという方々ですか？」

「ええ。ミトラス大神殿から応援に来て下さったマルソー猊下《げいか》と、遠くウォータッド大神殿から駆けつけて下さったユキムラ猊下です。これからこのお二人と共に中に入ります。なるべく、邪魔が入らないようにお願いできますか？」

「お任せください。しかしここ最近は、彼らは遠くから一瞥《いちべつ》するだけで、すぐに踵《きびす》を返してしまいます。ですから、塔に立ち入ることはないと思います」

「それはよかった。では、参りましょうか」

3　茨の棺

ダヴェーリエ司教の先導で、塔の中へ入り、螺旋《らせん》状の階段を上っていく。

「この黒いものは、いったいなんですか？」

黒い侵蝕《しんしょく》は、塔の外壁だけでなく、内壁のところどころにも及んでいた。

「【不浄の茨《いばら》】。鑑定ではそう出ますが、正体まではわかりません。見た目は茨のようですが、その増え方が尋常《じんじょう》でなく、通常の武器では切ることも潰《つぶ》すこともできません。聖水をかければ一旦《いったん》は枯れますが、すぐにまた生《は》えてきてしまいます。そして棘《とげ》に触れると不浄に染まり、花が咲くと、そこから夥《おびただ》しい量の邪気《じゃき》を放ちます」

「それはまた厄介《やっかい》な。原因はなんでしょう？」

「それがわからないのです。どこからやってきて、いつから寄生《きせい》したのか」

「寄生？　それはどういう……」

「あの状態は、そうとしか言いようがありません。ただ我々は、長いことこの問題に携《たずさ》わってきて、一種の視野狭窄《しやきようさく》に陥《おちい》っています。ですから、お二人に先入観のない視点で見て頂いて、新たな気づきがあることを期待しています。質問は後ほどお受けしますので、まずは現状を見て頂けますか?」

塔の最上階に着いた。階段を上りきると、そこは狭いホールになっていて、左右にひとつずつ部屋の入口が開いていた。

「この階には三部屋あります。左手にあるのが従者用の控室《ひかえしつ》で、右手に進むと貴人用の居室と、その奥に寝室があります。扉があると茨で塞《ふさ》がれる危険性があるので、予《あらかじ》め、どちらの部屋も扉は取り外してあり、不要な家具類は撤去《てつきよ》しました」

がらんどうの居室を素通りして寝室へ入ると、すぐにそれが目に入った。

「こ、これは……」

マルソー大神殿長が言葉を失った。

それもそのはずで、俺たちの目の前には、黒い茨で編《あ》まれた球状の籠《かご》のようなものがあった。それもやけにでかい。人の背を越す大きさの巨大な籠。

鳥籠? 一目見て抱いた印象はそれだ。その籠からは、塔の外壁に向かって蔓《つる》状のものが四方八方に伸びていて、まるで宙に吊《つ》られているように見えた。

「駆除《くじよ》しますので、しばらくお待ち下さい」

ダヴェーリエ司教にとっては想定内の光景なのか、彼は青紫色の光を放つ銀色のカードを懐《ふところ》から取り出し、茨の籠に近づいて行く。

「それは【破邪《はじゃ》の聖刻《せいこく》】ですか？」

「はい。最高級の素材を使ったもので、既《すで》にめいっぱい神力を込めてあります」

そう言いながら、密集する茨の隙間《すきま》から、カードごと手を深く突っ込んだ。うわっ！　棘だらけなのに、痛くないのかな？　触れると不浄に染まるという棘。慣れているのかもしれないが、随分《ずいぶん》と大胆だ。

ダヴェーリエ司教が静かに目を閉じ、残った方の手で祈りの印《いん》を結ぶと、籠の内部が白く輝き始めた。徐々《じょじょ》にその光は大きくなっていき、光に触れている茨に、明らかな変化が起き始めた。無数の棘が生えた枝が、見る間に痩《や》せ細り、萎《しぼ》み、枯れ始める。

「なるほど、神力により枯らすことはできる。そのための装置がそこにあるのですね？」

「そうです。先ほどお渡しした【破邪の聖刻】を改良した台座が、この中にあります。溜《た》めた神力を徐々に放出する仕組みですが、神力が枯渇《こかつ》してしまうと、この有様《ありさま》です。でも今、神力を補充したので、しばらくはもつはずです」

「ここまで見たのです。そろそろ、この異変の原因をお話し頂けますか？」

「もうしばらくだけお待ちください。言葉では説明が難しいところがあるので、茨を駆除してからの方が理解しやすいと思います。ほら、見えてきました。そこにおわすのが、王家に降りかかった凶事と呼ばれる災厄《さいやく》の当事者です」

大量にあった茨は、枯れてしばらくすると消えていく。しばらく待つと、籠の内部はあらかた露出《ろしゅつ》していた。

不気味な茨が消え去った後には、聖刻が刻《きざ》まれた銀盤が張られた台座と、その上に安置された一基の棺《ひつぎ》があった。透き通った材質でできた透明な棺で、中にいる人物がよく見える。白い服を着た、銀色に近い薄い金色の髪の少年。生きているのか死んでいるのか判断に迷う。でも顔色は悪いが、死人のそれとは違う気がした。

「このお方はまさか……いや、しかしご年齢が合わない。どういうことだ？　……透明な棺。この棺に何か秘密が？」

「マルソー猊下《げいか》、ご明察の通りです。この棺は、時を止める効果がある【サトゥルヌスの逡巡《しゅんじゅん》】という神器《じんぎ》です。そして、その中の少年は、モーリア王国の王太子であるシャビエル殿下《でんか》であらせられます」

時を止める神器だって。なんか凄《すご》いものが出てきた。

「まさか、亡くなっておられるのか？」

「いいえ。衰弱《すいじゃく》した身体《からだ》から魂魄《こんぱく》が離れて抜け殻《がら》となっていますが、亡くなられたわけではありません」

「なんと！　では、殿下の魂《たましい》はいずこに？」

「わかりません。ですが、この棺からそう離れてはいないはずです。残念ながら、現状ではそれを視《み》ることができる者はいませんが」

この棺の周りに、この子の魂がいるの？　目を凝《こ》らしてみても、特に何も見えない。それにしても綺麗《きれい》な子だな。まるで人形みたいだ。男の子にしては線が細いのは、痩せてしまっているせいか。

しかし、またここで神器か。今のこれって、おそらくシナリオクエストと呼ばれるやつだと思うけど、ここまで来て、まだクエスト・アナウンスは出ていないし、その一方で、ＮＰＣがやけに饒舌《じょうぜつ》だ。なんか、今までのクエストとは違う展開だと感じる。

二人の話を聞きながら、ちょっと棺に触れてみる。

《神器【サトゥルヌスの逡巡】　時神サトゥルヌスの手による時間を止める棺》

じゃあ、棺の下の銀盤は？

《【破邪の銀盤】　邪悪な存在を滅却《めつきゃく》する。起動には大量の神力を必要とする》

肝心《かんじん》の王子様の魂はどこかな？　もし自分が幽体離脱《ゆうたいりだつ》しちゃったとしたら、おそらく身体に戻りたい。そう思うはずだ。だったら、身体を見下ろせる位置に当たるここらへん？

棺の真上に手をかざしてみるが、空《くう》を切るだけだった。もうちょっと上とか？　あちこち手を動かしてみるが、何が起きるわけでもなく、何に触れるわけでもない。

そうは上手《うま》くいかないか。諦《あきら》めて手を引っ込めようとしたその時……あれ？　今の。気のせいか？　一瞬だけど、嫌な気配を感じた。えっとどこだっけ？　この辺《あた》り？　……うん。やっぱり、ここだけちょっと変だ。近くから状態異常を放たれているような、わずかな違和感。でもどこからだ？

周囲を見回しても、なにがあるわけじゃない。でもあの隅《すみ》から、そうだ、部屋の四隅が、どこかおかしい……気がする。どうしよう？　二人はまだ話し中だし、これといった確証があるわけじゃないけど、言った方がいいよね？

「では、抜け殻となった殿下のお身体の周りを【不浄の茨】が取り囲んでいたわけは？」

「それをお話しするには、ここに至《いた》るまでの出来事を、順を追って説明した方がよさそうです。少し長くなりますし、猊下たちに見て頂きたいものもあります。塔の外に場所を移してもよろしいですか？」

「我々は構いませんが……ユキムラ大司教、どうかしましたか？」

「あの、部屋の隅に、何かいるような気がするのですが」

「部屋の隅に？　何かとはなんだね？」

「それがはっきりしなくて。気のせいかもしれないのですが……」

だんだん自信がなくなってきた。

「では、ちょっと調べてみましょうか？」

順番に部屋の四隅を回ってみたが、今はもう何も感じない。あれ？　勘違《かんちが》い？

「すみません。特に異常はないみたいです」

おかしいな？　確かにあの時は、変な感じがしたと思ったのに。

「いえ。もしまた違和感を覚えたら、すぐに教えて頂けますか？　殿下の魂が誰にも見えないように、ここに我々に見えない存在がいたとしても、決しておかしくはありませんから」

塔から出て、ダヴェーリエ司教の案内で、王城内の一室にやってきた。

「ここは？」

「狭苦しい場所で恐縮《きょうしゅく》ですが、私の研究室です。今回の仕事のために与えられた場所なので、あまり家具なども揃《そろ》っていませんが、塔の中で立ち話をするよりは幾分《いくぶん》マシかと思います。どうぞ、そちらにおかけ下さい」

マルソー大神殿長と並ぶようにして、椅子《いす》に腰かける。すぐに温かいお茶が出てきて、それを飲みながら話が再開された。

「なんの前触れもなく、王宮で殿下が昏倒《こんとう》されたときに、その様子があまりにも尋常でなかったため、侍医の意見により魂の鑑定がなされました。その結果、【不浄の茨】が殿下の魂魄に深く根を張っている状態である――そう判明しています」

「根を張っている……それで先ほど、寄生という言葉を使われたのですか？」

「そうです。これまで、彼らにより、できうる限りの様々な方法が試されたそうです。ところが、事態は全く進展をみせず、殿下は昏倒状態から一度も目覚めることなく茨に侵《おか》され続け、日に日に身体は衰弱していきます。そこで時間稼《かせ》ぎのために、【サトゥルヌスの逡巡】が持ち出された。そういった経緯《いきさつ》らしいです」

「……姑息《こそく》な。その前に、なぜ我々に相談しなかったのか」

「そういった意見も当然出ていたようです。しかし、将来国王となる王太子が、このような不明な状態にあることが外部に漏《も》れるのは好ましくない――という声が、彼らの中ではまだまだ大きかった。仕方なく、ミトラス大神殿を介《かい》さずに、彼らの命令を受けたものが、集められるだけの聖具や人材を、こっそり取り寄せたり呼び寄せたりした」

「くだらん。まことにくだらない。これほど重要な事実を隠蔽《いんぺい》していたのは、自《みずか》らの力を誇示《こじ》し、王族に恩を売りたい――せいぜいその程度の浅はかな考えが理由だろう。彼らは神殿内の人事権を欲している。以前から、ミトラス大神殿の傘下《さんか》から抜け出したがっていた。なぜ自分たちでどうにかできると思ったのか。十分な修行もしていないくせに」

彼らっていうのは……あれか。さっき偉そうにしていた宮廷神殿の神官たちか。

さっきから、ＮＰＣ同士の会話でどんどん話が進む。シナリオ関係のクエストの特徴なのかな？　でもこれって、全部プレイヤーである俺に聞かせるためのシチュエーションだよね？

次から次に情報が出てくるから、頭の中の整理が追いつかない。

大事なキーワードはなんだ？　王太子の魂が謎の茨に侵されている。魂は身体の近くにいるらしい。でも、それは確認できていない。聖水や聖属性の武器や道具を使えば、一時的に茨の駆除はできるが、やっつけても、すぐにどんどん出てくる。これくらいか？

「彼ら自身はそう思っていなかったようで、勢い勇んで神器の使用を実行してみたら、止まると予測していた茨の増殖は益々《ますます》酷《ひど》くなる。そこで再び鑑定してみれば、誰にも予想できなかった事態が起きていました。今の殿下のお身体は魂の抜け殻《は》であり、時を止められるのを厭《いや》がった【不浄の茨】が、殿下の身体から強引に魂を引き剝がしていたのです」

「魂魄と身体が分離してしまえば、残念ながら殿下のお命はもって数年。異変から何年経《た》っているのか知らないが、あのお姿からすると、そろそろ限界だろう。いくら神器【サトゥルヌスの逡巡】に納めていたとしても、魂がこの世から消滅してしまえば、あとには綺麗な死体が残るだけだ」

「その懸念《けねん》に加えて、さらに問題になったのは、茨の増殖の速さです。依然《いぜん》として、殿下の周囲から【不浄の茨】は湧《わ》き続ける。それが、お姿は見えなくても、殿下の魂が身体の近くに留まっていると判断した理由でもあります。駆除しても駆除しても茨はすぐに増殖し、王宮内に殿下のお身体を留めておくのが限界になり、とうとう彼らは匙《さじ》を投げました」

「なるほど、その投げた匙が貴殿に当たり、そしてまた我々の前に放られた——そういった成り行きですか」

「そうなりますね。貴族の末席に位置する我が家が、破邪の技法を継承していることを思い出し、なんとかしろと丸投げした結果、王宮から塔への移動までは漕《こ》ぎ着けました。しかし、問題は少しも解決していない。それどころか、時間稼ぎのつもりで担《かつ》ぎ出した神器のせいで、余計に事態が悪化しています」

「では、手詰まりということですか？　殿下が倒れられたわけも、【不浄の茨】が周囲を侵蝕している理由も、一切わからずに？　上位聖水も当然試されたのでしょう？　しかし、茨を根絶やしするまでには至らなかった。そこに我々を……いや、ユキムラ大司教を呼んで、いったい何をさせるつもりですか？」

「彼らにしてみれば、平民に頼らざるを得なくなったのは、非常に屈辱《くつじょく》的なことらしいです。平民が尊い王族に関《かか》わるのを本来なら阻止《そし》したい。しかし、そうもいかなくなった。現状を憂《うれ》える国王陛下の鶴《つる》の一声で、この度の招聘《しょうへい》が決定されました」

「では、国王陛下が何を期待しておられるのか、ダヴェーリエ司教はおわかりになりますか？」

「陛下の御心の内までは推《お》し量《はか》れませんが、私に指示されていることはあります」

「それは？」

「お二方に現場を見て頂くこと。集めた聖具や宝具を試してもらうこと。そしてユキムラ大司教には、上位聖水を作れるほどの甚大《じんだい》な神力を奮《ふる》ってもらうこと。以上三点ですね」

「聖具や宝具を試す？」

「はい。彼らが収集したものですが、陛下の命により、私が一時的に預かっています。というのも、人脈を駆使《くし》して集めてみたものの、そのほとんどを彼らは扱えなかったのです。王宮の宝物庫《ほうもつこ》に、その他の神器と共に保管してありますので、ご都合がよければ、今からご案内いたします」

王宮の宝物庫！　そこに正々堂々と入れるの？　凄いチャンスかも。

「殿下のお命を考えると早い方がよいでしょう。ユキムラ大司教も、それでよいですか？」

「はい、もちろんです」

＊

宝物庫は、王城の地下にあった。そこへ行くまでには、何カ所も衛兵《えいへい》が立っていて、厳重な警備がなされていた。でも、既に話が通っているのか、途中で止められることもなく先へ進む。俺とマルソー大神殿長は、謁見《えっけん》のための正装姿だから、その影響もあるのかな？

「アウロラ様！　なぜここに？」

「ミトラス大神殿から、高位の神官の方々がお見えになったと聞きました。私からも、是非《ぜひ》その方たちにご助力をお願いしたかったのです」

宝物庫に入ると、そこには既に人がいた。全員女性だ。今しがたアウロラ様と呼ばれたキラキラした金髪美少女と、アウロラ様の傍《そば》に控《ひか》える侍女《じじょ》の恰好《かっこう》をした少女、そして警護のためなのか、騎士服姿の凛々《りり》しい女性の三人だ。

「これはこれは。王女殿下自らお出迎えとは、光栄の至りです。ところで、殿下はどこまで事情をご存じなのですかな？」

「弟が、シャビエルが、危ない状況に陥っているということは知っています。でもみんな、私にはその事実を隠そうとする。そして随分と前から、いくら頼んでも弟に会わせてもらえません。会えない理由すら教えてもらえない。それどころか、私は近々、王城から出て王都の修道院へ移ることになっています」

「殿下が弟君のことをご心配されるのはご尤《もっと》もです。ですが、ここにいらしたことについては、感心できません。国王陛下のお子様は、貴女《あなた》と王太子殿下のお二人だけ。みなが大事をとろうとするのは当たり前のことです」

「でも！　あなた方が呼ばれたということは、弟は普通の病気ではないのでしょう？　あの子が、今このときも、一人で恐ろしい目に遭《あ》っているのではないか、辛《つら》くて泣いているのではないか――そう思うと、居ても立ってもいられなくて」

王女殿下の涙交じりの声が、やけにリアルだ。ゲームだとわかっていても、こういうシーンは胸に響く。

「我々は全力を尽くします。今申し上げられるのはそれだけです」

「それで充分です。皆様のお名前をお伺《うかが》いしても？」

「もちろん。私はミトラス大神殿で長《ちょう》を務めるマルソーと申します。私の隣にいるのが、ウォータッド大神殿で同じく長を務めるユキムラ大司教、そしてこちらが、王城に務めるダヴェーリエ司教です」

「まあ、わざわざ遠くウォータッド大神殿から。さぞかしお力のある大司教様なのですね」

「彼は将来有望な神官ですよ。そして神殿の懐《ふところがたな》刀的な存在でもあります」

「そのような方まで来て下さったなんて。どうか皆様、弟をよろしくお願いいたします」

そう言って王女殿下は、俺たちに向かって見惚《みと》れるような美しいお辞儀《じぎ》をした。

「皆様に、私から差し上げたいものがあります。是非受け取って頂けませんか？」

王女殿下が侍女を振り返ると、侍女がその手に小さなクッションのようなものを捧《ささ》げていた。

いわゆるリングピローというやつで、その上には、虹色《にじいろ》の光沢を放つ白い珠《たま》が三つ載《の》っていた。

「これは、かなり大粒ですが真珠《しんじゅ》でしょうか？」

「はい。真珠には、健康や長寿《ちょうじゅ》の祈りを込められると聞きました。弟が倒れてから、私はずっと、ここにある真珠に祈りを捧げてきました。多少なりとも、皆様のお力になれるのではないかと思います。どうかお納め下さい」

えっと、これは受け取ってもいいのかな？　他の二人の出方を見ようと、顔色を窺《うかが》う。すると、なぜか二人ともジーッと俺を注視してきた。

「ユキムラ大司教、これを受け取ったら、もう後には引けない。この問題に全力で取り組む覚悟があるのなら、その真珠を手に取りたまえ」

《ピコン！》

《ISAOシナリオクエスト「茨の棺」。

このクエストは「職種指定シナリオ」上で発生した連続クエストで、異なる職種のプレイヤーが、互いの技能を駆使しながらひとつの問題に取り組んでいきます。

リーダーであるあなたは、仲間になるプレイヤーを集め、連携《れんけい》して問題を解決に導いて下さい。クリア報酬《ほうしゅう》は、レア度の高いアイテムの入手や、特殊なNPCとの出会いなど、多岐《たき》にわたって用意されています。
※このクエストは「受諾《じゅだく》・拒否」を選択することができます。ただし拒否した場合は、同じ状況でのクエストは二度と発生しません》
↓
［受諾］　真珠をひとつ手に取る

↓［拒否］　真珠を受け取ることを拒否する
……マジか。このタイミングでクエストのアナウンスが来たよ。それも特殊演出つきで。
どこか哀《かな》しげな、しかし壮大な管弦楽《かんげんがく》が響く中、まるで映画のエンドロールのように、俺の目の前に、王城に来てからの映像が字幕付きでプレイバックされ、手前から奥に向かって川のように流れていく。そして聞こえてくる、重々しいナレーション。
《モーリア国の王家に降りかかった凶事。茨に侵された王城には、棺に横たわる一人の少年の姿があった。弟のために、王女アウロラは涙を流し、救いを求めて祈った。そして彼女の想いは、虹色に輝く三つの真珠に託《たく》された》
どうやら俺の返事待ちのようで、NPCは全員、その動きを止めている。ここで断るという選択は……うん、ないね。かなり面倒《めんどう》臭そうなクエストではあるけど、解決に向けて頑張ろうじゃないか。
真珠に手を伸ばし、ひとつ手に取った。
《SSR【極虹《きよくこう》の真珠】を入手しました。
INT＋30　MND＋30　DEX＋10　LUK＋10
∴アクセサリ。装身具に加工するか、拡張スペースがあるアクセサリに収納して使用する（収納すれば装備枠《わく》を消費しない）》
うわっ！　SSRアイテムだ。それもかなり有用な。
「では我々も、一旦これを預かるとしよう」

一旦？　それに預かるって、どういう意味だろう？

《ＩＳＡＯシナリオクエスト「茨の棺」を受諾しました。
クエストリーダー：［ユーザー名］ユキムラ（神官系上級職）
クエストメンバー：［ユーザー名］未定
クエストメンバー：［ユーザー名］未定
協力ＮＰＣ：［ＮＰＣ名］マーシェル・マルソー　［ＮＰＣ名］アレクセイ・ダヴェーリエ
［ＮＰＣ名］アウロラ・アルシダ・モーリア
協力プレイヤー：現在はいません
※協力者の上限人数　ＮＰＣを含め８人（※一定の基準を満たすと自動判定されます）
これまで獲得した特殊アイテム：【紋章《もんしょう》の指輪［モーリア王国］】【聖鳥イビスの風切羽《かざきりばね》】
【破邪の聖刻】【極虹の真珠】》

＊

クエスト・アナウンスの後に王女様一行は去り、宝物庫には俺たち三人が残された。

「では、聖具や宝具を見て頂きたいと思います。順にこの台の上に並べていきますが、少し時間がかかります。その間は、宝物庫の中をご自由にご覧《らん》になっていて下さい」

えっ？　いいの？

「貴重なものばかりだと思いますがよろしいのですか？」

「はい。この部屋から持ち出したり、故意に破損《はそん》したりしなければ、衛兵には咎《とが》められません。眺《なが》めたり、少し触れたりするくらいなら大丈夫ですよ」

つまり逆に言えば、何かしちゃったら衛兵にもろバレで、すっ飛んでくるのかもしれない。

でもせっかくだから、見て回っちゃおうかな。

宝物庫は比較的整理整頓《せいとん》されていて、武具、防具、アクセサリ、道具類が、種類別に並べて置かれていた。ここで気になるのは当然……剣でしょ！

そう。途中で放り出してきた連続シークレットクエスト「＊＊のレシピ」に必要な神器【シャムシール・エ・ゾモロドネガル】は、遷都《せんと》の際に王都に運ばれたと聞いている。そしてミトラス大神殿には、アラウゴア大神殿にあった宝物館のようなものはない。だったら、ここにある可能性が高いよね！

剣、剣……あの壁に剣が飾ってあるから、あっちに行ってみよう。エメラルドを散りばめた宝剣なんて、あればすぐに気がつくはずだ。

……おっ！　これじゃないか？

まるで先ほどの真珠のように、滑《なめ》らかなビロードのピローの上に置かれた宝剣。刀身《とうしん》が緩《ゆる》やかに湾曲した細身の剣だ。黄金造《づく》りで、鞘《さや》にも柄《つか》にも澄《す》んだ緑色の石がゴロゴロ嵌《はま》っている。

壊さなければ触ってもいいと、ダヴェーリエ司教は言っていたよね？　じゃあ、いっちゃうか。まるで宝飾品のような拵《こしら》えの宝剣の柄に、そっと触れてみる。

《ピコン！》
《【シャムシール・エ・ゾモロドネガル】を入手しました。
◆連続シークレットクエスト「＊＊のレシピ」
進行状況：クエスト①　達成　5／5　②未達成　5／7
クエスト①　レシピの材料を全《すべ》て集めよう。［クリア！］
クエスト②　調理道具を全て揃えよう。
・聖餐《せいさん》皿［中］［クリア！］
・聖餐鉢《ばち》［中］［クリア！］
・聖櫃《せいひつ》［小］［クリア！］
・聖匙《せいさじ》［小］（［クリア！］
＋金翅鳥《きんしちょう》の羽根［自然脱落］／使用量：1枚
＋ヒユギエイアの杯《さかずき》
＋シャムシール・エ・ゾモロドネガル［クリア！］》
やばっ！　クリア表示が出ちゃった。
でも、でもでも。これを今ここで貸してもらえるのか？　もしダメだったら、クリアは取り消しになる？　それともクエストの失敗になるのか？　うわっ、それは困るんだけど。
「ユキムラ大司教、どうされました？」
宝剣を手にして悩んでいると、準備ができたのか、ダヴェーリエ司教が声をかけてきた。

「えっと、あの、この宝剣を一時的に貸し出してもらうことは可能でしょうか？」

「その宝剣は確か、魔除《まよ》けの効果があるものですよね？　この件に必要になりそうですか？」

「いえ、これとは別件で、使う目的がありまして」

「もしかして伝承『レシピ』かね？」

「はい、そうなんです。伝承『レシピ』に必要な道具のひとつに、この宝剣の名前が載っていて、探していたのですが……」

「そういうことであれば、是非私からも貸し出しをお願いしたい」

「では、貸し出しリストに載せておきましょう。お二人は身元も確かですし、マルソー猊下が保証人になるという形であれば大丈夫でしょう」

「えっ！　本当ですか？」

「はい。では、あちらに用意した聖具や宝具を一緒に見て頂けますか？　使えそうなものがあれば、共にリストに載せますので」

よかった、言ってみるものだね。王都まで来た甲斐《かい》があったというもの。じゃあ、探し物がひとつ減ったこともあるし、しばらくはシナリオクエストに集中するか。

「結構沢山《たくさん》ありますね」

「はい。彼らも人脈だけは広いので、あちこちの貴族家から、王家の名の下《もと》に家宝といえるものを供出《きょうしゅつ》させたようです。もちろん、使用後は返却する予定です」

……ふーん。いろいろあるな。比較的聖具の類《たぐい》が多いのは、あの茨に聖水が有効という点から、不浄や呪《のろ》いを想定したのだろう。ひとつひとつ手に取って調べてみるが、どうもピントこないというか、これといった手応《てごた》えがない。クエストに使えそうな特殊性みたいなものを感じない。

《【安寧《あんねい》の竪琴《たてごと》】その音は全ての者を魅了し、荒ぶる心を和《な》ぐ。歌唱を伴《ともな》うことでその真の効果を発揮《はっき》する。自律演奏する魔法の竪琴》

……と思っていたら来たかも。真の効果だって。なんかこれって怪《あや》しくない？

「あの、この竪琴ですが、もしかして何かの役に立つのではないかと思います」

「貴殿が弾くのかね？」

「いえ、私には楽器を弾く素養はありませんが、この竪琴は自ら音を奏《かな》でるとありますので、演奏者がいなくても大丈夫そうです」

「では、それはリストに載せておきましょう。他にも気になったものがあれば仰《おっしゃ》って下さい」

聖具と楽器を見終わり、続いて道具類を調べ始めた。そして、単眼鏡《たんがんきょう》と思われるレンズが嵌った筒を手に取ったときに、再び反応があった。

《【開眼《かいげん》の万華鏡《まんげきょう》】使用者に相応《ふさわ》しい能力を与えることができる不思議な万華鏡》

能力を与えるだって。これは期待してもいい？　使用者ということは、単純に覗《のぞ》けばいいのかな？　早速《さっそく》、手に取った万華鏡を覗き込んでみる。

《任意で次のスキルを追加できます。

【JS万眼鏡《まんがんきょう》Ⅰ】MND＋10　この世のものでない存在を見極《みきわ》める。

鑑定機能は、スキルレベル上昇により精度が向上・安定する。任意にＯＮ・ＯＦＦを切り替えられ、ＧＰを消費すれば常時発動も可能。※このスキルはスキル枠を1消費します》

↓［取得する］スキルを取得するまで万華鏡を半時計回りに回転する

↓［やめておく］何もしない

うわっ、職業関連スキルだ。それもＳスキルときた。えっと枠は……少し余裕があったはずだ。将来の転職を考えて二枠余らせていたところに、ニーズヘッグ討伐《とうばつ》の報酬でＳ／Ｊスキル選択券が一枚来たから、合わせて三枠分。

これは迷う必要はないかも。「この世のものでない存在を見極める」なんて、聖職者版の鑑定眼的なものを期待させる。今まで取得した職業関連スキルとは、系統が全く異なるものだ。正直言ってかなり欲しい。じゃあいくか。反時計回りに、クルクルクルクル回しちゃえ。

《ピコン！》

《スキルを取得しました》

【ＪＳ万眼鏡Ｉ】ＭＮＤ＋10　この世のものでない存在を見極める。

鑑定機能は、スキルレベル上昇により精度が向上・安定する。任意にＯＮ・ＯＦＦを切り替えられ、ＧＰを消費すれば常時発動も可能。

これで堰杙《いぐい》の塔の最上階に行けば、何か変化があるかもしれない。じゃあ、残りの道具をチェックし終わったら、またあの塔に戻りますか。

4　薬師の領分

再び塔の最上階へ。さっきと代わり映《ば》えのしない風景が迎えてくれる。部屋の状況は同じだが、今の俺はひと味違うけどね。手に入れたばかりのスキル【JS万眼鏡I】をON！　さて、何が見えるかな？

まずは、棺《ひつぎ》の周辺で魂《たましい》を探す……までもなさそう。きっとこれだよね？　王太子殿下の棺の上に、不鮮明な影がある。そのままじっと注視していると、焦点《しょうてん》が合うように像が鮮明になり、青白い燐光《りんこう》を放つ半透明の珠《たま》が見えてきた。

〈万眼鑑定　[浮遊魂魄《こんぱく》]　状態：呪詛《じゅそ》により拘束《こうそく》されている〉

魂を締めつけるように絡《から》みつく、四本の黒い鎖《くさり》。今度はそこを注視する。

〈万眼鑑定　[呪詛の縛鎖《ばくさ》]　状態：呪詛が発動状態にあり、対象に深く打ち込まれている〉

黒い鎖は、魂を頂点として四角錐《すい》の斜辺を描くように部屋の四隅《よすみ》——そう、前回俺が嫌な違和感を抱いた場所だ——に伸びていっている。ここに何かいるのか？

隅のひとつをじっと見つめると、ぼんやりとした影を捉《とら》えた。時間が経《た》つにつれて影は灰色に変化し、鎖をしっかりと握り床に蹲《うずくま》る、奇怪な化け物の姿になっていく。グロテスクな頭部に、短いヤギのような角《つの》、蝙蝠《こうもり》のような羽は、大聖堂の屋根に載《の》るガーゴイルの彫刻に似ている。他の三箇所の隅にも、全く同じ姿の怪物が同じ姿勢で蹲っていた。

〈万眼鑑定　[式鬼《しき》]状態：呪詛のために使役《しえき》されている〉

使役か。つまりどこかに、こいつらを操《あやつ》る術者がいるわけだ。プレイヤーである俺に対して、何の反応も見せないのは、そういった命令をされていないから？　この怪物たちが、王太子殿下の魂を拘束している。身体《からだ》から魂を引き剝《は》がしたのも、こいつらの仕業《しわざ》かもしれない。

四体の怪物を確認した後、再び魂と思われる珠に視線を戻した。どうにかして、あの鎖を外さないといけない。でもどうやって？

〈万眼鑑定　[樹呪《じゅじゅ》]状態：植物系の呪体《じゅたい》が魂に憑《と》りついた状態。複合呪詛として完成している。深く根を張っているため、除去するためには複合解呪《かいじゅ》が必要である〉

マルソー大神殿長の読み通り、ガッツリ呪《のろ》い案件だった。それも単純な呪いではない。複合呪詛に複合解呪。どちらも初めて聞く言葉になる。

「ユキムラ大司教、何かわかりましたか？」

「はい。どうやら、この状況は樹呪という呪いの一種のようです」

「樹呪……はて。どこかで聞いたような？」

「本当ですか？」

「私は初耳です。どんな呪いなのでしょうか？」

マルソー大神殿長が、樹呪という言葉に反応を示した。出てこいＮＰＣ情報！　できれば、ここで取っかかりとなるヒントくらいは欲しい。だからもうワンプッシュ。

「樹呪は植物系の呪詛らしくて、取り除くには複合解呪が必要とあります」

「複合解呪！　それで思い出した。確か数十年前、私がまだ神官見習いだった頃に、神殿に【樹呪】に憑《つ》かれたものが運ばれてきた。その者は茨《いばら》ではなく、別の植物に侵《おか》されていたように思う。経緯《いきさつ》はよく知らないが【樹呪】に詳《くわ》しいある者の協力を得て、無事解呪に至《いた》ったはずだ」

「その方のお名前を憶《おぼ》えていらっしゃいますか？」

「むろん。当時の彼女はかなりの有名人だったから、忘れるはずもない。アウレア・リーブラ。その名が『黄金の天秤《てんびん》』を意味する、知る人ぞ知る天才薬師《くすし》だ」

＊

かつて活躍した天才薬師と複合解呪について調べるために、来た道を引き返して王城からミトラス大神殿に戻った。そこでひと働き。マルソー大神殿長の許可を得て、作業場を借りる。

実は、ダヴェーリエ司教から上位聖水の補充を頼まれているので、チュドーン・チュドンと、せわしなくGPをぶっ放して量産しておいた。ちなみに【神餐水《しんさんすい》［究極聖水］】じゃないから、あのヤバい虹《にじ》は出ない。溢《あふ》れた神力の分だけ、ちょっとピカピカ光るだけだ。

その後、再び「イビスの往還《おうかん》」を使って、ユーキダシュの街へ帰ってきた。あっという間に移動できるのは便利だけど、まさか、こんな短期間に往復するとは思わなかった。

大神殿の図書館と学舎の図書室で、呪い関係の本をさらったが、そこで見つけたのは、たったこれだけ。
〈樹呪：複合呪詛の一種。植物系の呪体を媒介《ばいかい》に使い対象の魂を侵蝕《しんしょく》する。侵蝕が浅ければ上位聖水で駆除《くじょ》できるが、深く根を張っていた場合は複合解呪を必要とする〉
呪体を媒介という言葉以外は、特に真新しい情報はない。
次に、複合解呪について調べてみたところ、次の記述を拾えた。
〈複合解呪：複合呪詛を解呪する方法。呪詛に用いられた呪体の種類により、解呪方法が異なる。神官単独では対応が困難であり、薬師及び他職の協力を必要とする〉
ＩＳＡＯシナリオクエスト「茨の棺」は、「職種指定シナリオ」上で発生したクエストだ。クエスト画面では、クエストリーダーが俺で、それ以外にクエストメンバーの欄《らん》が二つあった。その内の一人には、薬師を探さないといけない。
プレイヤーで薬師といえば、うん、身近にひとりいるよね。早速《さっそく》メールしてみよう！
《ＩＳＡＯのクエスト関連で、相談したいことがあるけどいい？　どうも今回のクエストは、薬師の助けが要《い》りそうなんだ》
《どんなクエスト？　それとユキムラ今どこ？　ジルトレにはいないよね？》
《ユーキダシュの街にいる》
《なら行くわ。待ち合わせの場所を決めてよ》
「ふーん。新しく実装されたシナリオクエストに、もう当たったのか。複合呪詛なんて面白《おもしろ》そうだけど、話を聞いた限りでは俺は専門外だね」

ユーキダシュの街で待ち合わせたアークに、早くもこう言われてしまった。

「専門外？　でも解呪には薬師の役割が大きいって」

「薬師にもいろいろあるの。俺は錬金薬師への派生《はせい》ルートだから、今やっていることは、かなり魔術師に近い。で、かつて複合呪詛を解くのに協力したというアウレア・リーブラは、王道中の王道を歩んだ創薬《そうやく》系ルートの薬師の名前だったはず。錬金薬師と創薬系薬師では、支援系神官と聖騎士くらいの違いがあるんだよ。だから専門外」

薬師の主なルート分岐《ぶんき》について、アークから、さらに詳しく教えてもらったのがこれだ。

《薬師の「位階」》
下位職　①見習い　②薬師
中級職　③薬錬士　④薬教士　↓※派生ルートへ分岐
上級職　⑤薬範士《やくえい》［創薬《やくせい》］　⑥薬匠／※⑤薬範士［錬金］　⑥錬金薬師
最上級職　⑦薬叡　⑧薬聖

「しかし、アウレア・リーブラね。座学に名前が出てきたけど、クエストに絡んでくるなら、ゲーム内のどこかにいるのかな？　そんな噂《うわさ》は聞いたことないけど」

「そっか。せっかくここまで来てもらったのに、なんかごめん」

「気にしなくていいよ。俺もちょっと調べものがあるし、シナリオクエストにも興味があったから、話を聞けてよかった。乗りかかった船だし、大図書館に行くなら付き合うけど？」

「うわっ、マジ助かる。とりあえず、薬師用の書籍で、呪いに関する記載があるものを探そうと思っている」

そして早速、二人で大図書館へ。

薬師の専門書はどれもやけに厚い。VRでここまで揃《そろ》えたことに感心するほどだ。自力で探すのは到底《とうてい》無理なので、司書さんにお願いして、まずは数少ない手がかりのひとつである、アウレア・リーブラが記した書籍や過去の文献《ぶんけん》をピックアップしてもらった。

「これで全部？」

司書妖精が選んでくれた本は、次の五冊だった。予想より多い。

『毎日のお手入れでピカピカに』

『一瞬の迷いで全《すべ》てを失う』

『鳥の雛《ひな》を扱うように優しく』

『私の恋愛遍歴《へんれき》と各地を巡《めぐ》る旅』

『弟子《でし》と私』

「またなんちゅうか、変わったタイトルばっかり」

「うん。司書さんに聞かなければ見落としそうだ」

「でも、中身は案外ちゃんとしているぞ」

アークの説明によると、本の内容は順番に、調剤道具の使い方、調合に際して留意すべきこと、素材の扱い方、採取のコツ、初心者への指導方法についてだそうだ。タイトルとは裏腹《うらはら》に、実際にやっていないとイメージしづらい実践書《じっせんしょ》らしい。アークと手分けして、五冊全部を読んでみたが、残念ながら呪いに関する記載はどこにもなかった。

……最初から空振《からぶ》りか。この五冊しかないのに。ため息をつきながら、一番厚い恋愛遍歴の本を、もう一度パラパラと捲《めく》ってみる。どこかに書き込みや暗号的なメッセージがないか？

改めて表紙を眺《なが》め、背表紙を眺め、裏表紙を捲ってみる。すると、先ほどは無意識にスルーしていた、裏表紙に押されている赤い印影《いんえい》が目に入った。……謹呈《きんてい》？

謹呈ってあれだ。そうだよ。書いた本人が、謹《つつし》んで差し上げる――つまり寄贈《きぞう》することを意味する。もしかして、著者の居場所がわかるかも？　これは聞いてみるしかないよね！

「この本の寄贈者は、今どちらにお住まいですか？」

「個人情報になりますので、開示可能か確認します。しばらくお待ち下さい」

ゲームの中でも個人情報。それもＮＰＣの。いったい誰得だよ！　そして、待つことしばし。

「お待たせしました。著者のお住まいは、規則により開示できません」

あらら。ダメだって。

「ですがこの本には、著者の居場所を訪ねた方に宛《あ》てたメッセージが託《たく》されています。ご希望でしたら読み上げますが、どうされますか？」

えっ？　本当に？

「お願いします！」

「では、メッセージを読み上げます。『とっておきの本は、とっておきの場所に隠れている』

「……以上です」

なにそのメッセージ？

「とっておきの場所ってどこでしょうか？」

「さあ？　私にはわかりかねます」

このやり取りを聞いて、これまで静観していたアークが声をかけてきた。

「もしかして四階かな？　でもあそこってプレイヤーが行けるの？」

「それ、どういう意味？」

「ユキムラは知らないのか。この大図書館は、外から見ても四階建てだし、案内版にも四階があることになっている。だけど、四階に行く階段がどこにも見つからない謎仕様《しよう》。まだ実装されていないのかも――なんて言われていたけど、怪《あや》しくない？」

知らなかった。でもそんなことを聞くと、まさにそこが、とっておきの場所のような気もしてくる。

「あの、四階にはどんな本が収蔵されているのでしょうか？」

「申し訳ありません。四階は司書の業務の管轄《かんかつ》外です。欲しい本があれば、ご自分でお調べ下さい」

「では四階へは、どうやって行けばいいのですか？」

「この本を持って、階段を上って下さい。あなたが真に欲すれば、四階への道が開けます」

「まさか『私の恋愛遍歴と各地を巡る旅』がキーとはね。でも、本当に俺もついて行っちゃっていいの？　というか、俺って四階に入れるのかな？」

「一緒に調べたんだから、俺が入れるならアークも大丈夫なんじゃないか？」

「まっ、もし弾《はじ》かれちゃったら、それはそれでいいか。その場合は、終わったら連絡ちょうだい？　結果が気になるからさ」

「わかった。さて、この本を持って階段を上るわけね」

＊

俺たちが今上っているのは、いつも使っている広々とした表階段ではなく、建物の奥にある目立たない裏階段だ。というのも、表階段は一階上るごとに直接フロアに出てしまうため、階段に連続性がない。四階への道がどうやって開くのかはわからないが、もし変化が起こるなら、折り返し階段になっている裏階段の方ではないかと考えた。

裏階段は、途中途中で踊り場があるものの、非常階段のような作りになっていて、フロアとの境は明るい茶色の扉で仕切られている。

一階から二階へ、二階から三階へ。本来なら、ここでお終《しま》いなわけだ。

「扉が二枚？」

階段を上り切った場所には、二枚の扉があった。一枚はフロアへ通じる扉。それ以外にもう一枚、金色の装飾がなされた白い扉が出現していた。

「きたきた。これなら俺も入れるか？　ユキムラ、開けてみてよ」

金色のレバー状のドアノブに手をかけ、ゆっくり倒して扉を押してみる。カチャッと音がして、扉が奥へ開いていった。

「うわっ！　なんだここ？　どこもかしこも金ピカじゃないか」

俺とアークの二人共、無事に部屋に入ることができた。驚いたのは、確かに書棚や本が沢山《たくさん》あるのだが、その空間は、図書館というにはあまりにも豪華《ごうか》過ぎた。

まず床の模様が個性的だ。床は赤・白・灰色の三色の大理石を組み合わせた、規則的な立方体模様になっていて、見る角度によって錯視《さくし》を引き起こし、平らな床に凹凸《でこぼこ》が生まれ立体的に見える。

次に目につくのは天井だ。幾何学《きかがく》的な床面とは対照的に、入口から最奥《さいおう》まで幾《いく》つもの天井ドームが連なり、仰《あお》ぎ見れば、青空を背景に白い雲が浮かび、その上で議論を交わす鮮やかな色の衣を纏《まと》った人々と、翼の生《は》えた天使が飛翔《ひしょう》するフレスコ画が描かれている。

さらにフレスコ画の周囲は、白と金を基調としたバルコニーを模《も》した装飾で縁取《ふちど》られていて、天井は高く、ドームを支える薄桃色の柱がやけに可憐《かれん》で、壁の上半分には動物や植物、あるいは神話的題材の彫刻が飾られ、床の上にも何体もの彫像が置かれていた。

そして、部屋の壁際にずらっと立ち並ぶのは、金彩《きんさい》で装飾した真っ白な書棚だ。上部にある書棚番号が書かれた装飾も全て金ピカ。なんというか、綺麗《きれい》だけど、キラキラし過ぎていて落ち着かない。そういった場所だった。

「さて、どこから探す？」

「予想より本が多過ぎる。これは、手あたり次第《しだい》は無理かな」

「とっておきの本は、とっておきの場所に隠れていると言ってもさ、いくらなんでも隠れ過ぎ。なんのための図書館だよ」

アークのその言葉に、引っかかるものがあった。隠れている本。いや違う。図書館で隠れているとくれば……ダメ元で【JS万眼鏡Ⅰ】ON！　どうかな？

わずかな期待を込めて、辺《あた》りを見回す。……いたっ！　いたけど、なぜ君は俺の肩に乗っているのかな！

〈万眼鑑定　［図書妖精］　状態：現在の成り行きに興味を持っている〉

この子、大神殿の図書室にいた子？　そう思ったのは、顔のすぐ横でおとなしく腰かけている妖精は、その色合いがメレンゲによく似ていたからだ。

虹色を纏《まと》う白い髪。目の色は天井のフレスコ画のような明るい青。髪はメレンゲよりも長くて、毛先がクルンとしている。そして司書妖精と同じく、片眼鏡《モノクル》をかけていた。妖精と視線が合ったので、ここぞとばかりにお願いしてみる。

「ねえ君、この本の作者が書いた本があるなら教えてほしい。頼んでもいいかな？」

妖精は小さく頷《うなず》くと、ついて来いとばかりに一度こちらを振り返り、パタパタと飛んで移動し始めた。

「ユキムラ？　誰と話してるの？」

妖精の姿が見えないアークが、俺の突然の発言に驚いている。

「図書妖精。目的の本がある場所に案内してくれるって」

「うわぁ、まさかそんなものまで手懐《てなず》けているとはね。やるな、ユキムラ」

妖精が動きを止めたので、俺たちも足を止める。目の前には当然本棚があるが、妖精はなぜか本棚の棚板に手を当てて、ぎゅうぎゅうと押す仕草《しぐさ》をしている。

「ここを押せばいいの？」

妖精が頷くので、ぐっと本棚の中央付近のその場所を押してみる。あれ？　動くぞ？

「あらま隠し部屋かよ。隠しフロアの中に隠し部屋を作るなんて、やり過ぎだってば！」

開いた隙間《すきま》に、妖精が飛び込んでいった。俺たちも後に続くと、そこは細長くて狭い空間だった。奥の壁に嵌《は》め込みの書棚があり、閲覧《えつらん》用の小さな机と、椅子《いす》が二脚置いてある。

そこで待っていると、妖精が一冊の薄い冊子《さつし》を運んできて、机の上にそっと置いてくれた。

『複合呪詛と複合解呪　実際に体験した樹呪の覚書《おぼえがき》』

著者はアウレア・リーブラ。この部屋からの持ち出しは禁止。

「ありがとう。凄《すご》く助かったよ」

妖精にお礼を言うと、妖精はニコッと笑って俺の左肩に戻ってきた。もしかして、そこが定位置なの？

「じゃあ、早速読んでみるか」

「ユキムラ。俺ちょっとこのフロアをプラプラしてくるわ。用があったら呼んで」

「うん、わかった」

椅子に腰かけて、最初のページを開く。

〈その一　アニマを呼び戻すには、エクスオルキスムスを行う〉

書いてあるのはこの一行だけ。次のページを捲ってみる。

〈その二　エクスオルキスムスには、アルカヌム、オラティオ、カントゥスが必要である。

　そのどれかひとつが欠けても事は成されない〉

……えっと。解説や注釈みたいなものはないの？　つ、次のページだ。もう少しわかりやすい情報を期待して、次々とページを捲っていく。

〈その三　アルカヌムは薬師の領分であるが、誰でもその域《いき》に到達できるわけではない。

　幸いなことに、私にはその資格があるようだ〉

〈その四　アルカヌムを理解するにはマテリア・メディカを紐解《ひもと》けばよい〉

〈その五　完遂《かんすい》するにはクピドゥムの存在が不可欠である。

　しかし、その性質上、これを薬師に求められることはない〉

〈その六　オラティオには、高いピスティを求められる〉

〈その七　もっとも難しいのはカントゥスである。

　カントゥスは、イムノスでありカソドスを意味する。

　オラティオに通じるものがあるが、その表現はまた異なる〉

そして最後、裏表紙に直筆でこう記されていた。

〈アーレア　ヤクタ　エスト
　イーテ　アディニティウム〉

呪文《じゅもん》かって！　書いてあったのはこれだけで、注釈は一切なし。俺は頭を抱えてしまった。全然わからない。表現は簡潔《かんけつ》過ぎるくらいなのに、出てくる単語を知らないせいで、意味が全く通らない。

「ここに、こういった単語を翻訳《ほんやく》できるような、辞書みたいなものってある？」

図書妖精に尋《たず》ねてみたが、即座に首を振られてしまった。

……参ったな。まさかゲームの中で言葉の壁にぶち当たるとか。理解できるのは、薬師、そして薬師の領分という単語だけだ。うーん。どうしよう？

「なんかわかった？」

アークが戻ってきた。

「微妙……というか、書いてあることがわからない。ちょっと見てもらってもいい？」

薬師の勉強をしてきたアークなら、何かわかるかもしれない。

「どれ？　うへぇ、なにこれ。あっ、でも、マテリア・メディカは知ってる」

「本当？　どういう意味？」

「マテリア・メディカは、創薬《そうやく》の素材について網羅《もうら》した希少《きしょう》書籍の名前。でも、実物を見たことはないよ。どうやら古代語で書かれているらしくて、プレイヤーの参考書として使われるのは、そこから抜粋《ばっすい》編集した翻訳本なんだ」

「古代語かぁ。じゃあ、この意味不明な他の単語もそうなのかな？　そうなると、古代語の辞書が欲しいところだけど……」

「ここにはないの？」

「図書妖精に聞いたら、ないって。アークは心当たりある？」

「うーん。辞書は見たことないわ。たまに専門書に古代語が出てきても、そういうのには注釈がついているから。でもユキムラが古代語を知らないなんて意外。神官こそ、こういった古い言葉を勉強させられそうなのに」

　アークにそう言われて、もう一度ひとつひとつの単語を見直してみる。

「……オラティオ。これは耳にしたことがあるような気もする」

　なんだったかな？　そしてどこで聞いたのか。

「ＮＰＣに聞いてみたら？　すぐそばに大神殿があるじゃん」

　それが早いかもしれない。この冊子に書いてある内容がわからないと、次に進めない。解読が最優先であり、それに少しでも繋《つな》がりそうなことは試した方がいい。

「とりあえず、一旦《いったん》外へ出る？　ここへの出入りは自由になったみたいだよ」

「自由？　なんでそれがわかるの？」

「タッチパネルを見てみなよ。シナリオクエストのところ」

　言われた通り、タッチパネルを開いてクエスト画面をチェックしてみると、こんな風に記載が変わっていた。

◆ISAOシナリオクエスト「茨の棺」　進行状況：未達成
クエストリーダー：［ユーザー名］ユキムラ（神官系上級職）
クエストメンバー：［ユーザー名］未定
クエストメンバー：［ユーザー名］未定
協力NPC：［NPC名］マーシェル・マルソー　［NPC名］アレクセイ・ダヴェーリエ
［NPC名］アウロラ・アルシダ・モーリア
協力プレイヤー：［ユーザー名］アーク
※協力者の上限人数　NPCを含め8人（※一定の基準を満たすと自動判定されます）
これまで獲得した特殊アイテム：【紋章《もんしょう》の指輪［モーリア王国］】【聖鳥イビスの風切羽《かざきりばね》】
【破邪《はじゃ》の聖刻《せいこく》】【極虹《きょくこう》の真珠《しんじゅ》】【とっておきの場所［大図書館四階］の解放キー】
使用可能なその他のアイテム：【安寧《あんねい》の竪琴《たてごと》】【シャムシール・エ・ゾモロドネガル】

「なるほど。アークが協力者になっていて、この場所への解放キーが追加されている」

「だろう？　さっき見て俺もびっくり。協力者に上限人数があるのに、なんか悪いな」

「その分、これからも協力してもらうから、全然悪くないよ」

「面白そうだし、俺でよければ力を貸すよ。たまには、こういうので一緒にやるのもいいしね。じゃあ出ようか」

「うん。冊子を戻してくる」

大神殿での質問用に「オラティオには、高いピスティを求められる」――とりあえずこれだけは覚えた。今すぐ全文を暗記するのは、さすがに無理なので。

また後でここに戻ってきて、面倒《めんどう》ではあるが、この冊子の内容を全て写そうと考えている。これが職業関連の参考文献なら、【J辞書（聖）】の機能で、いつでも参照できるようになるのに。残念なことに、この本はそれに該当《がいとう》しないようだった。

大図書館の蔵書を手書きで写すには、専用の文具を購入する必要がある。一階の案内カウンターで、綴《と》じ紙や写本用のペンを忘れずに買っておこう。


そして、アークと一旦別れてアラウゴア大神殿へ。早速、そういったことに一番詳しそうな、ハウウェル大神殿長に会いに行った。覚えてきた一文について尋ねてみると、すぐに答えが返ってきた。

「オラティオは、プレケスと共に『祈り』を表す言葉です。そしてピスティは『信仰』を表します。ふむ。今ある『聖典原書』は、古くは全て古代語で記されていました。その名残《なごり》で、原書の巻末には、いくつかの重要な古代語が記されています。このふたつの言葉も、そこに載っているはずです。巻末に目を通されたことは？　……そうですか。詳しくは見ていないということですね？」

「不勉強で申し訳ありません」

なんか、汗《あせ》が出てきた（ＶＲだから出ない）。

「いえいえ。大神殿の長《ちょう》ともなると、実務に追われて日々忙しいものです。まとまった勉学の時間を確保するのも、なかなかに難しい」

確かに。お菓子を作ったり、お菓子を作ったり、お菓子を作ったり。「＊＊のレシピ」を受《じゅ》諾《だく》して以降は、ひたすら聖水を作っていたな。

「ですがそのままではいけません。王都の問題が解決したら、当大神殿で原書に触れる機会を設けましょう。貴殿の教義理解を次の段階に進めるには、聖典原書の模写《もしゃ》や、礼節の学びの時間も必要です。貴殿からは言い出しにくいでしょうから、クラウス司教には、私からその旨《むね》を手紙で知らせておきます。安心して、ここで勉学に励《はげ》んで下さい」

それは困ると本音では言いたかったが、藪蛇《やぶへび》になりそうな予感がしたので「お願いします」とだけ言って、サッサと大神殿から退散した。


その足で、大図書館の四階に戻って写本を始めた。見慣れない単語ばかりだから、一文一文、確認しながらの作業になる。

「……幸いなことに……私にはその資格があるようだ。えっと、次は……」

冊子の中ほどまで写し終えた時、隠し部屋の出入口の外で誰かの声がした。

「あれ？　開いてる！　なんで？」

顔を上げると、部屋を覗《のぞ》き込む一人のプレイヤーの姿が目に入った。

「あっ、人だ！　す、すみません。お邪魔するつもりはなかったのですが」

なんか既視感《デジャヴ》。少し前にも、こんな光景があった。そして、そのプレイヤーにも見覚えがあった。深みのある暗緑色のローブに灰色の髪。俺と似たり寄ったりのモブっぽい雰囲気《ふんいき》。

「また会いましたね」

試しに声をかけてみる。

「えっ？　また？」

どうやら向こうは俺のことを覚えていないらしい。これは、モブ度では彼に勝ったということか？

「以前、神器《じんぎ》の本を閲覧している時に、俺たち会っていますよね」

「あっ、あのときの？　うわぁ、凄い偶然だな」

話を聞くと、彼も今日は写本をしに来たらしい。立ったままモジモジしているので、向かい側の椅子へ着席を勧《すす》めると、彼は慌《あわ》てたように座って、おずおずと話を切り出した。

「あの……その……その冊子をちょっと見せてもらっても？」

「ええ。構いませんが？」

一旦冊子を閉じて彼に手渡す。

「やっぱりこれだ。まさか僕以外に、師匠《ししょう》の書いたものを写す人がいるなんて」

「えっ？　今なんて？　師匠？」

絶対に今、聞き捨てならないセリフを言ったよな？　小さな声で、ぼそぼそと独《ひと》り言みたいだったけど、この距離だからしっかり聞こえた。でもこんなにタイミングよく、こうまで都合のいい人物が現れるのって変じゃないか？　まさか、プレイヤーに擬態《ぎたい》したNPCなんて可能性は……さすがにそれはないか。

「これ、僕の師匠が書いた本です。この図書館には、他にも師匠の書いた本が何冊もあって、どれも凄くためになることが書いてあるんですよ」

「それって、下の階にある五冊の本ですか？」

「そ、そうです。うわぁ、あれもチェック済みなんですね。なんか嬉《うれ》しいな。ご存じですか？　師匠の本は全部一点ものなんです。だから、手に入れるためには写本する必要があって、僕はそのためにここに通っています」

「まさか、あれを全部写すの？」

「はい。以前ここでお会いしたときは、職業クエストのための調べものに来ていて、あの時に師匠の本が何冊もあるのを見つけました。でも順番に写本していたら、凄く時間がかかっちゃって。どうにか五冊全部を写し終わって店に戻ったら、師匠にもう一冊あるはずだから行ってこいと言われて、こうして舞い戻って来たわけです」

意外によく喋《しゃべ》る。そしてこの砕《くだ》けた喋り方は、間違いなくプレイヤーだ。

「えっと。君はこの冊子の著者と知り合いなの？」

「はい。僕の恩師ですから」

「その恩師は今どこにいるのか聞いても？」

「師匠ならいつも店にいます」

「是非《ぜひ》その店まで行って、君の師匠に会って話をしたいのだけれど、場所とお店の名前を聞いてもいいかな？」

「もちろんです。店の名前はウーナ薬店です。ちょっとわかりにくい場所ですが、『始まりの街』の裏通りにあります」


まさか「始まりの街」に、知る人ぞ知る薬師がいるなんてね。今回のクエストのキーパーソンになりそうな彼女には、確実に会っておきたい。そこで、写本さえ終われば店に戻るという彼――ミツル君について行くことにした。

狭い路地を入った裏通り。間口《まぐち》の狭いありふれた外観の店は、普通に歩いていたら通り過ぎてしまいそうだ。よく見れば、軒先《のきさき》に下がる緑色の小さな看板《かんばん》に、金色の天秤が描かれている。

「ただいま戻りました」

「お帰り。随分《ずいぶん》と時間がかかったね。おや、お客さんかい？」

店の中に入ると、形ばかりの小さなカウンターがあり、その後ろの椅子に、これまた小さなお婆さんが腰かけていた。

「はい。師匠にお客様です。彼とは大図書館で会いました。師匠が書かれた冊子の内容について、詳しく話を聞きたいそうです」

「そうかい。じゃあ、今日は店仕舞《みせじま》いとするかね。こんな婆《ばばあ》を訪ねて、わざわざ店まで来てくれたんだ。お茶くらいは出すよ」

店の奥に案内されて、簡素《かんそ》だが座り心地のいい椅子に腰かけた。そして、薬草茶だという独特の香りのするお茶を振る舞われたところで、話を切り出した。

「単刀直入《たんとうちょくにゅう》にお尋ねしますが、リーブラさんは、かつて樹呪の解呪に成功されたと伺《うかが》っていますす。俺は今、樹呪の解呪方法を調べていて、リーブラさんのお名前から、あの冊子に行きつきました。解呪の具体的な方法について知りたいのです。教えて頂けないでしょうか？」

「さて。随分昔の話だから、もうかなり忘れちまったよ。何しろ毎日が忙しいからね。あれは、そのための覚書でもあるのさ。それでお前さんは、あれのどこが気になっているんだい？」

「お恥《は》ずかしい話ですが、あの本に書かれている言葉自体が、初めて見るものばかりでした。できれば、そこからご教示頂ければ」

「自分が書いたものだからね。そのくらいなら今すぐ教えられる。でも、ただ読むだけでいいのかい？　お前さんの身近に、樹呪に囚《とら》われたものがいる。それをどうにかしたいんじゃないのかい？」

「仰《おっしゃ》る通りです。彼を助け出したい。そのために、あなたの協力を必要としています」

「協力するのはやぶさかでないが、見ての通り、あたしゃもう年寄りでね。身体が思うように動かないのさ。だから、あたしが面倒をみるのは、覚書の内容を把握《はあく》するまで。多少の質問は受けるけどね。薬師の人手が必要なら、弟子を代わりにするようだよ」

「弟子というと？」

「お前さんの目の前にいるじゃないか。ミツルだよ。以前はもう何人かいたんだけどね、みんな独り立ちして今はこの子だけだよ。さて、どうするかね？」

《ピコン！》

《ISAOシナリオクエスト「茨の棺」

クエストメンバーの対象となるプレイヤーへの参加申請《しんせい》が可能です。

対象プレイヤー：［ユーザー名］ミツル（薬師系上級職）》

↓［参加申請する］

↓［やめておく］

……なんかきた。参加申請だって。タイミングを考えると、今のリーブラさんのセリフがきっかけかな？　参加する意志があるかどうか、ミツル君に聞いてみるか。

「俺としては、ミツル君に是非協力してほしいです。そのためには、今関《かか》わっているシナリオクエストの正式メンバーとして、君に参加してもらうことになるけど、どうかな？」

「えっ？　僕が師匠の代わりなんて無理です！」

「無理じゃないよ。師匠であるあたしが推薦《すいせん》しているんだよ？　あんたには、その力がある」

「……でも」

「時間的に無理なわけじゃないんだよね？」

「それは大丈夫ですが……」

「無理強《むりじ》いするつもりはないけど、このゲームを一緒に楽しまないか？　俺も手探りでこのクエストを進めている状態なんだ。だから、君が協力してくれるなら、とても助かる」

「ほら。えらい神官様が、ここまで誘ってくれるんだよ。この神官様に力を貸すことは、きっとあんたのためになる。ミツルは、今よりもっと上を目指すんだろう？」

リーブラさんのその言葉で、ミツル君がハッとしたような表情になった。

「ミツル君、クエストへの参加申請をしてもいいかな？」

「……はい。僕でよければ、よろしくお願いします」

《ピコン！》

《ＩＳＡＯシナリオクエスト「茨の棺」に、クエストメンバーが参加しました》

「話がついたようだね。じゃあまずは、覚書について話をしようじゃないか。質問はその後だよ。それと、次からはリーブラさんじゃなくてウーナと呼んでおくれ。今はその呼び方のほうがしっくりくるんでね」

リーブラさん改めウーナさんに、覚書を訳してもらった。それがこれ。

〈その一　魂《アニマ》を呼び戻すには、悪魔祓い《エクスオルキスムス》を行う〉

〈その二　悪魔祓いには、霊薬《アルカヌム》、祈り《オラティオ》、歌《カントウス》が必要である。
そのどれかひとつが欠けても事は成されない〉

〈その三　霊薬は薬師の領分であるが、誰でもその域に到達できるわけではない。
幸いなことに、私にはその資格があるようだ〉

〈その四　霊薬を理解するにはマテリア・メディカを紐解けばよい〉
〈その五　完遂するには視える者《クピドゥム》の存在が不可欠である。
　しかし、その性質上、これを薬師に求められることはない〉
〈その六　祈りには、高い信仰《ピスティ》を求められる〉
〈その七　もっとも難しいのは歌である。
　歌は、賛美《イムノス》であり降臨《カソドス》を意味する。
　祈りに通じるものがあるが、その表現はまた異なる〉

そして、裏表紙にあった手書きの文章。あのときは呪文のように感じたその文章も、意味がわかれば、運営からのヒントのように思えた。

〈賽は投げられた《アーレアヤクタエスト》。
　振り出しに戻れ《イーテアディイニティウム》〉

――振り出し。この言葉が、「始まりの街」を示唆している気がした。もの凄くわかりづらいヒントだけど、おそらく根気よく情報を集めていけば、いずれウーナさんに行きつくようになっていたのでは？

「霊薬については、材料さえ揃えてくれたらミツルに作らせる。祈りは、お前さんの専門だね。それと、悪魔祓いに関する資料なら、神殿に厳重に保管されているはずだよ。厳重過ぎて、埃《ほこり》を被《かぶ》っているかもしれないけどね」
「わかりました。神殿で関連資料を探してみます」

「問題は、ここにも書いてあるが歌だね。解呪のための歌は特殊でね。かつては歌い手を探すのに、とても苦労した」

「吟遊詩人《ぎんゆう》ではダメなのですか？」

「ダメってわけじゃないが、効果が薄いのさ。本職のお前さんならわかるだろうけど、難しい呪いを解くには、沢山の神力が必要とされる。樹呪を解くための歌も同様さ」

「なるほど。豊富な神力を持っている歌い手ですか。そうなると、少ないかもしれないですね。ちなみに、その歌の曲名を教えて頂いても？」

「ああ、いいよ。カントゥス・カエレスティス・ラエティティア。『天上の歓喜《かんき》』という意味の解呪歌だよ。楽譜《がくふ》自体は、神殿かあるいは修道院に保管されているかもしれない。それも探し出す必要があるね」

＊

店を出ていくユキムラを見送ったミツルは、改めて、引き受けたばかりのクエスト画面を開いていた。

「シナリオクエスト。『茨の棺』だって。本当に僕でいいのかな？」

クエストメンバーの欄に自分の名前がある。それを確認しても、まだ他人事《ひとごと》のような気がしていた。

ＩＳＡＯを始めてから、ずっと一人でやってきた。このウーナ薬店での修行が、自分にとってはクエストみたいなもので、これまでレイドクエストはもちろん、他のプレイヤーと共同でクエストを受けたことは一度もない。

大図書館で二度も遭遇《そうぐう》したプレイヤー。師匠の書籍を閲覧している時点で、気にはなっていた。でもまさか、こんな形で自分に関わってくるなんて、予想もしていなかった。

「これって薬を作るだけじゃないよね？　一緒に難しい呪いを解くと言っていた。僕のせいでクエストが上手《うま》くいかなかったらどうしよう？」

思わず呟《つぶや》いた独り言に、師匠であるウーナが反応した。

「なんだい。まだそんなことを言っているのかい。自信がないのは悪いことじゃないさ。その分、自分を鍛《きた》えるならね。でも臆病《おくびょう》過ぎるのは、また話が別だよ。あんたに必要なのは、先に進むことだ。そろそろ、この街以外の場所にも出ていく時だよ。今回の仕事は、そのいいきっかけになる」

師匠であるウーナの言葉は、いつも厳しいようで温かい。ＡＩだとわかっていても、いや、感情に左右されないＡＩであるからこそ、ミツルはある意味信頼していた。

「失敗したっていいさ。そこから自分の糧《かて》になるものを学べるならね」

繰り返される励ましの言葉。

「あんたの取り柄《とりえ》は、諦《あきら》めないことじゃないか。それも得難い才能なんだよ」

率直《そっちょく》に自分を肯定してくれる言葉。

周囲と比較され過ぎていたせいで、リアルで大人たちから似たようなことを言われても、素直に受け取れず、慰《なぐさ》めの言葉にしか聞こえなかった。自分に自信が持てないことすら、悪いことのような気がしていた。

でも、このISAOでは、ウーナから容赦《ようしゃ》なくダメ出しされつつ、こういった肯定の言葉を沢山もらった。ゲームだからこそ、何度でもチャンスが与えられて、納得するまでやり直すことができた。他の人の顔色を窺《うかが》う必要なんてない。自分のペースで、着実に前に進むことができる。それが凄く楽しかった。

今回のクエストで気がかりなのは、一緒に行動する他のメンバーに、迷惑をかけるのではないかという一点だ。臆病。確かにそうだ。失敗が怖い。失敗したせいで、自分を否定されるのはもっと怖い。でもいい加減変わらなきゃ。ここは腹を括《くく》るしかないか。もし自分のせいでクエストが失敗したら、謝り倒せばいいさ。

「すみません。僕の悪い癖《くせ》です。逃げるつもりはありませんが、ちょっと自信が持てなくて」

「どうやら踏ん切りがついたみたいだね。なに、あたしがビシビシ鍛えるからね。霊薬はきっと作れる。あんたはもう一人前の薬師だ。それをわからせてあげるよ」

5　修道院の歌姫

豊富な神力を持っている歌い手。実は、それに該当《がいとう》しそうな人物に心当たりがあった。確か

「始まりの街」の修道院に、歌姫と呼ばれるほど歌唱スキルが高いプレイヤーがいたはず。ただ修道院にいるということは、当然のことながら女性なわけで。それも全く面識がない相手になる。

いきなり会いに行って、一緒にクエストをしませんか？　と申し出るのは、誤解されそうな気がする。怪《あや》しいナンパ野郎が来たなんて勘違《かんちが》いでもされたら、勧誘に失敗するのはもちろん、かなりの精神的ダメージを負うこと間違いなしだ。

そこで、そのプレイヤーに伝手《つて》を持っていそうな知り合いに、ゲーム内のメールで連絡を取ってみることにした。

《ご無沙汰《ぶさた》しています。ユキムラです。ＩＳＡＯのクエスト関係で、ユリアさんに、折り入って相談したいことがあります。お時間があるときで結構ですので、お返事を頂けたらありがたいです》

《こんにちは。メールを拝見しました。せっかくクランホームに来て頂いたのに、ちょうど留守にしていたのが残念です。ユキムラさんは、いまどちらですか？　私は今、天馬《てんま》山から戻ってきてクランホームにいます。私に相談って何でしょう？》

《実はですね、今、とあるシナリオクエストに取り組んでいて……》

メールでやり取りした結果、ユリアさんが会って話をしたいというので、再び東方騎士団のクランホームにお邪魔することになった。

「複合呪詛《じゅそ》ですか。王都の防衛《ぼうえい》戦で呪毒《じゅどく》が出てきたばかりなのに、これはまた厄介《やっかい》なものが現れましたね」

このセリフは団長のグレンさん。ここクランホーム内の小会議室で、俺、ユリアさん、グレンさんの三人が、ひとつのテーブルを囲んでいる。

事前に、グレンさんも同席していいかと問われて、構わないと返事をした。というか、こちらからお願いしたいくらいだ。なにしろユリアさんは、このクランのシンボル的な存在だ。もし密会だなんて勘違いされたら、後々大変な事態になってしまう。

メールの段階で、ユリアさんの協力は取りつけた。ここでは、クエストを進めるための具体的な、そして込み入った話をすることになった。

「解呪《かいじゅ》には歌が必要なのに、吟遊《ぎんゆう》詩人では力不足だなんて、さすがISAOの運営ね。相変わらず酷《ひど》い設定だわ」

「プレイヤーに該当者がいない、あるいは、いても協力を得られなかったら、このクエストはどうなるのでしょうね？」

そこが疑問だった。NPCの王族が、誰が術者だかわからない呪《のろ》いに侵《おか》される――いかにもメインストーリーに関《かか》わりそうなクエストだ。それを、こんな厳しい条件にするなんて。運営は何を考えている？

「そのまま失敗に終わるのか？　あるいは、人材不足を補完するようなアシストNPCが出てくるのか？　成り行きを見てみたい気もしますが、この国の王太子の命がかかっているとなれ

ば、そうもいかないですね」

「歌い手候補のプレイヤーには、連絡を取れそうですか？」

「声をかけること自体は、そう難しくはないのよ。初対面ではないし、彼女は修道院からほとんど出ないから。ただ、リアルが忙しいらしくて、彼女のログインが不規則なのよね。だから接触するのは、私とログインのタイミングが合った時になってしまうの」

忙しい人なのか。社会人なのかな？　リアルの都合によっては参加を断られてしまうかも？

「そのプレイヤーの人柄というか、その辺《あた》りはどうでしょう？」

人のことはあまり言えないが、ソロプレイをしているプレイヤーの中には、我が道を行くというか、チームプレイをあまり好まない人も多い。その点が気になった。

「そうねぇ。プレイスタイルはかなり変わっているわね。いくら誘ってもフィールドには出ないし、ガイドＮＰＣの誘導もスルーしているみたい。でも、いつも養護院《ようごいん》の子供たちと楽しそうに遊んでいるから、悪い人には見えないわ」

「子供好きな方なんですか？」

「少なくとも嫌いじゃないと思う。といっても、子供の世話をしているわけではなくて、童心《どうしん》に返って一緒に遊んでいる感じかな」

「そういう形のストレス解消法なのかもしれないですね」

「とりあえず、クエストへの勧誘をしてみるわ。でも断られる可能性が高いわよ？」

「そこは駆け引きというか、相手の譲歩《じょうほ》を引き出せるものが必要でしょうね」

「例《たと》えば？　彼女、お金やアイテムには全く関心はないわよ。実際に困っていないしね」

「それ以外に、俺が彼女に提供できるもの。かつ彼女にとって価値があるもの。すぐには思いつかないな。なんでしょうね？」

「少し脇道《わきみち》にそれた話をしてもいいですか？」

話が一段落したところで、グレンさんがそう切り出した。

「ええ、どうぞ」

「ユキムラ君は不思議に思ったことはありませんか？　なぜ神官職だけ、修行施設が男女別なのかと」

「疑問には思いました。でも、ゲーム上の設定かと思って、深く考えたことはないです」

「ゲーム上の設定。まさにそれです」

「というと？」

「ご存じのように、当クランには騎士職に次いで神官職が多い。そしてクラン結成以降、我々《もも》はメンバーから情報を提供してもらい、そのデータを蓄積《ちくせき》してきました。ＮＰＣが何げなく漏らした言葉や、偶然見聞きした資料など、ひとつひとつの情報は些細《ささい》なものでも、その数が増えてくるにつれて、見えてきたものがあります」

「それはなんですか？」

「この世界における宗教組織の在《あ》り方――つまり世界設定ですね」

　東方騎士団が、神官職を多く抱えるクランだというのは有名で、神官職の育成援助をしてくれるため、未《いま》だに加入希望者が多いと聞く。そのクランメンバー全員から集めた情報。それも秘匿《ひとく》レベルの。

「そう言われると凄《すご》く気になりますね。でも俺がその話を聞いても？」

「予備知識を持つのがお嫌でなければ。ユキムラ君は、正規ルートの神官職の先頭に立つ存在ですから、知っておいてほしいと思ったのです。ただし、まだ非公開にしている内容なので、内密にして頂いてもよろしいですか？」

「ええ。これでも口は堅い方ですので。漏洩《ろうえい》しないとお約束できます」

「では、我々の推測《すいそく》が混ざっていることを前提に聞いて下さい。どうやら神殿と修道院には、それぞれ総本山があります。総本山とは、大神殿や大修道院の総元締めにあたる施設です。現段階では未実装ですが、エリア解放が進めば登場してくるでしょう。ここで重要になるのは、神殿と修道院の総本山が、それぞれ別の国にある――この点です」

「なぜそれが重要なのですか？」

「今後の攻略の方向性によっては、いつまでもその方面が解放されない、あるいは後回しにされる可能性があるからです。言い方を変えると、今までは、運営が用意した順番に一本道で攻略が進んできましたが、これからは違う。世界マップのどの方向を優先して広げるかは、プレイヤー次第《しだい》だということです」

「大神殿の総本山がある国が解放されなければ、男性神官の転職が行き詰まる。そういうこと

「そうですか？」

「そうです。おそらく総本山は、神官職が上級職の先にある最上級職に進むための施設だと考えています。先日、天馬山の先が気になって仕方がないとお伝えしましたが、我々が北方面に向かっているのも、攻略の多様性を考えてのことです」

なるほど。前回、上級職になる際は、王都で叙階式《じょかい》を受けられた。でも、その先の転職情報は伏せられたままだ。今、多くのプレイヤーの目は西を向いていて、もしその先に神殿の総本山がなければ……それは困る。凄く困る事態になってしまう。

「うわっ、そんなことになっていたなんて、全然気づきませんでした」

「かなり先読みした情報ではありますけどね」

「ヒントは、案外ゲーム内に散りばめられているのよ。ただし、細切れのバラッバラの状態で。だから個人でプレイしていたら、こういった流れに気づくのは難しいと思うわ」

ソロプレイは気が楽だけど、情報収集面では出遅れちゃうわけだ。

「いやなんか、ためになる情報をありがとうございます」

＊

ログインすると、それを待ち構えていたかのように、ユリアさんからメールが届いた。

《待っていたの。今すぐ「始まりの街」に来られる？》

《はい、大丈夫です。すぐに向かいます》

どうやら、例のプレイヤーの件で進展があったらしい。指定された修道院前広場に到着すると、ユリアさんが手を振っていた。

「えっ！　引き受けてもらえた？」

「そう。でも交換条件付きよ」

「どんな条件ですか？」

「修道院が直面している問題の解決。それが、ユキムラさんに協力する条件ですって」

「修道院の？　それって俺にできそうなことですか？」

「どうかしら？　私も、内容については何も知らされていないの。詳《くわ》しい話は、実際に会ってからするそうよ。じゃあ、中に入りましょうか」

ユリアさんが視線で促《うなが》す先は、目の前にある修道院だ。

「聖堂内で話し合いですか？」

「ううん。奥にある養護院で待ち合わせ。見た目よりも中はかなり広いのよ」

通用門から入って、ユリアさんの案内で養護院へ。回廊状の通路を先に進むにつれて、賑《にぎ》やかな子供の声が聞こえてきた。

「ここは修道院の中庭で、向こうに見えているのが養護院なのだけど……ねえ、カタリナさんは今どこにいるか知ってる？」

ユリアさんが、中庭で遊んでいる子供の一人に声をかけた。

「あっ！　ユリア先生だ。カタリナ先生なら、たぶん厩舎《きゅうしゃ》にいると思うよ。呼んでくる？」

「ありがとう。でも直接会いに行くから大丈夫よ」

「厩舎？　修道院では馬の飼育を？」

「飼っているのは、馬じゃなくて牛なの。大きな白い牛を一頭」

養護院の建物のさらに裏側に、街中《まちなか》にしては広い畑や草地があり、その傍《かたわ》らに厩舎があった。

じゃあ、あの人がカタリナさんかな？

「カタリナさん、こんにちは。ユキムラさんを連れてきたわ」

「あら、早いのね。もっと待つようかと思っていたのに」

「初めまして。ユキムラです」

まずは自己紹介から。カタリナさんは、若草色の髪と目をした、すらりとした立ち姿の女性だった。一見同世代に見えるけど、この落ち着いた雰囲気《ふんいき》は年上かもしれない。

「初めまして。カタリナです。立ち話で申し訳ないけど、早速《さっそく》用件に入ってもいい？」

「はい。構いません」

「ユリアさんから話は聞いたかしら？　あなたのクエストを引き受ける条件は、こちらの問題が解決したらよ。私がどこまでお役に立つかはわからないけれど、引き受けた場合はちゃんとやるわ」

「それで結構です。では、修道院が抱える問題について教えてもらえますか？」

「ええ、いいわ。見えるかしら？　そこに白い牛がいるの。彼女の名前はスラビー。非常に長生きで、でもいつまでも若々しい。出産しなくても、なぜか一年中お乳を出し続けるという、いかにもゲーム的で都合のいい存在だったの」

都合のいい存在「だった」――そこが過去形なわけだ。

「確か養護院の子供たちが、スラビーのお世話をしているのよね？」

「そう。つまり、ここには、彼女が出すお乳を飲んで育った子供も多くて、みんなが大好きで懐《なつ》いている。子供たちにとっては特別な存在……という設定なの。それなのに……」

どうやらクエストは白い牛さん絡《がら》みで、カタリナさんが憤《いきどお》るような内容ってことか。

「なにがあったの？」

「これは子供たちから聞いた話よ。私はリアルが忙しくて、しばらくＩＳＡＯに来られなかった。その間に起《お》こった出来事なの。最初はスラビーの元気がなくなって、お乳の出が悪くなった。その内、寝床《ねどこ》に臥《ふ》してばかりいるようになって、全くお乳を出さなくなったのよ」

「それは年齢のせい？　それとも病気？」

「さあ？　表向きの原因はわからないけど、根本的な原因は、はっきり言える。これもゲーム的な都合のせいよ。もうね、露骨《ろこつ》なの。牛当番の子供たちは、自分たちのせいだと泣く。修道院長様は、お乳が出ないなら修道院には飼い続ける余裕はないから売却すると言いだす。それを聞いた子供たちが、さらに泣く。そんな感じよ」

なるほど。そういった形でプレッシャーをかけられたら、確かに堪《たま》らない。

「スラビーはそのままで、新しい牝牛《めうし》を飼うわけにはいかないの？」

「それも提案したけど、修道院の経営状態がよくないから無理だと断られたわ」

「あら。そこまで経営状態が悪いの？」

「そうみたい。礼拝《れいはい》に来てくれる信者の数が減っていて、寄付金《きふきん》や物販所を含めた収益も芳《かんば》しくないようなの」

そのせいで、子供たちに大人気の牛を手放すなんて、ゲームなのに妙に世知辛《せちがら》い。俺は収益に関してはクラウスさんに丸投げだけど、やっぱりある程度稼《かせ》がないとダメなのか？

「その状況がしばらく続いて、子供らが泣き疲れて眠った時に、アナウンスがあったのよ。ここの運営って、本当に性格が悪いわ。SOS《エスオーエス》ジャッジメント『修道院の白牛スラビー』ですって」

直訳すると遭難《そうなん》信号判定かな？　でもここは街中だし、そんなわけはないか。

「SOSジャッジメント？　あれはめったに起こらないと聞いたのに。発動条件が変わったのかしら？　それとも、修道院の状況が今までになく酷いってこと？」

「いずれにしても勝手よね。今まで何もしなくてもピンピンしていた牛が、急に具合が悪くなって、なんとかしろ！　とプレイヤーに要求してくるなんて」

ユリアさんは、これがどういう類《たぐい》のものだか知っていそうだ。「知らぬ道　知ったふりして迷うより……」だから、ここは潔《いさぎよ》く聞いてしまおう。

「すみません、SOSジャッジメントってなんですか？」

「えっとね。ISAOのオリジナル用語なのよ。この場合のSOSは『sort《ソート》 out《アウト》 the《ザ》 snag《スナグ》』の略で、目の前に起こったゴタゴタ、つまり揉《も》め事を解消するという意味なの。その他に、

『sort out』には『選り分ける』という意味もあって、プレイヤーの利用が極端に少ないコンテンツについて、今後継続するか廃止《はいし》するかの判断を、プレイヤー自身に委《ゆだ》ねるという、かなりイレギュラーなクエストの一種ね」

「クリア報酬《ほうしゅう》があるわけじゃないから、関係ない人に頼むわけにもいかなくて、困っていたの」

「その利用が極端に少ないコンテンツが……牛？」

「そう、スラビーよ。本来は、養護院の子供たちに任せっきりにしないで、プレイヤーが飼育や乳製品の生産に関《かか》わるものらしいの。でもゲーム開始以来、一人も利用者がいなかった。そうしたら、こんなことに」

「利用者がいないのは当然なのにね。ゲームで酪農《らくのう》をしたければ、冒険ファンタジーじゃなくて農場系のゲームをするもの」

「確かにリソースは有限だから、利用がないコンテンツを廃止するのは理解できる。でも理解はできても納得はできないわ。子供たちが泣いている姿を見せるなんて。リアリティ追求？　勝手すぎるわよ。そんなの……黙って見過ごせなくなるじゃない！」

うん。その気持ちは凄くよくわかる。もっと年を取って経験を積めば違うのかもしれない。でも今はまだ、理屈と感情を器用に切り離すことなんてできなくて、どうしたって感情に引きずられる。

この状況をなんとかする。そのためにできることは？

「じゃあ考えられる解決方法は、スラビーを元気にするか、修道院の経営状態を改善するかの二択ですか？」

「今思いつくのは、それくらいかしら？」

「とりあえず、スラビーの状態を見せてもらっても？」

厩舎の中は清潔に保たれていて、ワラやオガくずの上に臥せる、大きな白い牛の姿があった。

「スラビーを鑑定してもいいですか？」

「ええ、もちろんよ。スキルがあるなら助かるわ。私も取得してみたのだけれど、スキルレベルが低いせいか、たいしたことはわからなかったの」

「ちなみに鑑定ではなんて？」

「白牛スラビー　状態：体調不良で乳が出ない――たったこれだけ」

「じゃあ、ちょっと見てみますね」

王都の防衛イベントで使いまくったおかげで、生体鑑定のレベルは上がっている。有益な情報が出てくるのを期待して。

【S生体鑑定Ⅵ】

〈祝福の白牛スラビー：聖牛神《せいぎゅうしん》の祝福を受けた長寿な牝牛。愛情をもって世話をすれば、泌《ひっ》乳《にゅう》に出産を要しない。

［状態］神力枯渇《こかつ》状態。この状態が長期間続いたため、身体《からだ》に不調和を来たし、祝福の効果が消えかかっている。

〔対策〕持続的な神力の供給《きょうきゅう》〉

「原因はですね、神力枯渇が続いたためとあります。そのせいで、体調不良と共に聖牛神の祝福が消えかかっているそうです」

「聖牛神？　牛の神様ってこと？」

「それって治せるの？」

「聖牛神については、これ以上わかりません。でも、治す方法は書いてあります」

「いったいどうやって？」

「持続的な神力の供給だそうです」

「神力、つまりGPよね？　GPポーションが存在しないのに、どうやって？」

「神官スキルは試されましたか？」

「ええ。職業固有スキルは、既《すで》にひと通り試したわ。回復系スキルを使うと、一瞬だけステータスバーみたいなものが出たけれど、すぐに消えてしまって、スラビーの様子は何も変わらなかった。でも確か、職業固有スキルの効果はMND依存《いぞん》なのよね？　私よりずっとMNDが高い人がスキルを掛けたら、また違う結果になるかもしれない」

職業固有スキルは、MND依存でGP消費量に比例して規模が拡大するから、やってみる価値はありそうだ。

「試しに俺がやってみましょうか？」

「お願いできる？」

まずはGP500——超級聖水一本分の持続回復で様子をみるのはどうだろう？　山ほど聖水を作ったおかげで、GPの出力調整にはかなり慣れた。動物にスキルを掛けるのは初めてだけど、やってみよう！

「【回復】［持続回復］！」

目の前の虚空《こくう》に、バーが上下に二本とタイムカウンターがひとつ浮かぶ。上のバーは、見慣れたGPバーで、総GP量とGP消費量が把握《はあく》できる。もう一本は、バー全体が真っ赤に染まり、チカチカと点滅していた。タイムカウンターは刻々と変化していて、使用中スキルの残り持続時間を示している。

「どうですか？」

「どうやらそれっぽいバーは見えていますが、ずっと赤く点滅しているだけで変化がないです」

しばらく観察していると、タイムカウンターがゼロになり、スキルの効果が切れた。それと同時にバーの点滅が止まり、間もなく表示画面そのものが消えてしまった。

「点滅が止まりました。でも画面も消えてしまったので、もう一度やってみますね」

再び500GPを使って持続回復を掛けると、同じ現象が繰り返された。

「どういうことだろう？」

「スキルの有効時間内はバーが点滅しているのよね？　スキルをずっと掛け続けたらどうなるかしら？」

「連続で？　それとも一回を長く？」

「ユキムラさんが大丈夫であれば、検証のために両方試したいわ。それでもずっと点滅しているだけなら、別の方法に変えた方がいいかもしれない」

「了解。ちなみに、今の二回でどれくらいGPを使ったの？」

「500GPを二回なので、合わせて1000GPですね」

「1000！　そんなに沢山《たくさん》？」

「ええ。最近はクエスト関係のGP消費量が、かなりインフレしていて、一度に四桁《けた》消費も珍《めずら》しくないです」

俺のこのセリフを聞いて、ユリアさんとカタリナさんが、なぜだか顔を見合わせる。

「……あなたが日頃どんなクエストをしているのか、凄く気になるわ。でも今は、お祈り優先かしら」

「なんか凄そうってことしかわからないけど、どんといっちゃって！」

煌《きら》びやかな神官の正装に装備を改め、厩舎の前で膝《ひざ》をつく。続いて、タイプの違う美女二人を前に、天に向かって祈りを捧《ささ》げる。まるで、宗教劇の一シーン《ページェント》みたいだ。ちょっと目を逸《そ》らすと、ゴロゴロと実が転がるカボチャ畑なのはご愛敬。

GPが満タンになり、スラビーにスキルを掛けるために手をかざす。

「じゃあいきます！」

一気にGP3000……と思ったが、ここは「大は小を兼《か》ねる」で、ケチケチせずに5000GPだ！　この際だから、聖句もセットで。じゃあいくよ。

「天《あめ》なる神の　癒《いや》しの恵《めぐみ》　渇《かつ》せし者を　潤《うるお》したまえ　【回復】［持続回復］！」

GPバーがみるみる減っていき、その勢いを反映するように、赤いバーが激しく点滅を始めた。点滅は次第に速くなり、ついにはバー全体が強く光り輝く。

……縮《ちぢ》んでる？　一瞬目の錯覚《さっかく》かと思ったが、赤いバーが、じわじわと右端から削《けず》れ始めていた。削られた部分は、空《から》っぽを示す黒いブランクに置き変わっている。

赤色がミリになり、すっかり消えたかと思うと、今度は反転するように、水色のバーが右へ伸びていった。水色の部分が、バー全体の半分を越えたとき。

《ピコン！》

《SOSジャッジメント『修道院の白牛スラビー』が終了しました。

ジャッジメントの結果はSQ《エスキュー》。

貢献者《こうけんしゃ》：［ユーザー名］ユキムラ［ユーザー名］カタリナ

※貢献者名は貢献度順に並んでいます》

まさかの終了アナウンスだ。

「えっ？　終わり？」

「SQって、どういう意味ですか？」

「現状維持《いじ》を意味する『status quo《ステータス クオ》』の略よ。失敗したら『Lost《ロスト》』と出るはずだから、SQなら大成功ってことね」

「一応、鑑定して確認してみます」

【S生体鑑定Ⅵ】

〈祝福の白牛スラビー：聖牛神の祝福を受けた長寿な牝牛。愛情をもって世話をすれば、泌乳に出産を要しない。

［状態］健康。祝福に満ちている〉

健康だって。よかった。祝福も戻っているし、これなら大丈夫だろう。

「健康になっていますね」

「あんなに悩んでいたのに、こんなに簡単に？」

「そう見えるだけで、少しも簡単じゃないわよ。消費したGP量が半端ないはず。ね、ユキムラさん！」

「そうですね。総GPに近い量を一気に投入したので、これが俺の精一杯《せいいっぱい》です」

「ユキムラさんだから力業《ちからわざ》でいけたけど、本来は大勢の神官職でリレーをしながら癒していくとか、連係プレイが模範《もはん》解答だったのかもね」

その推測は合っていそうな気がする。「始まりの街」にある施設で起きたトラブルが、上級職にしか解決できないとは思えないから。

「驚いたけど、スラビーを治してくれてありがとう。じゃあ、今度は私の番ね。私は、何をすればいいのかしら？」

そう言って首を傾《かし》げるカタリナさんは、先ほどの沈痛な面持《おもも》ちとは打って変わり、凄く吹っ切れた顔をしていた。

カタリナさんが、クエストに協力してくれることになった。でも、ミツル君の時のような、クエストへの参加申請《しんせい》がまだ来ない。

「なぜ来ないのかな？」

「私の予想を言ってもいい？」

「ええ。ユリアさんのご意見を是非《ぜひ》お伺《うかが》いしたいです」

「ユキムラさんの受けたシナリオクエストは、つい最近実装されたものよね？　舞台は今まで誰も入れなかった王城で、課題はゲーム初登場の複合解呪。これって、かなりハイレベルなクエストだと思うの。内容が難しい分、クエストメンバーになるには、一定の条件があってもおかしくないわ」

「条件？　私のレベルが足りないのかしら？　あるいは、まだ中級職だから？」

「その両方かもしれない。プレイヤーレベル、ステータス、Ｊスキルのレベル、位階……あとはNPCとの関係とか？」

ミツル君は上級職で、その実力は師匠《ししょう》であるウーナさんの折り紙つきだ。ミツル君がクエストへの参加を迷ったときも、ウーナさんは明らかに、彼の背中を押す発言をしていた。

ミツル君を基準にすると、カタリナさんの今の職業は④次職、つまり中級職の「聖詠師《せいえいし》」で、位階は明らかに足りていない。歌唱系のスキルを豊富に所持していて、スキルレベルも非常に高い一方で、基本的なJスキルはあまり育っていない。つまり、かなり偏《かたよ》った育成状況だとと言える。

「上級職への転職クエストの進み具合を聞いても？」

「聖歌隊編成や合唱祭がそうだったから、転職クエストだけは終わっているわ」

「それなら、レベル上げに集中すればなんとかなりそうじゃない？」

上級職への転職クエストをクリアしていたのは幸いだった。でも転職するには、いろいろと足りていない。特にプレイヤーレベルが。

「どうします？　これからレベル上げするのは、率直《そっちょく》に言ってかなり大変です」

本来なら、プレイヤーレベルもスキルレベルも、ゆっくり上げていくものだ。駆け足で育成すると、いわゆるパワーレベリング気味になる。取得できるはずのJスキルを逃したり、派生《はせい》ルートに影響が出たりと、マイナスの影響が出やすい。俺的には強制もできないし、お勧《すす》めもできない。だから、そういった懸念《けねん》について、正直にカタリナさんに話をした。

「どうするもなにも、当然協力するわ。心配してくれるのは有難いけど、私はゲームの中で何かを目指しているわけじゃない。そもそも、スキル構成や派生ルートなんて、これまで一度も考えたことはないわ。だから、その点は気にしないで」

「そういうことなら、うちのクランが協力できると思う。デメリットを最小限に抑えて、効率的にレベル上げするノウハウがあるから」

「私はログインできる時間が限られているし、効率的にできるなら、それに越したことはないけど、迷惑にならない？」

「大丈夫。第四陣で加入した人たち向けに、育成スケジュールを組んでいるの。各自好きなコマを選んで参加できて、もしそこに都合が合わなくても、個人的にレベル上げをするのも可能よ。なんなら私も付き合うしね」

「じゃあ、よろしくお願いします」

カタリナさんがレベル上げをしている間に、俺もクエストを進めておくことになった。

ウーナさんから聞いた話では、かつての複合解呪のときの記録や、悪魔祓いに関する資料、使用した楽譜《がくふ》などは、どこかの神殿に保管されているらしい。それを探しに行かなきゃ。

6　楽譜と霊薬

何十年も前の資料がありそうな場所といえば？　真っ先に思いついたのは、アラウゴア大神殿だ。遷都《せんと》する前の王都だったわけだから、重要な記録が残されているならここかなと思った。

そこでハウウェル大神殿長に、王城の現状を説明した上で、かつて行われた悪魔祓いについて尋《たず》ねてみた。

すると、彼はおもむろに、ゴツイ鍵《かぎ》が何本もぶら下がった大きな鍵束を取り出した。向かった先は、中庭に面した回廊の途中にある「開かずの扉」だ。解錠《かいじょう》して扉を開けると、すぐ目の前に下へ降りる階段があった。

「この先に資料庫があります」

「地下なのですね」

「ええ。資料庫の各部屋には、劣化を抑える特別な技法が使われています。その技法で施工するには、地下が都合よかったのです」

階段を下りると、間接照明にぼんやりと照らされる地下通路があった。左側の壁には、全部で六枚の扉が並んでいる。そのうち、最も手前にある「I」の番号がついた扉に、同じ番号の鍵を差し込んだ。

重い扉を開けると、そこは六畳間ほどの殺風景《さっぷうけい》な部屋だった。作業台のような机が一台。壁際にあるしっかりとした造《つく》りの棚には、蓋《ふた》つきの木箱が三つ置かれている。そのうちのひとつを机に移して、中を確認していく。

「ふむ。これが当時の出来事を記した神殿の記録のようですな。そしてこちらが、リーブラ殿がまとめた霊薬に関する資料のようです」

続いて、ふたつ目の箱を開封すると、歌詞つきの楽譜と『解呪歌《かいじゅか》に関する記録』という冊子《さっし》が出てきた。

「カントゥス・カエレスティス・ラエティティア。これですね」

確か「天上の歓喜《かんき》」という意味だったたか。すぐに見つかってよかった。

最後のひとつ。一番小さな箱を開けると、そこには三本の瓶《びん》が、緩衝《かんしょう》用のクッションに埋もれるように保存されていた。右側から順に取り出してみる。まずは一つ目。薄い板状のものが入った茶色い瓶。手に取ると、目の前に表示がポップした。

【天空竜の卵殻《らんかく》】天空竜の卵の殻《から》　用途：？？？

……マジか。初《しょ》っ端《ぱな》から凄《すご》いものが来た。おそらくレアリティが高過ぎて、俺には名前くらいしかわからない。天空竜ねぇ。いずれお目見えするのかな?

じゃあ二つ目。赤い宝石のような粒々が入った透明な小瓶を取り出す。

【冥界《めいかい》女王の紅涙《こうるい》】冥界女王の流した涙の結晶　用途：？？？

これもか。冥界、そして女王ときた。……なんか凄いね。今はそうとしか言えない。

そして最後。銀色の糸状の束が入った透明な瓶。

【麒麟《きりん》の鬣《たてがみ》】神獣である麒麟の鬣　用途：霊薬の素材になる。

これだけ用途が出てきた。でも麒麟かぁ。天空竜にしても麒麟にしても、一度は実物（もちろんＩＳＡＯ内で）を見てみたい。でも冥界の女王様には――会うとしたら、きっと大変な状況に陥《おちい》っている気がするから、できればご遠慮したいかな?

……オタマジャクシが一匹、オタマジャクシが二匹、オタマジャクシが……いっぱい!

今まさに、沢山《たくさん》のオタマジャクシが生まれつつある。俺の目の前で。俺の手によって。どんどん増えていく丸っこくて黒い奴《やつ》ら。

ここは池でもなく沼でもなく、俺の自習部屋として稼働《かどう》しているアラウゴア大神殿の図書室だ。いったい何をしているかというと、写譜《しゃふ》――いわゆる楽譜を写す作業をしている。

資料庫で見つかった物品の内、素材に関しては、余ったら返却するという条件付きで、霊薬の作製に使う許可が下りた。ある程度劣化を抑える工夫があるとはいえ、さすがに保管していた年月が長過ぎるのと、今回の使用目的を考慮しての決定だと説明された。

その一方で、楽譜には鮮度は関係ない。そのため、原本は大神殿外への持ち出しが禁止となり、複製を使用するようにという指示が出た。

そして実際にやってみると、これがなかなか大変だ。真新しい五線紙に、ひたすら地道に書き写す。しかし、音符《オタマジャクシ》の位置、棒の長さ、付点の位置や速度標語に強弱記号、その他にも各種記号がそれはもう沢山ある。書き損《そん》じては書き直し、なんとか満足できる楽譜が仕上がったときには、こんなスキルを取得していた。

【Ｊ聖歌写譜Ⅰ】ＭＮＤ＋５　ＤＥＸ＋５

手間はかかったけど、Ｊスキルが増えたのは嬉《うれ》しい。苦労した甲斐《かい》があったな。

さて、これをカタリナさんに届けなければ。ゲーム内のメールで都合を聞いてみたら、ログインできる日が不定期だそうで、直接渡すよりも東方騎士団経由で渡した方が早いという結論になった。ということで、もう何度目かになる東方騎士団のクランホームへ。グレンさんが待っていてくれるそうだ。

「そういうことでしたら、私が責任をもってお預かりします。迅速《じんそく》にカタリナ嬢に渡るように手配しますので、安心して下さい」

「すみません。いろいろと協力して頂いて」

「いえ、ユキムラ君に頼ってもらえて嬉しいです。なんだったら、クランに加入して頂けるともっと嬉しいのですが……というのは、かなり本気よりの冗談です。ところで、ユキムラ君に会ったら、是非《ぜひ》お伺《うかが》いしようと思っていたことがあります」

「いったいなんでしょう?」

「先日の神殿前広場の騒ぎ——大勢のNPCが動員されて、それはもう凄い賑《にぎ》わいでした。素晴らしい虹《にじ》の出現でしたが、あの天空ショーについて、何かご存じですか?」

はいあれですね。よくご存じです。だって引き起こした張本人ですから。

「実はですね……」

そりゃあ気になるよね。派手《はで》にやらかした自覚はあるので、ここは簡単に状況を説明しておくことに。

「あの虹は、やはりユキムラくんが原因ですか」

「はい。上位聖水を作るときの副産物です。なぜか光の演出を伴《ともな》うんですよね」

先日、図書室に篭《こも》って写譜をしていたら、わざわざハウウェル大神殿長が訪ねて来た。何ごとかと思ったら、こんなことを言い出した。

「人伝《ひとづて》に聞きました。貴殿がウォータッド大神殿では『虹蜺《こうげい》の奇跡』を呼び、ミトラス大神殿では『白虹《はっこう》の奇跡』を起こされたそうですね。素晴らしい御業《みわざ》です! ……では、未《いま》だ何もなされていない当アラウゴア大神殿では、どんな奇跡を起こして下さるのでしょうか?」

物言いは柔らかいのに、目が笑っていないような……たぶんこれは気のせいじゃない。

「こ、虹蜺の……奇跡ではいかがですか?」

ハウウェル大神殿長の顔色を窺《うかが》いながら、比較的無難な提案をする。だって、街中《まちなか》に巨人のお姉さんを呼ぶわけにはいかないし（誰と戦うの！）、レーザー砲も市街地で放つのは危険だ。かと言って、ライバル視しているミトラス大神殿と同じでは、おそらく納得しない。そうなると、虹を出すくらいしかないのですが……どうでしょうか？

「ふむ。『虹蜺の奇跡』ですか。一番煎《せん》じ……いや、それは我々の工夫次第《しだい》では？」

　工夫次第？　そう呟《つぶや》くと、ＡＩの思考時間に入ったのか動きが止まった。ひしひしと嫌な予感がする。あっ、フリーズが解けた？

「ユキムラ大司教。より多くの住民に奇跡の恩恵を分け与える。それが、奉仕《ほうし》者たる我々の使命だと考えます。それに相応《ふさわ》しい場所――広く開放された、例《たと》えば尖塔《せんとう》の上で奇跡を行うのはいかがですか？」

「えっ？　それは目立ち過……いえ、素晴らしい発想だと思います」

　絶対に断れない雰囲気《ふんいき》だ。やはり、ウォータッド大神殿と全く同じではダメなのか。審査という人質的なものも取られているし、目立つのは嫌だけど仕方ない。

「準備は我々にお任せ下さい。ああ、楽しみですね。年甲斐《としがい》もなくワクワク致します」

　そして、大神殿の尖塔の見晴らし台で、例のチュドーン・チュドンをぶちかました結果、大神殿の上に、まるで打ち上げ花火のように次々と展開する虹の花が咲いた。

　下を見れば、あの広大な神殿前広場が大勢の人で埋まっている。どこにこんなにＮＰＣがいたのか？　そう思うほど、夥《おびただ》しい数の人が（遠い目）。

「そういった事情だったのですね。今の話に、上位聖水という表現が出てきましたが、虹を呼べるのは超級ですか？　それとも、もっと上でしょうか？」

「超級の二等級上です」

「なるほど。我々のクランも超級までは成功しています。ですが、そこまでの光の演出はなかった。やはり上の等級があったのですね。ちなみに、作製に必要なGP量を聞いても？」

「ええ、構いません。神級が一本2500GPで、究極が一本5000GPです」

ここまで協力してもらって、そのくらいの情報をケチるのもね。それに超級まで成功しているなら、そう遠くないうちに、その上の等級も作れるようになるはずだ。

「それは、教えて頂いても作製するのは厳しいですね」

「そうですね。一本作っては祈り、一本作っては祈り。……みたいな感じです」

「それであの見事な虹ができるのですか。非常にファンタジックで、素晴らしいショーだと思いますが、実は地道な作業だったのですね」

「ええ。神殿業務は、地道な作業の連続です」

一足飛びに駆け上がることなんてできない。まさに修行。奇跡を起こすのは大変なのです。

世間《せけん》話もそこそこに切り上げ、クランホームを後にしたその足で、「始まりの街」へ向かう。

霊薬の準備も進めないとね。

霊薬に関する資料と、貴重品らしい三つの瓶入りの素材を持参して、再びウーナ薬店を訪れた。幸い、ウーナさんもミツル君もお店にいて、すぐに相談に乗ってくれることになった。

「ちゃんと修練を積んだ薬師《くすし》なら、霊薬【生命の水《アクア・ヴィテ》】を作るのは、そう難しくはない。ただ、素材がちょっと変わっていてね。それさえ採《と》ってくれれば、ミツルに作らせるよ。もちろん手間賃《てまちん》はもらうけどね」

ちょっと変わっている？　そこに突っ込みを入れたかったが、それは今することじゃない、例の素材を見せてからだ。

「ミツル君、作製をお願いしてもいいですか？」

「はい。【生命の水】は、いずれ作らなければいけない霊薬のひとつなので、喜んで作らせてもらいます」

「よかった。それと実は、大神殿の資料庫から、こういった素材が出てきたのですが」

「おや、よく残っていたね。見せておくれ」

「師匠《ししょう》、それは？」

「以前の使い残しさ。てっきりダメになっているかと思ったけど、これなら十分使えそうだ。どれも採取するのが難しいものばかりだから、お前さんは運がいい。そうなると、手持ちにない素材は、あとひとつだけになるね」

やっぱり、手に入れるのは難しいのか。そのまま使えそうでよかった。でもひとつ足りないらしい。はたして、俺に採ってくることが可能だろうか？

「では、それを教えて頂けますか？」

「足りないのは『ルーメンの雷珠《らいじゅ》』という雷光を閉じ込めた珠《たま》だ。ユグドラシルの最も高い枝に止まっている、雄鶏《おんどり》ヴィゾーブニルの腹の中にある」

えっ？　あの木の上には、鷲《フレースヴェルグ》の化け物がいると聞いている。最も高い枝ということは、さらにその上に雄鶏がいるってことかな？

「ユグドラシルの天辺付近に雄鶏がいるんですか？」

「そう。でも雷珠を手に入れるために、わざわざ木に登る必要はない。登ったら、途中にいる怪物にやられちまうしね。なにもそこまで危険なことをしなくても、手に入れるやり方があるのさ」

「それはどうやって？」

「あの雄鶏は、この世界のどの雄鶏よりも早く朝を告げる。そして他の鶏に先を越されることを非常に恐れているのさ。なにしろ自尊心が高いからね。そこを上手《うま》く突けばいい。雄鶏は寝過ごした、先を越される！　と慌《あわ》てると、しゃっくりをする。その時に珠を吐き出すのさ。小さな珠だけど、ピカピカと明滅しているから、それが目印《めじるし》になる」

「わかりました……なんとかやってみます」

まずは現地に行ってみよう。雄鶏《ヴィゾーブニル》は、いつ頃鳴くのか？　あんな高いところにいて、いわゆる一番鶏《いちばんどり》なわけだから、地上がまだ暗い内に鳴く可能性がある。夜時間帯にユグドラシルに行って、様子を見てみるか。

なんか、あっちへ行ったりこっちへ行ったり。今回のクエストはやけに移動が激しい。まさか支援系神官が、これほど機動力を問われるとは思わなかった。

「こんばんは。ちょっと目障《めざわ》りかもしれないけど、ここにいていいかな？」

一応、ユグドラシルの門番的な存在であるリス「ラタトスク」に挨拶《あいさつ》をしておく。

「ニドメ　ノ　ヒト　３コ　モッテル？」

「ごめん。今日は、泉に用があるわけじゃないから、コルの実は持っていない」

「ケチナ　オトコ　ハ　モテナイ」

「コルの実じゃなくても食べられる？　それなら何かあると思う」

「ヨコセ　イイモノイッパイ　アルジャナイカ」

いいものいっぱい？　確かに、作り置きのお菓子や食材を沢山持っている。まさかこのリス、アイテムボックスの中身がわかるのか？

「甘いお菓子は好きかな？」

「キライ　キライ　モウカオモ　ミタクナイワ」

「ごめん、そんなこと言わないで。じゃあ、こういうのはどう？」

コルの実はどんぐりに似ていた。さすがにどんぐりは持ち合わせていないが、エルフの里で買い込んだ食材の中に、ヒマワリの種《たね》とピスタチオ、殻付きのクルミがあったので、それを何粒か差し出してみる。

「ドウシテモ　ト　イウナラ　モラッテヤル」

ツンデレかっ！　ラタトスクがピョンと飛び跳《は》ねて俺の肩に移り、腕を伝って手首まで下りてきた。そして掌《てのひら》に載《の》せた種と木の実を全《すべ》てかっさらうと、またジャンプして木の上に戻って行く。ねぐらであろう木の洞《うろ》に上半身を突っ込んでいるのは、戦利品をしまっているのかもしれない。

「じゃあ、しばらくここにいさせてね」

「ヒマジン　モノズキ」

ラタトスクは、しばらくブツブツと文句を言うと、ねぐらに戻って行った。

さて。雄鶏を慌てさせる方法については考えがある。もしダメなら、声帯模写《せいたいもしゃ》でも頑張るか。

……変なスキルが湧《わ》いたりして。うーん。鶏の鳴き声の真似《まね》は、やっぱりやめておこう。

カタリナさんは、リアルがとても忙しいのに、熱心にレベル上げをしてくれている。楽譜《がくふ》を手にしたら、歌の練習も始めるそうだ。「無理していませんか？」という俺の問いかけに、「年下の男の子たちが頑張っているのに、お姉さんが不甲斐《ふがい》ないところなんてみせられないでしょ！」だって。

ミツル君は、霊薬の素材の正体がわかった途端《とたん》に青ざめていた。でも、後で来たメールでは「失敗できないから、十分にスキル上げをしてから挑《いど》みますね」と、凄い気合いを入れていた。きっと彼なら、やってくれる気がする。

これまでの経過を振り返り、今後のクエストの進め方を考えていたら、結構な時間が過ぎた。まだ鶏鳴《けいめい》は聞こえていない。夜明けまでは時間があるが、そろそろ頃合いだろう。

　月明かりが照らすユグドラシルの真下で、フル装備にチェンジする。そして、折り重なる梢《こずえ》の影を見上げながら、俺はスキルを発動した。

「光輝《こうき》の回廊　神の庭園　その顕現《けんげん》を　我希《こいねが》う！【浄化】天燦階梯《てんさんかいてい》！」

　ここは森の中だから、少し派手でもいいよね！　GPは気持ち控《ひか》え目の３０００でどうだ！

　雲を割って、まるで落雷《らくらい》のように、一筋の閃光《せんこう》がユグドラシルを直撃した。

〈コ？　コケ？　コ、コケ、コケゴケ、ゴッゴ――ッ！〉

　鶏鳴に続き、上からパラパラと葉を打つような音がした。辺《あた》りが暗闇《くらやみ》に戻ると、地面のあちこちがチカチカと明滅している。……きっとあれだ。

「鶏が吐き出したにしては大きくないか？」

　ビー玉サイズの雷珠が合わせて五個。ウーナさんは二、三個採れるだろうと言っていたけど、それよりも多く拾えた。

「マブシイ！　オキチャッタ　ジャナイカ！」

「ごめん。これで許して」

　迷惑料代わりの木の実と種をラタトスクに押しつけて、俺はユグドラシルを後にした。今日はこれでログアウトだ。さすがに、明け方に薬店を訪ねるわけにはいかないからね。

7　掲示板⑧

【ISAO】質問掲示板【Part154】

1. 名無し

The indomitable spirit of adventure online(ISAO)について
疑問に思ったことを語り合おう。荒らしはスルー
特定プレイヤーへの粘着・誹謗中傷禁止。マナー厳守
次スレは**>>950**

前スレ【ISAO】質問掲示板【Part153】http://**************

223.名無し

ユーキダシュで白い騎士服を着た一団を見かけました
盾やマントに大きく銀色の十字架が描かれていましたが
なんというクランか分かりますか?

224.名無し

銀十字の白騎士服なら「東方騎士団」じゃね?

225.名無し

きっとそう
東方はユーキダシュにクランホームを構えたって聞いた

226.名無し

さすが大手!
金持ちだな

227.名無し

>>224
そこは女性でも入団できますか?

228.名無し

女性もいるよ
でもあそこはいろんな意味で大変かなぁ

229.名無し

どう大変なのでしょうか?

230.名無し

>>229
まず職種がほぼ限定される
クランメンバーは基本的に神官（修道女）か騎士の派生職ばかり

231.名無し

魔術職はいないのでしょうか?

232.名無し

魔術職もいるが、それも神官（修道女）から派生した系統だな
いわゆる賢者ルートってやつ

233.名無し

賢者って神官職から派生するんですか?

234.名無し

>>233
今わかっているのはそう
別ルートも探されているが、まだ見つかっていない

235.名無し

魔術職は特化ビルドが多いから
どうしても混合系ジョブのルートは見つかりにくいんだよね

236.名無し

割り込みごめんなさい
神官や騎士ばかりのクランがあると初めて知りました
神官職は固定パーティを組まないとフィールドに出られないと聞いています
組めなかった場合は
そういったクランに入れてもらえばいいのでしょうか？

237.名無し

>>236
誰に聞いたのそれ？

238.名無し

>>237
一緒にISAOを始めた友達です
以前パーティを組んでいました

239.名無し

今は？

240.名無し

その友達は面白くないと言ってISAOをやめちゃいました
PVと全然違う!　騙されたって

241.名無し

あーなんか予想つく
バジリスクとかの広報PVを見たんだろ?
そしてロクに調べもしないでAGI特化のビルドを組んだ

241.名無し

そうです!　なぜ分かったのですか?

242.名無し

あのPVを見て勘違いした新規プレイヤーは結構多いから

243.名無し

勘違いとは?

244.名無し

勘違い=ゲーム脳的な思い込み
あのPVの槍士はリアルスキルがメチャ高い
リアルスキルがない奴が同じビルドを組んでも無駄
絶対にああいう動きはできない

245.名無し

ISAOはリアル重視だからな
ゲームだから身体能力の補正はもちろんあるが
スキルが自動でアクロバットプレイをしてくれる訳じゃない

246.名無し

俺tueee系ばかりプレイしていた奴はそこに引っかかりやすい
オートプレイに頼り切ってきた弊害がもろに出るんだ

247.名無し

自分もPVを見て支援系の神官職になりました
あんな風にレイドで活躍するにはどうしたらいいですか?

248.名無し

>>247
ずっと神殿にいればいいんじゃね?　あの人そうみたいよ

249.名無し

ジルトレに住んでいるらしいから行って聞いてみれば?
あの町は初心者でも頑張れば一人で行ける

250.名無し

まだジルトレにいるのですか?
てっきりもっと先に進んでいるのかと思っていました

251.名無し

先には進んでいる
防衛イベントの間は王都にずっといたよな

252.名無し

ホームがジルトレなんだよ
あそこの大神殿長をしていると聞いた

253.名無し

大神殿長 w
神殿の人＝NPC疑惑

254.名無し

>>253
あったなそれ
大規模イベントの度に話題に出る

255.名無し

情報クランが否定して直ぐ鎮火するけどな

256.名無し

見た目があまりにもNPC過ぎるのだが
本当にプレイヤーなの?

257.名無し

話したことあるけど間違いなくプレイヤー
実物は案外普通だったぞ

258.名無し

俺も会ったことある
言葉使いがやたら丁寧なところはNPCっぽいかも

259.名無し

一時だけど運営サイドって噂もあったよな

260.名無し

>>259
そりゃあプレイヤーが攻略に詰まった時に現れるお助けマンだから

261.名無し

>>260
ニーズヘッグでもやってくれたしな

262.名無し

ニーズヘッグ戦は見ていて滾ったな
なぜあの現場にいなかったんだって

263.名無し

>>262
さてはお前も脳筋か?
俺もあれを見て滾ったよ

264.名無し

あいつらが羨ましかった
エゲツないニーズヘッグの攻撃を神殿の人が完全ブロック
その間はボコリ放題
寄ってたかってニーズヘッグに群がって
凄く楽しそうだった

265.名無し

ニーズヘッグでS/Jスキル選択券をもらえるのが分かって
取りに行く連中が増えていると聞いた

266.名無し

初回より易しくなったという噂は本当?

267.名無し

>>266
本当らしい
おそらく四本目の波状攻撃が下方修正されている
メンバーを揃えてアイテムをケチらずに大量投入すれば
なんとか倒せるレベルになったそうだ

268.名無し

俺も行こうかな
めっちゃスキル券欲しいから

269.名無し

>>265
今、エルフの里は大混雑
レイドメンバーの募集も多いが選ばないと痛い思いをするぞ

270.名無し

>>269
地雷がいるの？

271.名無し

場所柄寄生エルフが入ってくる
エルフはビルドが変な奴が多いから戦力としては微妙

272.名無し

分かった気をつける

273.名無し

エルフは鑑賞用だな
弓以外で武装していたらほぼ地雷

274.名無し

>>273
吟遊詩人は結構使えるぞ

275.名無し

ミンストレルと妖精姫は別枠だろ
それ以外は聞いたことない

276.名無し

エルフの魔術職がダメダメなのが意外だよな

277.名無し

>>276
そうでもない
風に特化すればそれなりに強い
適性を何も考えずに火魔術を取った連中は全く使えないが

278.名無し

一番火力がある火魔術と相性悪いとか草

279.名無し

まともなビルドにすれば人族にしかならないISAOで
変なスキルを取って無理矢理エルフになった代償だもの

280.名無し

レア種族でもドワーフや魚人は優秀なのに
エルフと獣人は微妙過ぎじゃね？

281.名無し

ドワーフや魚人は能力特化だからな
それに比べてエルフや獣人は見た目特化
外見を整えるだけのスキルにP枠を一枠消費するから
どうしても弱くなりがち

282.名無し

獣人は金属製武器を持つと弱体化するのが致命的だよ
体術特化とか誰得なのか

283.名無し

体術はそれだけでやっていくのはリアルスキルがないと無理

284.名無し

レア種族が必ずしも強くないのがISAOクオリティ

285.名無し

ビルドに厳しいゲームだから仕方ない
そういう俺は魚人ライフ満喫

286.名無し

ゲーマーに人気の種族が微妙な割に
第四陣でまんまとライトユーザーを取り込んだよな

287.名無し

ケモ耳娘の情報が広がって獣人プレイヤーがかなり増えた
見に行ったら確かにめっちゃ可愛いわ
でも悔しいことにケモ耳男もイケメンだった

288.名無し

レジャー系のアトラクションが一気に増えたから
ライトユーザーはそれが目的じゃないの?
歓楽街に行った奴いる?

289.名無し

>>288
行ってきたというか今現在滞在中
巨大カジノが目玉かな
あとは年齢制限ありの夜の街系がお勧め

290.名無し

夜の街には何があるの?

291.名無し

18禁区画はキャバクラみたいな酒場に、エロ目のショーハウスやダンスホール
それ以外は全年齢対象で
ダーツバー　ビリヤードバー　猫耳メイドカフェ　犬耳ギャルソンカフェ
全日開催のアトラクションとサーキットはこれから行ってみる

292.名無し

>>291
凄く遊べそうじゃん
おれも時間作って連泊しようかな

293.名無し

でもお高いんでしょ?

294.名無し

どうだろう?
リアルマネーが減るわけじゃないから
多少高くても気にならない

295.名無し

ゲームでキャバクラかぁ
時代は変わったね

【目撃】プレイヤーは見た!【Part237】

1.名無し

The indomitable spirit of adventure online(ISAO)の
目撃情報交換の場です
エリアが拡大してISAO各地で様々な現象が生じています
目撃したものの意味が分からない――そんなのも大歓迎
見たものをどんどん書き込みましょう
荒らしはスルー。特定プレイヤーへの粘着・誹謗中傷禁止。
マナー厳守
次スレは**>>950**

前スレ【目撃】プレイヤーは見た!【Part236】http://****************

23.名無し

またお空に虹の架け橋だってよ

24.名無し

また?　あんな異常気象が何回も?

25.名無し

ジルトレの次はユーキダシュの空が虹まみれだそうだ
上空で何が起こっている?

26.名無し

そういえば王都でも変な発光現象があったぞ
色は白かったけど虹みたいな円弧を描いていた

27.名無し

発光現象?　やっぱり空が光るの?

28.名無し

王都は海の近くの市街地が光っていた
あれどこの施設?

29.名無し

>>28
ミトラス大神殿の模様

30.名無し

おおかた神殿の人が転職クエストでもしてたんじゃないの?

31.名無し

>>30　ありそう
でもお空の虹はさすがに違うよね?

32.名無し

神殿の人と言えばさ
始まりの街で逢引きしているところを見ちゃった

33.名無し

は?
引きこもりロールプレイヤーじゃなかったのか
リア充なの?
で、誰と?

34.名無し

それがさぁ
相手が超美少女の有名人

35.名無し

>>34
もったいぶらずに早く言えよ!

36.名無し

なんと東方騎士団の元聖女

37.名無し

リア充爆ぜろ――っ!

38.名無し

爆ぜなくても親衛隊にボコられそう

39.名無し

しかし待て
お前らあの神殿の人を殴れるか?

40.名無し

>>39
NPC 好感度が惜しいから無理

41.名無し

逢引きってキャッキャウフフのデート?

42.名無し

>>33
思ったほど引きこもってなくない?
最近ユーキダシュの大図書館で見かけたぞ

43.名無し

俺も少し前だが王都で見かけた
めっちゃNPCに祈られていたから本人だと思う

44.名無し

>>41
デートかと思ったら二人で修道院に入って行ったよ

45.名無し

それって仕事じゃね?

46.名無し

あんな美少女と仲良くなれるなら仕事でもいい

47.名無し

そして白服の怖いお兄さんたちにボッコボコにされる

48.名無し

それはイヤ——ッ!

49.名無し

いくら美少女でもちょっとあれは手が出せないよな

50.名無し

NPC好感度という盾があるとしても
神殿の人はある意味勇者かもしれん

8　魂の回復

さていよいよ複合解呪《かいじゅ》を始める時が来た。万全《ばんぜん》……は言い過ぎかもしれないが、できる限りの準備をしてきた。過去の資料にも目を通し、段取りはイメトレ済みだ。

そして、今現在のクエスト画面は、こんな感じになっている。

◆ISAOシナリオクエスト「茨《いばら》の棺《ひつぎ》」進行状況：未達成
クエストリーダー：[ユーザー名] ユキムラ（神官系上級職）
クエストメンバー：[ユーザー名] ミツル（薬師《くすし》系上級職）
クエストメンバー：[ユーザー名] カタリナ（神官系上級職）
協力NPC：[NPC名] マーシェル・マルソー [NPC名] アレクセイ・ダヴェーリエ [NPC名] アウロラ・アルシダ・モーリア [NPC名] ウーナ・アウレア・リーブラ
協力プレイヤー：[ユーザー名] アーク [ユーザー名] ユリア [ユーザー名] グレン [ユーザー名] カイト
※協力者の上限人数　NPCを含め8人（※一定の基準を満たすと自動判定されます）
これまで獲得した特殊アイテム：【紋章《もんしょう》の指輪 [モーリア王国]】【聖鳥イビスの風切羽《かざきりばね》】【破邪《はじゃ》の聖刻《せいこく》】【極虹《きょくこう》の真珠《しんじゅ》】【とっておきの場所 [大図書館四階] の解放キー】

使用可能なその他のアイテム：【安寧《あんねい》の竪琴《たてごと》】【シャムシール・エ・ゾモロドネガル】【生命の水】

俺が首座大司教、ミツル君が薬範士［創薬《そうやく》］で、カタリナさんが慈愛《じあい》の歌い手と、クエストメンバー全員が上級職になった。

複合解呪に立ち会うのは、クエストメンバーに加えて、NPCのマルソー大神殿長とダヴェーリエ司教、そしてアウロラ王女の三人だ。王女のお付きの人たちは別室待機で、ウーナさんには当日は行かないと断られている。

残念なことに、プレイヤーのクエスト協力者には、王城への入場許可が下りなかった。東方騎士団のクランメンバーには、今回かなりお世話になったのに、そこは本当に申し訳ない。

グレンさん、ユリアさん、そしてカイト君という騎士職の少年が中心となって、何回も常闇《とこやみ》ダンジョンに潜ってくれたと聞いている。また、協力者に名を連ねたからには、何か手伝うというアークも、東方騎士団と一緒にカタリナさんのレベル上げに参加してくれた。そのおかげで、カタリナさんのログインが不定期なのにも拘《かか》わらず、レベル上げが達成できたのだと思う。

王都は初めてだというミツル君とカタリナさんと一緒に、三人で通常の航路を使用して王都にやってきた。ミトラス大神殿でマルソー大神殿長と合流。正面から王城に入場し、ダヴェーリエ司教が待つ堰杙《いぐい》の塔の最上階へ。解呪に際して邪魔が入らないように、塔の周囲を神殿騎士が取り囲んでいる。

「解呪の開始宣言後に、【安寧の竪琴】の演奏を始めます。カタリナさんは、その演奏に合わせて歌い始めて下さい。続いて、俺がスキルを掛け始めます。祈りとスキルを交互に使っていきますが、効果が十分に出るまでには時間がかかるはずです。ミツル君が霊薬を投与するタイミングは、状況を『視《み》て』俺が合図をします」

俺の役目は、解呪開始の宣言の後、解呪のための祈りを捧《ささ》げながら、その合間に、ひたすら【浄化】［祝聖《しゅくせい》］を王太子の魂《たましい》に付与《ふよ》することだ。

悪魔祓いの資料には、こう書いてあった。

・被術者の魂に聖なる属性を与え続けなさい。それが、魂自《みずか》らが樹呪《じゅじゅ》の根を排除《はいじょ》する力となる。力を手に入れた魂が粘《ねば》り強く抵抗を続ければ、樹呪を根絶することができる。

また、他の二人の役割については次の通りだ。

・【安寧の竪琴】の演奏と解呪歌「カントゥス・カエレスティス・ラエティティア」の歌唱。この二つの相乗効果は、魂を縛《しば》る黒い鎖《くさり》が、この世に存在するのを難しくさせる。

・霊薬には、自由になった魂を身体《からだ》に呼び戻し、傷ついた魂の回復を促《うなが》す効果がある。

かつての複合解呪のときは、悪魔祓いを終えるまでに、かなり長い時間を費《つい》やしたらしい。

俺とカタリナさんのGPがもつか心配だったので、ダヴェーリエ司教から、可能な限りの【破邪の聖刻】を借りて、予《あらかじ》めGPのストック作業をしておいた。

「皆様。弟を、シャビエルを、どうか救って下さい」

「ミツル殿、カタリナ殿、我々二人が預かっていた【極虹の真珠】を、あなた方に託《たく》します。

我々は、万一に備えてこの部屋に待機していますので、解呪の儀式に集中して臨んで下さい」

おそらくシナリオの一部であろう真珠の受け渡しと、NPC協力者たちのセリフが終わり、各自自分の立ち位置に移動した。

「では、始めます」

〈天上におわす光の神々よ　宿魔《しゆくま》に立ち向かう我らに　闇《やみ》に打ち勝つ力を与え給《たま》え〉

〈忌《い》まわしき縛鎖《ばくさ》の茨を　全力をもって打ち砕《くだ》き　囚《とら》われし魂の解放と回復を成し遂《と》げることを　今ここに誓《ちか》う〉

〈この宣誓《せんせい》をもって解呪開始の宣言とする〉

マルソー大神殿長に預けた【安寧の竪琴】が、ヒーリング音楽に似た緩《ゆる》やかな旋律《せんりつ》を奏《かな》で始め、カタリナさんの澄《す》んだ歌声が、寄り添うように重なっていく。じゃあ俺も行くか。

【JS万眼鏡Ⅱ】

早くもレベルがひとつ上がった万眼鏡スキルにより、虚空《こくう》に存在する魂と、四方に広がる黒い鎖が見えてきた。鎖の端の床には、以前よりも明らかに大きくなった怪物が蹲《うずくま》っている。

「生きとし生ける　すべての者に　至聖《しせい》なるかな　清めの光【浄化】［祝聖］！」

スキルを掛けた瞬間、鎖で雁字搦《がんじがら》めになっている魂がぼんやりと光り、わずかに震えた。俺も頑張るから頑張れよ！　じゃあ続けよう。

幾度《いくど》もスキルを繰り返し、祈り、時にGPを補充し、どれくらい時間が経《た》っただろう？

ピンと張っていた鎖は、既《すで》に見る影もなくボロボロになっていた。魂に絡《から》まった鎖も、崩《くず》れ

落ち、腐食するように砕けていった。四隅《よすみ》にいた怪物たちは、徐々《じょじょ》に影が薄くなり、開始時より縮《ちぢ》んで小さくなっている。

もうひと踏ん張りかな？　先行きが見えてきて気が少し緩んだ時、それは現れた。

異様な光景だった。目だ……天井に張り付く巨大な目。石造《いしづく》りの部屋の天井が突如《とつじょ》、紡錘《ぼうすい》状に割け、探るような視線が俺たちに向けられている。

その目の虹彩色《こうさいしょく》は、透明感のある深い赤だ。虹彩紋理《もんり》がわかるほどに鮮明で、瞳孔《どうこう》は黒でなく金色に染まっている。それとは対照的に、周囲の白目の部分は血管の一筋もなく、雪花石膏《アラバスター》のように滑らかで真っ白だった。

「ユキムラ大司教！　何か見えるのかね？」

マルソー大神殿長の声に、ハッと我に返る。

「上から、大きな目が我々を観察しています」

「なんですと！　おそらくそれが術者に違いない。自分が施《ほどこ》した術が解けそうになっていることに気づいたのだろう」

どうやら他の人には、この怪奇現象は見えていないようだった。【JS万眼鏡】を発動している俺だけが見えている。ということは、この目の主は「この世のものでない存在」なのか？

「どうすればいいですか？」

「術者はおそらく魔に属するものです。狭間《はざま》の世界から、こちらを透視しているのでしょう。ダヴェーリエ司教！　彼に退魔《たいま》の剣を！」

ここで、あれを使うのか。

ダヴェーリエ司教が俺に手渡してきたのは、エメラルドを散りばめた細身の宝剣だ。そう、魔除《まよ》けの効果があり、悪魔特効を有する神器【シャムシール・エ・ゾモロドネガル】。

この宝剣は、元々は俺個人のシークレットクエスト用に貸し出しをお願いしたものだ。だがなぜか、シナリオクエストの「使用可能なその他のアイテム」欄《らん》に登録されていた。そして今回の複合解呪が、悪魔祓いの一種であると判明したため、念のためこの場に持ってきていた。

「貴殿は剣を扱えるかね？」

「おそらく何とかなると思います」

真剣は初めてだけど！

「その剣に神力を込めて、異形《いぎょう》に向かって斬撃《ざんげき》を放つのです」

斬撃を放つ？　とりあえず、言われた通りにやってみるか。

宝剣を鞘《さや》から抜くと、白銀に輝く美しい刀身《とうしん》が現れた。GPを注ぐにつれて、刀身が清冽《せいれつ》な白光を纏《まと》っていく。

「今です！」

天井に向かって剣を振り抜くと、巨大な目に縦《たて》に亀裂《きれつ》が入り、咆哮《ほうこう》のような叫び声をあげて目は掻《か》き消えた。同時に、激しい振動が部屋を襲《おそ》う。

「きゃっ！　じ、地震？」

「こんなに揺れて大丈夫か？」

かなり大きな揺れだ。ここで塔が崩れて、みんな瓦礫《がれき》の下敷き――なんてことになったら洒落《しゃれ》にならない。でもさすがに、そこまで鬼畜仕様《きちくしよう》ではなかったようで、揺れは次第《しだい》に小さくなり、何事もなかったかのように収まった。

「術者は去ったようです。邪魔が入りましたが、解呪を再開しましょう」

ここまで来たからには、解呪はやり遂《と》げたい。再び演奏と歌、そして祈りと【浄化】［祝聖］を始めると、鎖が完全に消えた。それと同時に、部屋の四隅にいた四体の怪物が、ガラスのようにパリィンと砕け散った。

「ミツル君！　殿下に霊薬を！」

「は、はい！」

王太子殿下のわずかに開いた口の中に、ミツル君が調合に成功した【生命の水《アクア・ヴィテ》】を含ませる。意外なことに【生命の水】は液体ではなくて、ビー玉サイズの透明な珠《たま》だった。

霊薬を投与すると、フワフワと宙に浮いた魂の光が増していき、深く食い込む根に抗《あらが》っているのか、力強く拍動《はくどう》を始めた。

常時発動中の【ＪＳ万眼鏡】で、その経過を観察しながら解呪を続けていく。そしてついに、拍動を止めた魂が徐々に下に降りてきて、身体の中に入っていった。

「シャビエル殿下の魂が身体に戻ったようです」

ここまでくれば、あとは魂の回復を待つだけだ。途中どうなることかと思ったが、たぶんこれで大丈夫。だって、こんな表示が出ているから。

〈万眼鑑定［傷ついた魂魄《こんぱく》］状態：呪詛《じゅそ》から解放され、傷を修復中の状態。霊薬の効果により順調に回復している〉

§　§　§

「この度は、私のためにご尽力下さり、ありがとうございました」

シャビエル殿下が目を覚ましたという連絡が入った。カタリナさんの都合が合う日に、三人で王城を訪ねると、可憐《かれん》な王子様が俺たちを出迎えてくれた。まだ痩《や》せてはいるが、すっかり顔色は良くなっている。その傍《そば》には、姉であるアウロラ王女様が、晴れやかな笑顔で寄り添っていた。うん、微笑《ほほえ》ましくていいね。

その後の国王陛下《へいか》との謁見《えっけん》では、堅苦しい挨拶《あいさつ》の後に「大儀《たいぎ》であった」的な労《ねぎら》いの言葉があり、続いての厳《おごそ》かな授与式で、こんなアイテムをもらった。
・ＳＳＲ【クラヴィス・マグナ勲章】
七項目のステータスのうち最も高いもの＋30　ＬＵＫ＋50
モーリア王国に多大な貢献《こうけん》をした者に贈られる大勲章。
【極虹の真珠】に続き、またＳＳＲアイテムだ！　それもＬＵＫ上昇効果がかなり大きい。ＬＵＫは数値を上げづらいから、これは嬉《うれ》しい。内心ちょっとウキウキしながら、授与式が終わるのを待っていたら、メンバー全員への授与が終わった時、ＮＰＣがその動きを止めた。

「えっ？　なんでフリーズしているの？」

「やだ。まだ何かあるのかしら？」

　ミツル君とカタリナさんは、初めての体験に驚いている。でもこれはアレだ。ほら、ＢＧＭが聞こえてきた。目の前にスクリーンが浮かび、重々しいナレーションと共に、複合解呪の光景が、次々と切り替わりながら流れ始める。このまま公式ＰＶに使えそうなクオリティだ。

《モーリア王国の王家を襲った凶事は去った。囚われの身を脱した王太子シャビエル、喜びの涙を流す王女アウロラ。忌《い》まわしき茨は姿を消し、王家の人々は安寧を得て笑顔を取り戻した。功労者たちの胸で、王国の誉《ほま》れとされる【クラヴィス・マグナ勲章】が輝きを放つ。勇気ある彼らに、王家の感謝と幸運が訪れた》

《ただ今を持ちまして、ＩＳＡＯシナリオクエスト「茨の棺」を終了致します。達成状況につきましては、クエスト画面をご参照下さい》

「あっ、これで終わりなんだ」

「こんな演出があるのね。びっくりしちゃったわ」

　クエスト画面を見たら「達成」になっていた。でもひとつ気がかりが残っている。解呪には成功したが、肝心《かんじん》の術者については不明なままだ。「この世のものでない存在」「狭間の世界」「魔に属するもの」と、なにやら不穏《ふおん》なキーワードも出ているから、これだけで終わらない気がする。

　そうなると、あの時使った【シャムシール・エ・ゾモロドネガル】――退魔の力を有する宝剣はどうなってしまうのか？　それを心配していたが、マルソー大神殿長の口添えもあり、今回のご褒美《ほうび》として、ひとまず貸してもらえることになった。

謁見の間《ま》から控室《ひかえしつ》に戻り、王城にそのまま残るダヴェーリエ司教とは、ここで別れを告げることになった。

「私にはわかります。ユキムラ大司教、あなたはいずれ教国に向かうことになる」

「教国は、どこにあるのですか？」

「南です。今は道が塞《ふさ》がっていて、行き来することはできませんが、その時が来たら、きっとこれが役に立つでしょう」

ダヴェーリエ司教が、一枚の金色のカードを俺の目の前にかざした。刻印《こくいん》があるが、以前もらった【破邪の聖刻】とは異なる模様だ。

「これも【破邪の聖刻】の一種ですか？」

「いえ。これには神力を溜《た》める機能はありません。もし、あなたが教国――『神聖カティミア教国』へ行くことになったら、ダヴェーリエという家名の人物を探してみて下さい。その者にこれを見せれば、きっと力になってくれます」

よくわからないけど、ずっと先のシナリオに関係してくるのかも。ここはありがたくもらっておこう。

「ありがとうございます。大事にします」

《特殊アイテム【ダヴェーリエ家の紋章】を入手しました》

いずれまとまった時間が取れたら、【破邪の聖刻】の作り方を教えてほしい。そうお願いして、遠くない日の再会を約束した。

「じゃあ、あとは帰るだけね」

「……緊張しました。改めて見ると、凄《すご》い勲章ですねこれ」

ミツル君が、自分の胸にぶら下がる大勲章を手に取り、感慨《かんがい》深げに眺《なが》めている。

「見た目にも豪華《ごうか》だよね。クリア報酬《ほうしゅう》がアクセサリなのは嬉しいけど、もう少し小さいとよかったな」

【クラヴィス・マグナ勲章】は、四つの白いV字型紋章を十字に組み合わせ、その中央には大きな紅玉《こうぎょく》が輝き、周囲には緑の葉と白い小花が、花冠《リース》のように取り巻いているという、かなり目立つデザインだった。ただでさえジャラジャラとアクセサリだらけのフル装備が、さらに派手《はで》になること間違いなしだ。

帰りはミトラス大神殿まで送迎の馬車が出るというので、呼ばれるのを待っていると、数名の神官姿のNPCが控室に入ってきた。

彼らは入口付近で一旦《いったん》立ち止まり、俺の顔を見ると一直線に進んでくる。その先頭にいるのは、以前、俺を馬の骨呼ばわりした偉そうな神官だ。

「ユキムラ大司教。この度の貴殿の働きは、誠に見事であった。そなたは平民とはいえ、市政にいるには惜《お》しい人材だ。我々は貴殿を歓迎する。席を空《あ》けておくので、いつでも宮廷神殿に来たまえ」

えっ？　てっきり嫌みのひとつでも言われるのかと思ったら、引き抜き？　あるいはヘッドハンティングなわけ？　もちろん誘いに乗る気はないけど、この場合、どうやって断ればいいのかな？

「これは異なことを仰る《おつしや》。あれほど無礼な態度をとっておきながら、功績を上げたら掌返し《てのひらがえし》とは。それも貴殿らの尻《しり》ぬぐいをしてくれた相手に対して。まずは礼を言うのが先でしょう。そもそもユキムラ大司教は、宮廷神殿に収まる人物ではありません。真摯《しんし》に教義に向き合い、たゆまぬ修行の末に、これほどまでの神力を有するに至《いた》ったのですから」

俺が返事をする前に、マルソー大神殿長が相手に嚙《か》みついた。

「宮廷を愚弄《ぐろう》されるおつもりか！　この度のような凶事が再び起こらぬとは限らない。我々には万全の守りを手配する責務がある。才能ある神官を、ミトラス大神殿が独占するのはおかしいではないか！」

あっ……なんか、ここでまた宮廷神殿VSミトラス大神殿の構図？　それも俺を巻き込む形で。そういう権力闘争とか関《かか》わり合いたくないのに。もうちょっとシナリオがなんとかならないかな？　ねえ、運営さん。

そして日を改めて。クエストに協力してくれたプレイヤーで、打ち上げをすることになった。費用はお礼を兼《か》ねて俺が出すつもり。「始まりの街」に人気の食堂があると聞いて、そこを一軒丸々貸し切りだ！

「みなさん。この度はご協力ありがとうございました。おかげさまで、クエストを無事クリアすることができました」

「私の無茶なレベル上げに、根気よく付き合って下さった皆様には、感謝の念に堪《た》えません。これまで一人で気ままにやってきましたが、今回ご一緒できて、とても楽しかったです」

「ぼ、僕がここで挨拶するのは、なんだか場違いな気もしますが……でも、僕が今までやってきたことが、他の人の役に立てたと思うと、凄く嬉しいです。また機会があったら、よろしくお願いします」

クエストメンバーの三人が冒頭で挨拶して、後は無礼講だ。賑《にぎ》やかな歓談の輪《わ》があちこちででき上がる。ここは思いっきり盛り上がってほしいね。

クエストリーダーとして、東方騎士団のメンバー一人一人に、律儀《りちぎ》に挨拶をして回っているユキムラ。その一方で、同業者同士で話し合う男二人の姿があった。アークとミツルである。

「系統は違うけど同じ薬師同士だから、今度情報交換しない？」

「僕でよければ、喜んで！」

「ミツルは固いなぁ。俺とタメなんだから、もっと砕けた口調でいいよ」

「そう……ですけど、こういった雰囲気《ふんいき》には慣れていなくて」

「ふぅん。で、どっちが気になるの？　ユリア嬢？　それともカタリナ嬢？」

会が始まってからのミツルの様子を見ていたアークが、親しくなるならこの手の話題でしょうと、早くも突っ込みを入れた。

「えっ？　いえ、あの……お二人とも綺麗《きれい》……ですよね。それも凄く。……だから、近くにいると落ち着かなくて。でもつい目が引き寄せられて。こんなの失礼ですよね？」

「ジロジロ見なければ平気じゃない？　ミツルは面食《めんく》いなんだ？」

「いえ、そういうわけでも……いや、そうなのかな？　でも、あんなに綺麗な人の傍にいたら、その気がなくてもドキドキしませんか？」

「俺は案外平気。あの二人とは、ほとんど接点がないせいかな？」

「ユキムラさんは、よく平気ですよね。彼女たちと自然に話せるのが羨《うらや》ましいです」

素直に感心するミツルに、アークが余計な情報を漏《も》らす。

「ユキムラ？　あいつは属性がはっきりしているからね。だから、相手によっては、結構初々《ういうい》しい反応をみせるよ」

「属性ってなんですか？」

「ユキムラの場合は年上属性。いわゆるお姉さん好きってやつ」

親しいだけに容赦《ようしゃ》がない。こうして、ユキムラの新しい知人に、彼の属性がまことしやかに伝わっていく。

「でも、カタリナさん相手でも、ユキムラさんは平然としていましたよ」

「そりゃあユキムラには、年上以外にもうひとつ属性があるからね。二重属性なんだよ」

「それっていったい……」

「でかい声はマズいから、ちょっと耳を貸してみな」

ミツルの耳に、ひそひそとユキムラのふたつ目の属性が吹き込まれた。

「えっ、えっ、きょ、きょぬ……！　じゃあ……」

「声が大きいって！　それにカタリナ嬢を見ちゃダメだってば。女はこういった話題には地獄耳なんだから！　やべっ、こっち向いた」

「あっ、来ちゃうかも。ど、どうすれば……」

「いいか。無事にここを出たければ、首から下は決して見ちゃダメだ！」

「は、はい！　気をつけます！」

ん？　今「きょ？」って声が聞こえた気がしたけど、気のせいかな？

おっ！　あそこで、アークとミツル君が男同士でじゃれている。あの二人は、年齢もゲーム内の職業も同じだし、話が合ったのかもね。随分《ずいぶん》と仲良くなったみたいだ。

あれ？　カタリナさんが二人と合流したと思ったら、ミツル君がやけに動揺している。どうしたんだろう？　そして、アークがいつになく愛想《あいそ》がいい。もしかして、カタリナさんみたいな女性がタイプなのかな？

カタリナさんは、リアルがとても忙しいのに協力してくれて、これには本当に感謝だ。東方騎士団の皆さんにも大感謝！　クエストは大変だったけど、こんな会を開けたし、いい人たちと巡《めぐ》り会えて本当によかった。

9　ガルダの試練

シナリオクエストが終わった後、王都からユーキダシュに移動した。そこで用意されていたのは、ハウエル大神殿長に予告されていた通り、Ｊスキルのレベル上げだった。

「聖典模写《もしゃ》は教義理解に至《いた》る基本中の基本です。本文はもとより、注釈や解説、巻末に掲載されている古代語にも大切な意味があります。今回は、その辺《あた》りを重点的に写していきましょう」

俺専用になっている学舎の図書室で、ひたすら読んで書き写す。試しに【Ｊ万眼鏡】を使ってみたら、俺に加護をくれた図書妖精を見ることができた。

〈万眼鑑定〔図書妖精〕状態：加護を与えた人物の習熟を見守っている〉

でもどう見ても、大図書館で隠し部屋を教えてくれた子と同じ姿に見える。定位置はやはり俺の肩らしくて、行儀よく座っているしね。

地道に頑張って【Ｊ聖典模写】をレベルⅧまで上げたら、その次は、他に比べてスキルレベルが低めだった【Ｊ説法】【Ｊ儀礼作法（聖職者）】【Ｊ礼節（聖職者）】に集中的に取り組まされた。結局、これらのレベルを全《すべ》てⅧまで上げるまで特訓は続いた。

「素晴らしいです。聖職者としての徳が増し、教義理解も上の段階に到達されました。今後も満遍《まんべん》なく修練に取り組むことで、次の位階への準備が整うでしょう」

これまでの行動の積算と、今回のスキルレベルの上昇を反映して、【Ｊ天与賜物《てんよしぶつ》】がレベル

【Ｊ☆神聖奥義《おうぎ》理解】がついにレベルＭＡＸになり、【Ｊ教義理解】がⅧまで上昇した。そして
という上位スキルが現れた。

やっと合格点をもらえて、修練から解放されると同時に、ようやく、アラウゴア大神殿から【ヒュギエイアの杯《さかずき》】の貸し出し許可が下りた。

一時はどうなることかと思った。でも結果を見れば上々？　は言い過ぎかもしれないけど、かなり頑張ったと思う。

二つのクエストが重なったせいで、かなりの時間を取られた。でも得たものも多いから、決して無駄ではなかったと言える。

なにしろ、シナリオクエストでは珍《めずら》しいアイテムや新しいスキルが手に入ったし、その過程で【シャムシール・エ・ゾモロドネガル】を、すんなり借り受けることができたから。

残るアイテムはあとひとつだ。特に急《せ》かされているわけではないが、ふたつの神器《じんぎ》をいつまでも借りているわけにもいかない。だから手始めとして、目的のアイテムについて情報を集めてみた。「＊＊のレシピ」で、集めなければいけない最後のアイテムはこれだ。

– 金翅鳥《きんしちょう》の羽根［自然脱落］／使用量：１枚
– ガルタマヤ岳に棲《す》む「神鳥ガルダ」の赤く輝く美しい翼
– 抜け落ちた羽根はガルダの巣の周りに落ちている。

ガルタマヤ岳ってどこ？　神鳥ガルダ？　まずこう思った。どちらも初耳で、地名が書いてあるものの、その場所がわからない。

困った時の攻略掲示板。少しでもヒントがないかと試しに検索してみたところ、幸いにしてガルダに関する情報がヒットした。

それによると、次の目的地は、新しく解放された王都より西のエリアにある「最西の街アドーリア」。その周辺の山岳地帯に、ガルダの巣があるとわかった。

でも、ここらでちょっと一休み。

シークレットクエストに戻る前に、クリエイトのみんなと、飲み会を兼《か》ねて遊びの日程の相談だ。俺とアーク以外は社会人なので、全員の予定をいきなり合わせるのは案外難しい。だから先にスケジュールを押さえておこうというわけ。

「じゃあ歓楽街《かんらくがい》に行くのは、そこで決まりだな」

「悪い。だいぶ先になっちゃうな。最近リアルが忙しくてさ」

「そこはお互い様だから、気にしなくていいよ。早めに行きたければ、個別に体験してきても構わないわけだしね」

「あと残っているのは、温泉と『竜の谷』か。まっ、この二カ所は急ぐ必要はないな」

「今はまだ混《こ》んでいるだろうから、団体で行くなら空《す》いてからかな」

そうだ、あの件を言っておかなきゃ。みんなに先んじて、西に行く必要ができたって。

「えっと、シークレットクエストの関係で、今度『アドーリアの街』に行ってきます」

「そうなの？　じゃあ、ついでにリサーチしてきてよ。噂《うわさ》じゃ、あそこには『竜の谷』以外に、山岳系のレジャー施設もあるらしいよ」

へぇ。そうなんだ？　でも山岳系のレジャーって何かな？

「それって山登りとか？」

「いや、アスレチックか。それはオジサンにはきついな」

「アスレチックか。アスレチック系だって」

「またまた。こういう時だけオッサンぶって」

「だってよ。激流下りがアレだぞ？　まともなアスレチックとは限らないじゃないか」

「だからリサーチだよ。ユキムラなら、激しい運動でも楽勝でしょ？」

「でも一人でアスレチックなんて、絵的に微妙じゃないか？」

確かに。ボッチでアスレチックをしていたら、まるで友達がいないみたいじゃないか。……でもまぁ、他人の目を気にしなければ、楽しめそうではある。

「なら、二人で行ってくれれば？　ね、キョウカちゃん。アスレチック好きでしょ？」

「えっ！　わたし？」

「そう。高い場所で二人っきり。いいねぇ。まさにドキドキするシチュエーションだ」

ドキドキの種類がちょっと違うような。

「そりゃいい。思いっきり胸が高鳴りそうだ」

……ああそうか。吊り橋効果ね。吊り橋の上のような、不安や怖さを感じたり危機感を抱いたりする場所では、当然、胸がドキドキする。そういった状況で出会った相手には、恋愛感情を抱きやすくなる。だから、意中の相手を振り向かせるには、効果的なシチュエーションだと聞いた覚えが……なるほど。アスレチックはありじゃないか？

「ほら、ユキムラ。誘っちゃえよ」

みんなが、ぐいぐい背中を押してくれている。ここまで応援されたら、俺も一歩前に出ないとね。もし誘ったら、一緒に行ってくれるかな？

「あの、キョウカさん」

「はいっ！　な、なんでしょう？」

まさか俺が本当に声をかけるとは思わなかったのか、キョウカさんが慌《あわ》てている。でもここは勢いで！

「二人でアスレチックしませんか？」

うわっ！　待てよ俺。自分で言っておいて、このセリフはないと思う。もし都合が合えばとか、興味があればとか、もうちょっとスマートな言い方ってものが……ドン引きされてない？

「い、行きます！　アスレチックならやってみたいかな……なんて」

「おおっと。ユキムラ選手から大胆な発言が出た。それを正面から迎え撃つキョウカ選手。これはいい勝負になりそうです」

「こらトオル、茶化さない」

「そうだぞ。せっかくいい雰囲気《ふんいき》なのに」

なんか外野が言っているけど、やってみたい＝ＯＫってことだよね？

「じゃあ、いつにするか具体的に決めてもいいですか？」

「ええ、もちろん。でも、シークレットクエストはどうするの？　私が行って邪魔にならないかしら？」

「いえ全く。ただクエストの間、お待たせしてしまうのが申し訳ないです」

「それはいいの。初めて行く街だから、あちこち見て回ればいいもの。もしユキムラさんのクエストが長引いたら、その間は、一旦《いったん》ログアウトするという手もあるから」

ゲーム内とはいえ、マップの一番端まで遠出するなんて、ちょっとした旅行気分だ。二人で行く新しい街。凄《すご》く楽しみになってきた。

＊

王都を出て、初めてジオテイク川を越えた。キョウカさんと一緒に、対岸へ渡る舟に乗る。

「大きな川ね。それに潮《しお》の香りがする」

「河口に近いですからね。匂《にお》いまで再現するのかという感じですけど」

水上には、行き交《か》う渡し舟以外に、大きな遊覧船《ゆうらんせん》も浮かんでいる。渡し舟を降りると、近くに乗り合い馬車の停留所があって、ちょうど次の馬車が出るところだった。

「まずはこの馬車で『歓楽の街クォーチ』まで行きます。そこから別の馬車に乗り換えですね」

「ええ。マップを見ると遠く感じますが、そこはゲーム仕様《しよう》で、ジオテイク川を越えてしまえば、割とすぐに着くらしいです」

「乗り継ぎは一回だけ？」

乗り継ぎのためにクォーチで下車。近くで見る歓楽街は、リゾート感満載の宿泊施設や、室内型のアトラクション施設など、目を引く大きな建物が何棟も立ち並んでいた。今回は素通りだけど、次はみんなで来ることになっている。だから、後ろ髪は引かれない。じゃあ、アドーリアの街へ出発だ。


「西端の街アドーリア」に到着した。山の麓《ふもと》にある小さな街なのに、街中の至る所にプレイヤーの姿があった。特にローブ姿の、いかにも後衛《こうえい》職の人たちの集団が目立っている。

「まずは宿の確保ね」

「ええ。時間の目途《めど》がついたら連絡を入れます」

せっかく一緒に来たけど、各々《おのおの》宿の確保に向かった。その後の行動は、キョウカさんは街中《まちなか》の施設やショップを調べて回り、俺は冒険者ギルドに行って、ガルダやガルダの巣へ行く方法について調べてみる予定だ。手分けして情報を集めた上で、今後のスケジュールを考えよう。

――ちょっと行き当たりばったりだけど、二人で相談して、そういう流れになった。

しばらく滞在することになる「アドーリア神殿」は、すぐに見つかった。こぢんまりとした建物だったが、街の中心部に位置しているので立地はとてもいい。神殿長のキリヤさんに挨拶《あいさつ》を済ませて、宿泊の許可をもらう。それから、近くにある冒険者ギルドへ向かった。

《アドーリアの街　冒険者ギルド》

いつものように真っ先に資料室に行ったが、残念ながら、俺の求める「神鳥ガルダ」に関する情報はなかった。直《じか》に確認してみるかと、今度は受付カウンターへ向かう。

あれ？　なんかいつもと感じが違うぞ。そう思ったのは、カウンターにいるＮＰＣ職員が、全員男性だったから。ムキムキ細マッチョから肉弾ゴリマッチョまで。日夜身体《からだ》を鍛《きた》えてそうなワイルドイケメンが、ズラッと並んでいる。

「すみません。山岳地帯の地図を購入できますか？」

「山岳地帯の全域地図は、一部１００００Ｇで販売しています。ですが、入山希望者が非常に多いため、現在は入山制限を行っています。順番をお待ちになるなら整理券を発行致しますが、どうされますか？」

「地図を一部と整理券をお願いします」

「では、ギルドカードをお願いします。代金の清算と、地図情報・整理券番号の登録をします」

受付の人にギルドカードを渡す。これを使うのは久し振りだ。

「地図と整理券、両方の登録が済みましたので、ご確認下さい。整理券は『南北山岳地帯』・『竜の谷』共通です。目的とされるエリアを選び、登録を済ませると有効になります」

「ありがとうございます。あと、神鳥『ガルダ』の情報はありませんか？」

「ガルダの巣のおおよその場所は、ご購入頂いた地図に記載されています。それ以外の情報については、誠に申し訳ありませんが、現在提供できるものはございません」

「そうですか。ありがとうございました」

場所はわかった。だったら、実際に行ってみるしかないか。

「ねえ、あなた。ガルダの巣に行くの？」

後ろから声をかけられて振り返ると、黒っぽい魔女服を着た女性が一人いた。よく見ると黒じゃなくて濃い紫色のようで、鮮やかな朱色の髪が凄く映《は》えている。

「はい。そのつもりです」

「ガルダの巣なら、巣へ行くのを目的とした臨時パーティの募集が出ているわ。よければチェックしてみてね」

「ご親切にありがとうございます。後で見てみます」

「頑張って」

……親切な人だったな。確かに、地図を見るとガルダの巣までは険しい地形が続いている。迷子防止と自衛のためには、臨時パーティに入った方がいいかもしれない。

しかし参った。山岳地帯は予想を遙《はる》かに超えて混んでいて、整理券の順番は……うん、まだまだっぽい。そうなると、ガルダの巣へ行く前に、レジャー体験をした方がいいのかな？

ここアドーリアの街が、これほどまでに活況《かっきょう》を呈《てい》しているのには、いくつか理由がある。

ひとつ目は、無料配布された「竜の谷体験チケット」の影響だ。外洋に突き出た大きな半島には、南北に分かれて高く険しい山々がそびえている。その谷間にある盆地が「竜の谷」と呼ばれる竜の生息地で、谷の入口に、プレイヤー向けの体験・修行施設が建っている。

竜と気軽に戯《たわむ》れることができる体験コースは、既《すで》にかなりの人気だと聞いている。ちなみにもう一方の、竜騎士への転職を目指す本格的なコースは、受講資格を持ったプレイヤーがまだまだ少ないそうだ。

ふたつ目は、今回俺たちも遊ぶ予定の、山岳系の新しいレジャーコンテンツだ。非戦闘エリアで、天候を気にせず好きなだけ遊べるので、リピーターが増えているらしい。

そして三つ目が、山岳地帯における「寺院」と「仙岳《せんがく》」の発見になる。それが、大勢のプレイヤーを街へ呼び込んだ最大の理由だった。


南の山岳地帯「ヤクイオット山」の探索により、その北斜面の中腹に「寺院」が見つかった。「寺院」は、正規ルートから外れ、派生ルートに進んだ神官職対象の修行施設で、戦闘系・支援系それぞれのコースが設置されている。その内容から、⑥次職への転職ルートに繋《つな》がるのではと憶測《おくそく》を呼び、攻略組に所属する神官職プレイヤーの入山が相次いだ。

また、「寺院」から尾根沿いに南に進むと、「ヤクイオット山」の南斜面に出ることができる。海に面したその一帯は「仙岳」と呼ばれ、「七つの滝」を起点として、様々な魔術職向けの転職クエストが隠されていた。その中に、混合魔術職を対象にしたものが含まれていて、賢者《けんじゃ》への転職ルートを模索する目的で、アドーリアの街を拠点《きょてん》にするプレイヤーが増えた。

そして、俺の探している「神鳥ガルダ」はというと、地図上では北の山岳地帯「ガルタマヤ岳」に巣があることがわかった。「ガルタマヤ岳」は、この辺りで最も標高が高い山で、北面は崩《くず》れ落ちて崖《がけ》になっている。どうやらここも、ある理由で人気スポットになっているようだった。

整理券を「北の山岳」で登録しておく。地図だけでなく実物を眺《なが》めても、見るからに険しそうな山だ。【登攀《とうはん》】スキルは持っている。でも、今のレベルで大丈夫だろうか？

ちょっと心配になってきたので、【登攀】を鍛える方法がないかと、ギルドの受付で尋《たず》ねたところ、こんな返事が返ってきた。

「山岳地帯の入口にあるレジャー施設で、登山系のスキルや身体能力を強化するいくつかのスキルを取得することができます」

なるほど。リピーターが多いのは、遊びだけじゃなくて、一般スキルまで取れるからなのか。レジャー施設には整理券は不要で、コース料金を支払えば、誰でもいつでも利用できる。

設置されているのは、次の三つのコースだ。

・「ハイロープ」コース
・「アスレチック」コース
・「ロッククライミング」コース

予想していた以上に楽しそう。入山の順番が来るまで、鍛錬《たんれん》を兼ねて遊ぶことにしよう。

《ピコン！》

キョウカさんからのメールだ！
《ユキムラさん、そちらはどうですか？　私の方は、街中で面白《おもしろ》い工房を見つけました。古代樹という木の樹皮からとれる繊維《せんい》が、縄《なわ》や布の材料になるの。軽くて耐久性と耐水性が高い布装備やアイテムが作れるらしいわ》
《こちらは、ガルダの巣へ向かうのは順番待ちになりました。山岳系のレジャーで、【登攀】スキルのレベル上げができるので、待っている間に遊びに行こうかと思うのですが、キョウカさんの予定はどうですか？》
《もちろん行くわ。じゃあ、まずはアスレチック。その後、順番が来たら別行動で、終わったら合流でどうかしら？》

そして今、俺はまさに絶好の状況にあった。……吊り橋だ。

最初に行ったハイロープは、名前の通り、六メートル以上ある高い木々の上に、ロープやワイヤーが迷路のように張り巡《めぐ》らされていた。それを伝って、狭い足場から別の足場へと移動するゲームだ。そのコースの途中に、不安定に揺れる、ジグザグに配置された吊り橋があった。

「ここを通るの？　ちょっと厳しくないかしら？」

「ゆっくり行きましょう。少しずつ体重移動をしていけば、イケると思います」

「じゃあ、頑張ってみる！」

今まで運営のことを鬼畜《きちく》だなんだと罵《ののし》っていたが、このレジャーコンテンツを考案した人には賛辞《さんじ》を贈りたい。親睦《しんぼく》を深めるなら吊り橋、そして続く丸太橋。どれもロープで吊り下げるタイプの遊具で、このグラグラ感がたまらない。

「こ、ここ、間が空《あ》き過ぎてない？」

十字型の床板《ゆかいた》を伝う特殊な吊り橋では、床板の間がかなり広く、力の入れ具合によっては、さらに間が広がってしまう。あと一歩で足場に着くというところで、キョウカさんがバランスを崩した。ロープにしがみついているせいで、床板が余計に離れてしまっている。

俺は一足先に足場に着いていたので、身を乗り出してキョウカさんの腕をしっかり摑《つか》んだ。

「絶対に離さないから大丈夫です。もう一歩前に出たら、俺が支えます」

「う、うん」

足元が不安定なせいで、なんとか倒れ込んできたキョウカさんを、引き上げるように抱き留めた。

「ほら、大丈夫だったでしょ？」

「……あ、ありがとう」

……この手、どうしよう。キョウカさんを包み込むように回した両腕。離したくないけど、いつまでもこうしているわけにもいかない。でも、もうちょっとだけなら……いいかな？

その後もしばらくハイロープで遊んでいたら、【平衡感覚《へいこうかんかく》】という一般スキルを取得した。

そして、次に挑戦したロングジップスライドで手に入ったスキルは【滑空《かっくう》】だ。

滑車の付いたハーネスを装着し、十数メートルを越える高さの足場に立つ。長く張られたワイヤーを伝い、数百メートル離れた地表を目がけ、一気に滑り降りる。

「これ、癖《くせ》になりそう。鳥になったみたい。あるいはムササビかしら？」

「空を飛ぶのって、楽しいですね。凄く開放感がある」

「でも、【滑空】なんてスキル、何に使うのかしら？」

「さあ？　特殊な職業向けのスキルですかね？」

もちろん、本命のロッククライミングも真面目《まじめ》にやった。かなり本格的で、岩をよじ登るのは、最初はかなり大変だった。

キョウカさんは【登攀】を持っていないのと、同じペースではできないだろうということで、これだけは俺一人でやった。キョウカさんは、例の織物工房で体験修行をするらしい。

ひとりだけど頑張った。【登攀Ⅲ】が【登攀Ⅵ】になるまで、もの凄く頑張った。最後は修行みたいになっちゃったけど、各種レジャーコースを満喫《まんきつ》していたおかげで、長いはずの待ち時間が早く感じた。

……そろそろ入山の順番が来るかな？

《登録された整理券の順番が来ました。

種類：入山許可　希望エリア：ガルタマヤ岳
「入山許可証」を発行致しますので、当冒険者ギルド受付カウンターまでお越し下さい。

アドーリア冒険者ギルド》

入山の順番が回ってきたので、冒険者ギルドで「ガルダ」の巣へ向かうパーティを探すことにした。なにしろ、目的地は初めて行く場所で、険しい山道を越えた山の奥にある。それに、最新のエリアに支援系神官一人で向かうのは、さすがに無茶かなと判断して。

どれどれ……これか！

◆［パーティ募集］募集No．9000455
目的）ガルダの試練
場所）ガルタマヤ岳・ガルダの巣
募集人数）6名（最低催行《さいこう》人数6名）　募集状況）3／6名　受付締切）ゲーム内時刻〇時
資格）　LV70以上　上限なし

◆［パーティ募集］募集No．9000459
目的）ガルダの試練
場所）ガルタマヤ岳・ガルダの巣
募集人数）6名（最低催行人数6名）　募集状況）4／6名　受付締切）ゲーム内時刻〇時
資格）　LV68以上　上限なし

◆［パーティ募集］募集No．9000462
目的）ガルダの試練
場所）ガルタマヤ岳・ガルダの巣
募集人数）6名（最低催行人数6名）　募集状況　5／6名　受付締切）ゲーム内時刻〇時

資格）　ＬＶ70以上　上限なし

えーっと、結構あるな。どれにしよう……ん？

◆［パーティ募集］　募集Ｎｏ．９０００４６７
目的）ガルダの試練
場所）ガルタマヤ岳・ガルダの巣
募集人数６名（最低催行人数　５名）　募集状況）４／６名　受付締切）ゲーム内時刻〇時
募集資格）　ＬＶ75以上　上限なし
所要時間）　ゲーム内時間で９時間程度
備考）移動中の拾得物《しゅうとくぶつ》・ドロップ品は個人所有。

これ、よさそうじゃないか？　うん、これに決めた！　［参加］ポチッ。

《募集Ｎｏ．９０００４６７　に参加しました。パーティチャットを利用できます》
ユキムラ〈参加しました。ユキムラです。よろしくお願いします〉
アカツキ〈いらっしゃい。募集主のアカツキよ。参加してくれてありがとう〉
シオン〈シオンです。よろしくお願いしまーす〉
ホムラ〈おっもう一人来たか。これで５人だ〉
ジュウベエ〈もう出発してもいいんじゃないか？　全員ＬＶ80以上だぜ〉
アカツキ〈皆さんがよければ、私たちは構わないわ。どうかしら？〉
ホムラ〈俺もそれでいい〉

ユキムラ〈皆さんがよければ、俺も構いません〉
アカツキ〈じゃあ、ギルドホールに集合しましょう〉

「あら！」

「この間の……」

親切な魔女さんだ。

「偶然ね。これもご縁《えん》かしら？　よろしくね、ユキムラさん」

「アーちゃんの知り合い？」

そう声をかけたのは、隣にいるラベンダー色の髪をした女の子だ。レモン色のワンピースを着ていて、服装からは何の職業かわからないが、手に魔術書らしきものを持っている。

「この間、たまたま声をかけたのよ。受付でガルダのことを聞いていたから」

「あの時は、パーティ募集があることを教えて頂いて助かりました」

「よお。俺がホムラだ。あんたがアカツキさん？」

「そうよ。あなたがホムラさんね。一目でわかったわ」

「お互い髪が真っ赤だからな」

「ふふっ。火焔《かえん》使いなのが丸わかりね」

続いてやって来たのは、赤い髪の若い男性だ。結構逞《たくま》しいけど、やはり魔術職らしい。

「シオンも火焔使いだけど、髪は紫色だよ。ユキちゃんも焦茶色《こげちゃいろ》だしね」

ユキちゃん？　それって俺のこと？

「あの、俺は火焔使いではないので……」

「えっ！　そうなの？」

「待たせたか。ジュウベエだ。みんな今回はよろしく」

最後に、忍者コスプレをした男性が登場した。いかにも火遁《かとん》の術とか使いそうな。

「では、全員集まったので出発します」

*

俺以外は、全員火焔使いだった。そりゃそうだ。だって《ガルダの試練》なのだから。

《ガルダの試練》は、火焔使い（火焔系特化職）の育成系クエストのひとつで、今大人気のクエストだ。

「汝《なんじ》は試練を望むか？　見事試練を越えた暁《あかつき》には、我から加護《かご》を与えよう」

ガルダの巣を訪れてクエストを受諾《じゅだく》すると、この言葉と共に《ガルダの試練》が始まる。試練時間は最長六〇分。プレイヤーが戦闘不能（HP1以下）になると強制終了。

個人クエストなので試練は一人で受けるが、インスタンスエリアで行われるため、パーティで行っても待ち時間はない。

また強制終了になっても、続けて何回でも挑戦できる。ただし、一回の入山につき合計一時間までという制限付きだ。

試練の最中に、ガルダに少しでもダメージを与えられたら、次の加護がつく。

【金色火焔《こんじきかえん》Ⅰ】

この加護には「火焔系攻撃力上昇」効果がある。加護を取得したプレイヤーが、繰り返しこの試練を受けると、ガルダに与えたダメージに比例した加護経験値《ち》をもらえる。

一方で、全く攻撃ができないまま戦闘不能になってしまうと、残念ながら加護はもらえないそうだ。

俺は羽根を拾いたいだけだから、加護はいらないが……その辺りの仕組みを聞いてみるか。

「教えて頂きたいことがあるのですが、聞いてもいいですか？」

「試練のこと？　答えられる範囲でならいいわよ」

「ありがとうございます。じゃあ、遠慮なく。ガルダの試練の際、巣に落ちている物を拾ったら、持って帰れますか？」

「ああ。そのことね。滅多《めった》に成功しないけれど、実際に持ち帰った人を知っているわ」

おおっ！　即答だ。聞いてみるものだね。既に持ち帰った人がいるのは朗報だ。

「へぇ。何を持って帰ったんだ？　卵か？」

俺の質問に、ホムラさんが興味を示した。

「卵は聞いたことがないわ。拾えるのは二種類で『羽根』か『巣の枝』よ」

「そのふたつは何に使えるんだ？」

「羽根は火焔系の武器・防具やアクセサリの強化。枝は杖《つえ》の素材。なかなか有用な素材らしいわ。でも、すんなりとは持ち帰らせてくれない。持って帰るには条件があるの」

「どんな条件ですか？」

「ガルダの試練を60分間、戦闘不能にならずに耐え続けること。それが条件よ」

「それは厳しいな。クリアした連中はどんな職業なんだ？」

「私が聞いたのは二人で、ＡＧＩ特化の盗賊《とうぞく》系上級職と水系魔術の上級職ね」

「水系が火焔の加護をもらってどうするつもりなのかな？」

「加護を取得後に火焔系魔術も育成したら、新しい属性魔術を手に入れたそうよ。火と水の二重属性で『爆発』といったかしら？」

それって、水蒸気爆発を起こす魔術ってこと？　いかにも強力そうだ。

「そりゃあ凄いな。俺たちも同じことができると思うか？」

「できそうな気もするが、自分で実験したくはないな。その知り合いは、かなり度胸《どきょう》がある」

「そうね。とても面白い子よ。私なら、ここまで育て上げた火焔を駄目にするリスクは絶対に避けるけど」

「シオンもそう思う」

「ユキムラさん、これで答えになったかしら？」

「十分です。貴重な情報をありがとうございました」

「ユキちゃんは、羽根と枝、どっちが欲しいの？」

「羽根です。今やっているクエストに必要なので」

「ふうん。随分面倒《ずいぶんめんどう》なクエストね。もしかしてシークレット？」

「ええ、そうです。それも連続クエストなので、終わりが全然見えません」

「シークレットか。そりゃあ大変だな。でもまあ、元々あってなかったようなクエストだと思えばいいさ。気楽にやれよ」

「ユキちゃん、羽根さんが手に入るといいね」


道中に出てくるモンスターをサクサク倒しながら、ガルダの巣にたどり着いた。

火焔系特化凄い。鳥のモンスターが多かったが、ことごとく焼き鳥になった。俺は攻撃方面では全然出る幕がなくて、支援ばっかりしていた。敵からの攻撃はあまり受けなかったが、魔術職ばかりのパーティなので、攻撃が当たるとやはり脆《もろ》い。少しでも役に立てて良かった。

「じゃあ、ここからインスタンスね。集合は制限時間いっぱいの一時間後」

「よし！　気合いを入れてやるか！」

パーティメンバーと別れてインスタンスエリアに入るとすぐ、ガルダが現れた。予想より大きい。胴体は人型で赤く、広げた腕の下に深紅《しんく》の翼が生《は》えている。ギョロっとした大きな目に、金色の鋭い嘴《くちばし》。炎のように燃える髪が目を引く。その顔は猛禽類《もうきんるい》、あるいは烏天狗《からすてんぐ》を彷彿《ほうふつ》とさせた。手に生えた爪《つめ》も、鳥のような脚《あし》も金色だ。身体の至る所に身に着けた装飾品も金色。

そして、金糸で飾られた青い腰布の下には、赤い尾羽《おばね》が覗《のぞ》いていた。

「汝は試練を望むか？　見事試練を越えた暁には、我から加護を与えよう」

《トライアルクエスト《ガルダの試練》が始まります。参加しますか？》

心の準備はＯＫ。イメトレは移動しながら済ませた。よし、行こう。［参加］。

要は、60分間ＨＰが減らなければいいってことだ。道中の会話で、ガルダの攻撃は物理とブレスの二通りだと教えてもらった。

……そうしたら、これしかないだろう。

自分に掛けるのは初めてだから、余裕をもって七〇分間。消費ＧＰは４２００！

「今解き放つ　縄縛《じようばく》の軛《くびき》　その身を賭《と》して　英雄となれ！　【天衣無縫《てんいむほう》】！」

身体から光が湧《わ》きだし、すぐに揺らめく金色のオーラに包まれた。よしっ！　被ダメする前に掛け終えることに成功。じゃあ、ゆっくり羽根拾いをするとしよう。

えーっと、まずはこっちかな？　家探しするようで申し訳ないが、おそらく寝床《ねどこ》であろう細い木の枝や草が積まれた場所に向かう。

ガルダが両翼を広げて浮き上がり、俺めがけて突っ込むように飛んでくる。凄く迫力があるけど、慌てずに脇《わき》に逸《そ》れてかわし、巣に向かって走り出した。

「羽根、羽根、羽根……どこだ？」

近くで見ると巣はかなり大きい。視線をさまよわせ、赤い羽根を探す。

「あそこに赤い色が見える。あれかな？」

それっぽいものを見つけたので、木の枝をかき分けて隙間《すきま》を作り、腕を突っ込んで手を伸ばした。届いた、これだ！

「まずは一本目！」

幸先《さいさき》がいいと喜んでいたが、背中に硬《かた》いものが当たっているのを感じた。振り返ると、すぐ真後ろにガルダがいて、錫杖《しゃくじょう》でポカポカ（本来ならドカドカ）と俺の背中を叩《たた》いている。

……へぇ、無敵ってこんな状態なのか。単にダメージを受けないだけじゃなくて、大幅に衝撃吸収もされていそうだ。俺が振り向いたせいか、ガルダがクワッと大きく口を開けた。ブレスの予備動作かもしれない。でもごめん、スルーしちゃう。

ガルダに再び背を向け、巣の中の捜索を続けると、背後から激しい火炎の息が吹きつけた。周囲に轟々《ごうごう》と渦巻《うずま》く灼熱《しゃくねつ》の炎。でも熱くない。巣や羽根が燃えてしまうのではないかと一瞬ヒヤッとしたが、どうやらプレイヤー以外には被害が及ばない仕様らしい。それならと、邪魔な草や木の枝をどけ、とにかく床を露出《ろしゅつ》する。だって欲しいのは、自然に抜け落ちた羽根だから。

「この枝……色が違う」

巣を作っていた枝の中に、表面がツルッとした赤い枝を見つけた。きっとこれが『巣の枝』というアイテムに違いない。色違いの枝は、この一本しか見つからなかったが、戦利品としてポッケ……じゃなくてアイテムボックスにしまっておく。

スルーし続ける俺に焦《じ》れたのか、あるいは巣の中を荒らされるのが嫌なのか、ガルダが俺の正面に回ってきた。でも俺には制限時間があるから、相手にしている余裕はない。床を見ながら巣の中をグルッと一周するが、ガルダが綺麗《きれい》好きなのか、ゴミひとつ落ちていなくて、やっぱり羽根は見つからない。一本だけでは心もとないから、何本か予備が欲しいのに。

そのとき、バサッバサッと羽ばたきながら、上からポカポカしてくるガルダの赤い翼から、ひらひらと一枚の羽根が抜け落ちた。そして、それを見てピンときてしまった。

……そうだよ。クエスト画面には「金翅鳥の羽根［自然脱落］抜け落ちた羽根はガルダの巣の周りに落ちている」とあったけど、落ちた時期については特に指定はなかった。つまり、試練が始まってから抜けた羽根でもいいわけだ。無理にむしったりせず、自然脱落でさえあれば。

それからは、ガルダを激しく羽ばたかせるべく、巣の中で追っかけっこが始まった。決して広くはない巣の中を、あっちに行ったりこっちに行ったり。逃げていても、俺の視線の先は美しいガルダの翼にロックオンだ。

また抜けた！　いいぞ、その調子だ！　もっと羽ばたけ！

＊

ガルダの巣の外では、クエストを終えて仲間を待つ者や、次のクエストまでの間に休憩《きゅうけい》を取るプレイヤーたちの姿があった。

「ユキちゃん、全然出てこないね」

「そうね。でも、単に入れ違いだったのかもしれないわ」

魔術職は耐久力がないため、ガルダの試練は、ほぼ一撃離脱で終わることが多い。強制終了しては再挑戦を繰り返す。従って、非常に出入りが激しいのが常《つね》であったが、この一時間近くの間、誰もユキムラの姿を見ていなかった。

「そうかなぁ？　ホムちゃんやベエちゃんに聞いても、一度も見ていないって言うし、どうしたのかなと思って」

「あら、随分と彼を気にしているのね。意外。ああいう、無害そうな平凡顔の細マッチョが、シオンの好みのタイプ？」

「タイプとかじゃなくて、ユキちゃん、言葉使いが丁寧《ていねい》だし、視線もイヤらしくないから、お友達になれるかなと思ったの」

「ふぅん。お友達ねぇ。シオンは人懐《ひとなつ》こい分、勘違《かんちが》いされやすいから、彼みたいな清潔感のあるタイプの方が安心できるのかもね。私は、男はちょっとイヤらしいくらいの方がいいと思うけど」

「そのために、アーちゃんは、そのドレスを着ているの？」

「まさか。そういう副産物も生じるけど、どちらかというと自己満足のためかしら。このデザインだと脚が綺麗に見えるでしょう？」

そう言ってアカツキが膝《ひざ》を軽く曲げると、裾《すそ》から足の付け根に及ぶ、ドレスの両サイドに入った長いスリットが割れて、彼女のスラリとした白い脚が露《あらわ》になった。

「うん！　アーちゃんの脚、すっごく綺麗」

「ありがとう、シオン。あなたに褒《ほ》められると私も嬉《うれ》しいわ。……そろそろ終わりね。あと数分だから、誰か出てきそうなものだけど」

「あっ！　ホムちゃんが出てきた！　こっちだよ！」

人混《ひとご》みをかき分けて、ホムラが二人に近づいてきた。

「お疲れ～。あれ？　まだ三人？　あの二人はギリギリまで粘《ねば》るのか」

「そうかもしれないわね。私は時間切れで強制退場させられるのが嫌だから、残り時間が少ない場合は切り上げちゃうけど」

「シオンも同じ」

「俺も弾《はじ》かれるのは嫌だな。不意をつかれる感じで落ち着かない」

「本当よね。最後までやらせてくれたらいいのに」

「おーい、ベエちゃん！　こっち、こっちこっち！」

続いてジュウベエが合流を果たす。

「それにしても人が多いな。群れているプレイヤーのせいで、出入口付近が見辛《みづら》いったらありゃしない」

「悪い、待たせたか？」

「ううん。ユキちゃんがまだ。あっ！　出てきた！　ユキちゃ～ん！　こっちに集合だよ！」

時間制限いっぱいまで粘ってガルダの巣から出ると、手を振っているパーティメンバーの姿が見えた。やばっ！　俺が最後？

「すみません。お待たせしました」

残り時間を示すタイマーがゼロになった途端《とたん》に、ガルダの巣から強制退場になった。まだ無敵スキルの効果時間は残っていたが、幸いにも退場と同時に、金ピカオーラは消えてくれた。

そこまで考えていなかったから、仕様のおかげで助かったと言える。もしピカピカしたままだったら、注目の的《まと》だったに違いない。

「よう。初めての《ガルダの試練》はどうだった？」

バッチリだった。

「おかげさまで、目的の羽根を入手できました」

「えっ！　マジで？」

マジです。

「はい。見ますか？」

「いいのか？　是非《ぜひ》見せてほしい」

「シオンも見ていい？」

「どうぞ。ついでに、一本だけですが枝も拾って来ました」

「おーっ！　こりゃすげえや。どうやって攻撃を凌《しの》いだ？　まさかＡＧＩ特化じゃないよな？」

「はい。ちょっと特殊な身体強化を掛けまして……」

何しろ贅沢《ぜいたく》に強化GP4200だ。

「特殊な身体強化って？」

「……あっ！　思い出した。どこかで見たような気はしてたんだよ。あのバジリスク戦の時にいた神官って、もしかしてお前か？」

これは割とよく聞かれる。あのときのPVを見ている人って案外多いみたい。

「公式PVのであれば、そうですね」

「いやぁ、全然気づかなかった。ユキムラ、いくらなんでも地味過ぎ」

「よく言われます」

「じゃあ、あなたが『神殿の人』なの？　意外！　まさか『神殿の人』が神殿から出て、こんなところに来ているなんて。不意打ち過ぎよ！　もうビックリ」

もしかして俺、世間《せけん》では神殿にずっと引き籠っていると思われている？

「ユキちゃん、有名人だったんだ。『神殿の人』なら、アオイの言ってた人だ」

えっ？　有名というほどには目立っていないはず。公式PVのせいかな？　それとアオイさんというと、俺の知っている人は一人しかいないけど、彼女の知り合い？

「アオイさんって、チャイナ服のアオイさん？」

「そう！　アオイはシオンの妹なんだよ」

「えっ！　妹？　同い年くらいに見えるけど」

「だって双子《ふたご》だもん！　二卵性だから、あまり似てないって言われるけど。でもほら、ゲームの中では髪の色をお揃《そろ》いにしたから、ちょっとは似てると思う。ね、アーちゃん！」

「そうね。私は、二人は似ていると思うわ。じゃあ、いろいろ話をしながら帰りましょうか？ユキムラさんがよければ、ニーズヘッグ戦について教えてくれないかしら？　報酬《ほうしゅう》にS／Jスキル選択券があるんでしょ？　そのうちやりに行くようだから」

「俺も是非聞きたい。当事者から話を聞くのが早いし、間違いがないからな。その代わりに、俺たちが入手したこの辺りの情報を教えるのでどう？」

「はい。それだと俺も助かります」


「今を持ちまして臨時パーティは解散と致します。みなさんご参加ありがとうございました。また機会がありましたら、是非ご一緒して下さい」

その後は順調に山を下りて、アドーリアの街の冒険者ギルドに帰還《きかん》した。みんな気のいい人たちで、情報交換をしながらの下山は、終始和気《わき》あいあいと楽しい雰囲気だった。

「じゃあ、俺たちはニーズヘッグに挑戦しにいくか。ユキムラは、どうするんだ？　ホームタウンに帰るのか？」

ホムラさんとジュウベエさんは、早速《さっそく》ユグドラシルに向かうらしい。俺の話した情報を聞いて、レイドチームのメンバー構成が大事だと考えたらしくて、現地で一緒に参加できそうなメンバーを募《つの》るそうだ。

「俺は、ここで知人と待ち合わせをしているので、この後は観光の予定です」

「そっか。噂は当てにならないな。てっきり神殿に引きこもるプレイをしているのかと思っていたけど、案外自由にやっているんだ？」

「そうですね。寝泊まりは神殿でしていますが、ここ最近は移動の方が多いかもしれません」

「その割に目撃情報が少ないのは、やっぱり地味だからか」

「よく言われます。……あっ、知人が来たので、じゃあまたご縁があれば、よろしくお願いします」

「おう、またな」

「またどこかで一緒にやろうぜ」


冒険者ギルドから立ち去るユキムラを見送る、元臨時パーティの男性二人。

「知人って女かよ。それも超ナイスバディのカワイ子ちゃん。本当に噂って当てにならないな」

「ああ。俺も今それを実感している。あの『神殿の人』が、まさかの彼女持ちとはね。ロールプレイという噂は誤解なのかもな」

「実はNPCも間違いだったしな」

「運営の回し者でもなさそうだ」

「でも、困った時のお助けマンは本当らしい」

「お助けマンか。もっとそういった守護神的なプレイヤーが増えたらなぁ。そうすりゃあ、ニーズヘッグも一発クリアできるのに」

「きっと、みんな同じことを考えているよ」

《トライアルクエスト《ガルダの試練》入手アイテム及び初回クリア報酬》

［入手アイテム］

・【金翅鳥の羽根】［自然脱落］４

・【金翅鳥の巣の枝】１

［入手加護］※初回クリア報酬

・【金翅鳥の守護Ⅰ】ＩＮＴ＋10　※火焔耐性上昇（大）

入手条件）試練中、ガルダに一切攻撃を仕掛けない。

その上で、ブレス攻撃を一定量以上浴び、最後まで耐久する。

エピローグ

ちゃぷん、ちゃぷん。水の音がすぐ近くで聞こえる。

俺のすぐ隣にはキョウカさんがいて、すっかり観光気分の俺たち二人は、今、ジオテイク川に浮かぶ遊覧船に乗っている。

遊覧船「白鷺号《しらさぎごう》」は、真っ白な小型帆船《はんせん》だ。これまた真っ白な三角や四角の帆《ほ》を広げ、魔術で作り出された風を受けて軽快に川を遡上《そじょう》している。

「ふうん。ユキムラさん、そんなことをしていたのね。でも職業限定シナリオは面白《おもしろ》そう。私も遭遇《そうぐう》しないかしら？」

「そう遠くないうちに、どこかで出会うかもしれないですね。ここの運営は、ユーザーを忙しくさせるのが好きだから」

「そうかも。このゲームを始めてから、リアルでもゲームでも、洋服を作り続けているわ。好きでやっているから楽しいけど」

「俺も忙しいけど、ワクワクするのは確かです。でもなんかいろいろあり過ぎて、まだシークレットクエストの途中だけど、休憩《きゅうけい》を入れたくなりました」

こんな風に、二人でゆったりと過ごす時間が欲しかった。みんなには、デートだと冷やかされたけど、来てよかったたって思う。

「誘ってくれて嬉《うれ》しいわ。アドーリアも楽しかったし、この遊覧船にも乗ってみたかったから。ジオテイク川の精霊ショーは凄《すご》く綺麗《きれい》だと、生産職の間でも評判になっているのよ」

かつては「水脈の魔女」と呼ばれ、エリア解放時に討伐《とうばつ》された「三麗妖《れいよう》」は、今は姿と呼《こ》称《しょう》を変えて「三麗精《れいせい》」となり、遊覧船観光に一役かっている。河口付近から遡上して上流に向かうと、精霊たちが姿を現して、華《はな》やかなパフォーマンスを見せてくれるらしい。

心地よい風を感じながら、船べりに寄りかかって川面《かわも》を眺《なが》めていると、水面を跳《は》ねるように飛ぶ魚の群れが現れた。

「始まったみたい」

「あの魚たちも精霊っぽいですね。身体《からだ》が透き通っている」

陽《ひ》の光を反射する魚たちは、よく見ると透けて見えた。水でできた大小様々な魚たち。中には、鰭《ひれ》の代わりに羽が生《は》えたものまでいる。

「そうみたい。なんか不思議な感じね。でも素敵《すてき》」

船がさらに上流に進むと、風に乗って美しい歌声が聞こえてきた。その歌に合わせて、精霊たちの動きが、どんどん派手《はで》になっていく。

「あっ！　馬よ。水でできた馬。うわぁ、綺麗ねぇ」

透明な馬が次々と現れ、水飛沫《みずしぶき》を上げながら競争を始めた。

「川面を駆け抜ける馬の群れなんて、ファンタジーでしか見られないですね」

馬たちのレースが終了すると、一等になった馬を称《たた》えるために、三麗精が揃《そろ》って姿を現す。

美しく着飾った三麗精の周囲を、透明な鳥たちが滑空し、同じく透明な蝶《ちょう》たちが羽ばたいていた。リアルでは決して見られない、ゲームならではの幻想的な水上ショーだ。

それを見て楽しそうにはしゃぐキョウカさん。口元に可愛《かわい》いエクボが浮かんでいる。キョウカさんの新たなチャームポイントを見つけて、俺の気持ちもはしゃいでいたのは、恥《は》ずかしいから内緒にしておこう。

あとがき

ISAO『不屈の冒険魂3』。いかがでしたでしょうか?

皆様が一巻に引き続き二巻を購入して下さったおかげで(ありがとうございます!)、担当編集M氏から、打ち合わせのための電話がかかってきました。

「漂鳥《ひょうちょう》さん、三巻を出せることに決まりました」

「本当ですか? 嬉《うれ》しいです」

「そこでご相談なのですが、三巻のラストはココでどうでしょう?」

「へ? ソコで切るとページ数が……全然足りません(100ページ未満しかないです!)」

「でも、ココの前のくだりで、主人公って移動している割に何もしていないですよね?」

「(そうだっけ?)言われてみると、これといったエピソードがないかも……(鳥頭なので自分で書いたストーリーを忘れている)」

「ですよね。ですから、何かしましょう!」

「……それはつまり、加筆ですか?」

「そうです。アノ舞台で何もしていない。もったいないじゃないですか。だから書いて下さい」

──といった会話（うろ覚え）で始まったＩＳＡＯ三巻の改稿は、果たしてそんなに書けるのか？　という筆者の懸念《けねん》をよそに、なんと全体の約２／３以上、２００ページ超の書き下ろしという、大幅加筆でお送りする結果になりました。

改稿にあたって読み直してみたら、本当に何もしていなかった。連載の勢いなのか、思いつくまま、どんどん先に進んでしまっている。

書籍版では、ＷＥＢ版では流し素麺《そうめん》のように通過してしまったアノ舞台で、大きなイベントが起こります。今回も「誰これ？」的な人物が表紙を飾っていますが、主人公と共に活躍するのは、以前、モブ的な登場をしたあの二人です。

三巻も、一、二巻と同じくイラストレーターの刀彼方《かたなかなた》先生が美麗《びれい》なイラストを描いて下さいました。凛々《りり》しいユキムラと、生き生きとした残り二人の人物と共に、皆様がＩＳＡＯの世界を楽しんで頂けたら幸いです。

二〇二一年　六月　漂鳥

ダッシュエックス文庫

不屈の冒険魂3
雑用積み上げ最強へ。超エリート神官道

漂鳥

2021年7月26日　第1刷発行

★定価はカバーに表示してあります

発行者　北畠輝幸
発行所　株式会社　集英社
〒101−8050　東京都千代田区一ツ橋2−5−10
03(3230)6229(編集)
03(3230)6393(販売／書店専用) 03(3230)6080(読者係)
印刷所　株式会社美松堂／中央精版印刷株式会社

ISBN978-4-08-631428-2 C0193